PERSONAL DEMONS

Amor Infernal

PERSONAL DEMONS

Amor Infernal

LISA DESROCHERS

tradução de Ana Paula Maia

iD editora

Título original: *Personal Demons*

Coordenação editorial – Lenice Bueno da Silva
Tradução – Ana Paula Maia
Preparação – Beatriz Freitas
Revisão – Maiza A. Prande Bernardello
Edição de arte – Camila Fiorenza
Diagramação – Cristina Uetake
Pré-impressão – Helio P. de Souza Filho, Marcio H. Kamoto
Impressão e acabamento – Cromosete

Dados Internacionais de Catalogação na Publicação (CIP)
(Câmara Brasileira do Livro, SP, Brasil)

Desrochers, Lisa
Personal Demons — Amor infernal / Lisa Desrochers ; tradução de Ana Paula Maia. — São Paulo : Moderna, 2010.

Título original : *Personal demons.*

1. Romance – Ficção I. Título.

10-10133 CDD-028.5

Índices para catálogo sistemático:
1. Romance : Ficção 028.5

Editora Moderna Ltda.
Rua Padre Adelino, 758, Belenzinho — 03303-904 – São Paulo, SP
Vendas e atendimento: Tel.: (11) 2790-1500
Fax: (11) 2790-1501
www.moderna.com.br
Impresso no Brasil, 2010

DE ACORDO COM AS NOVAS NORMAS ORTOGRÁFICAS

Ó gente humana, para o Céu nascida,
Por que decaís do vento a um sopro incerto?
Dante Alighieri, Purgatório, XII, 95-96

SUMÁRIO

CAPÍTULO 1

PECADO ORIGINAL

Luc

Se existe Inferno na Terra, esse lugar é a escola. E se existe alguém distintamente qualificado para fazer essa declaração, esse alguém sou eu. Respiro profundamente – o que é fora do comum, desde que demônios não precisam respirar –, em seguida olho para o Céu ameaçador, esperando que isso seja um bom presságio, e abro a pesada porta de segurança. Os corredores escuros estão tranquilos desde que o primeiro sinal soou há mais ou menos cinco minutos. Somos apenas eu, o detector de metais e um segurança curvado vestindo um uniforme azul amarrotado. Ele se levanta da sua cadeira de plástico rachada e me lança um olhar carrancudo.

– Você está atrasado. Identificação – ele diz com um pigarro de quem fuma três maços de cigarros por dia.

Olho para ele por alguns segundos. Claro que eu poderia acabar com ele com um sussurro, e não consigo disfarçar um sorriso quando gotas de suor brotam de sua testa oleosa. Fico feliz em saber que ainda tenho o toque, mesmo que já esteja ficando realmente enojado desse trabalho. Cinco milênios no mesmo barco deixariam qualquer demônio assim. Contudo, nessa jornada, o fato de que as falhas resultarão em desmembramentos e no Lago de Fogo é toda a motivação de que preciso.

– Novo – eu digo.

– Coloque sua bolsa em cima da mesa.

Dou de ombros, mostrando minhas mãos. Nenhuma bolsa.

– Tire o seu cinto. A fivela vai acionar o detector de metais.

Eu tiro o cinto e o atiro contra o velho segurança, enquanto atravesso o detector de metais.

Ele o agarra e diz:

– Vá direto para o escritório.

– Sem problema – devolvo a ele, já indo embora.

Pego meu cinto e empurro a porta do escritório. A parede rachada faz um estrondo e a velha recepcionista olha para cima, assustada.

– Posso ajudá-lo?

O escritório é tão monótono e mal iluminado quanto os corredores, exceto pelos avisos coloridos que cobrem cada centímetro de gesso como um tipo de papel de parede psicodélico. Há uma placa dizendo que o nome da recepcionista é Marian Seagrave e eu juro que posso ouvir suas articulações estalarem quando ela se levanta da cadeira. Ela tem mais rugas que um Shar-Pei e seu cabelo é curto, azul e encaracolado, comum à maioria das mulheres de cem anos. Seu corpo redondo é coberto por um antigo uniforme: calças de poliéster azul-turquesa combinando com uma blusa floral perfeitamente colocada dentro do cós.

Sinuosamente vou até o balcão e me inclino para ela.

– Luc Cain. Primeiro dia – digo, cintilando meu sorriso campeão, aquele que mantém os mortais um tanto atordoados.

Ela me encara por apenas um segundo antes de encontrar sua voz.

– Oh... bem-vindo ao Colégio Haden, Luc. Deixe-me puxar o seu horário de aulas.

Ela bate no teclado do computador e a impressora desperta para a vida e cospe o meu horário de aulas; o mesmo horário de aulas que tive durante os últimos cem anos, desde o advento do sistema de ensino moderno. Eu faço o meu melhor para fingir interesse, ela estica a mão e diz:

– Aqui está... o número do seu armário, e a combinação também. Você precisa pegar com cada um de seus professores uma autorização e trazer aqui até o fim do dia. Você já perdeu o conselho de classe, então deve ir direto para a sua primeira aula. Vamos ver... sim, Inglês avançado, com o professor Snyder, sala 616. Fica no prédio 6, saindo pela porta à sua direta.

– Vou trazer – digo sorrindo. Não vai doer permanecer de bem com o pessoal da administração. Você nunca sabe quando eles lhe serão úteis.

O sinal toca, atravesso a porta e sigo pelos corredores agora movimentados. Os aromas do mar da humanidade adolescente batem em mim como ondas. Existe o excepcional perfume cítrico do medo, o alho amargo do ódio, a inveja de anis, e há o gengibre – luxúria. Há muito potencial por aqui.

Eu trabalho em Aquisições, mas geralmente não é meu trabalho marcá-los, apenas espalhar as sementes e iniciá-los no caminho de fogo. Eu os apanho nas pequenas coisas. Pecados de iniciantes, se você preferir. Não é o suficiente para marcar suas almas para o Inferno, mas o suficiente para mandá-los em nossa direção, no fim das contas. Não preciso nem usar o meu poder... não que eu me sinta culpado por fazer isso. Culpa é um sentimento que não está no repertório dos demônios. É mais honesto quando eles vêm para o pecado por vontade própria. Novamente, não que eu me importe em ser honesto. É que é muito mais fácil da outra maneira.

Na verdade, as regras são claras. A menos que suas almas estejam marcadas, não podemos obrigar os mortais a fazer qualquer coisa contrária à sua natureza ou manipular suas ações em todo o caminho. Para a maioria, tudo o que posso fazer com o meu poder é confundir seus pensamentos, embaralhar um pouco a linha entre o certo e o errado. Quem diz que o diabo os obriga a fazer algo está fortalecendo esse limite.

Caminho prazerosamente pelo corredor, sentindo os aromas de pecado adolescente, tão espessos no ar que consigo saboreá-los. Todos os meus seis sentidos se aguçam em expectativa. Porque esta viagem é diferente. Estou aqui por uma alma em particular e, enquanto sigo para o prédio 6, um crepitar de energia vermelha cruza através de mim – um bom sinal. Sigo no meu ritmo, caminhando lentamente por entre a multidão e sondando clientes em potencial, e sou o último a chegar à sala de aula, justamente quando o sinal toca.

A sala 616 não é mais iluminada que o restante da escola, mas pelo menos houve por ali uma tentativa de decoração. Impressões de peças de Shakespeare – somente as tragédias, nota-se – enfeitam as paredes. As mesas são agrupadas em pares e estão quase todas ocupadas. Ando pelo corredor formado pelas fileiras de assentos até a mesa do professor Snyder, carregando o meu horário de aulas. Ele vira o rosto esguio para mim, os óculos apoiados na ponta do nariz longo e reto.

— Luc Cain. Eu preciso de uma autorização... ou coisa do tipo – digo.

– Cain... Cain... – Ele passa a mão pelos cabelos grisalhos e verifica na lista de chamada, encontrando o meu nome. – Aqui está. – Ele me entrega uma autorização amarela, um caderno para resumos, uma cópia de *As vinhas da ira* e olha novamente para lista de chamada. – Ok, você vai se sentar entre Butler e a senhorita Cavanaugh. – Então ele se levanta, ajeita os óculos e alisa os vincos amarrotados do seu colarinho branco e cáqui. – Certo, turma – anuncia. – Nós estamos mudando os lugares. Todos que estão depois da senhorita Cavanaugh passarão para o lugar à sua direita. Vocês todos têm um parceiro novo para ensaiar pelo resto do semestre.

Alguns deles resmungam, mas todos o obedecem. Eu me sento no banco indicado pelo professor Snyder, entre Butler – um garoto alto, magro, com óculos, pele ruim e óbvios problemas de autoestima – e Cavanaugh, cujos olhos azul-safira encaram diretamente os meus. Nenhuma questão de autoestima ali. Eu senti o toque quente de eletricidade sob a minha pele enquanto a encarava de volta, amplificado.

Ela é pequena, com cabelo louro e ondulado, amarrado em um nó na base do pescoço, pele clara, e fogo. Uma chance precisa. Nossas mesas estão agrupadas e tudo indica que vou ter muitas oportunidades de senti-la... inteira.

Frannie

Ok, bem, eu não sou o tipo de pessoa que costuma desmaiar, mas Santa Mãe de Deus, eu não podia acreditar no que acabava de entrar na minha aula de Inglês. Alto, moreno, levemente perigoso. Hum... nada como um colírio para os olhos para começar bem o dia – e correr o risco de fritar o meu cérebro.

E recebi um *bônus*. Aparentemente, vamos ser parceiros de resumos, porque o obsessivo-compulsivo professor Snyder está me mudando de lugar para fazer companhia a ele. Queira Deus não esteja em ordem alfabética.

Passei os olhos lentamente sobre sua camiseta preta e os jeans, para não mencionar o corpo por baixo – *muito agradável* –, enquanto ele calmamente se senta à minha esquerda. Ele se dobra entre a carteira e a cadeira com a graça de um felino preto manhoso e juro que a temperatura aqui subiu uns dez graus. A sala escura brilha levemente com o reflexo das três barras de aço do *piercing* no canto de sua sobrancelha direita enquanto ele me encara através da franja sedosa com os olhos mais negros que já vi.

O professor Snyder dá um passo à frente, em silêncio, e diz:

– Peguem seus livros de redação e *As vinhas da ira*. Como Steinbeck foi incapaz de encontrar um lugar conveniente para uma pausa no capítulo 26, na página 71, vocês devem lembrar que arbitrariamente colocamos uma no final da página 529. Hoje, leremos o restante do capítulo na aula, expondo os principais pontos de Steinbeck.

O Garoto Misterioso finalmente deu uma olhada em volta e sinto como se estivesse sendo saqueada — mas não de um jeito ruim, se isso faz algum sentido. Sinto como se ele estivesse me checando de dentro para fora, e talvez tenha gostado do que viu.

— Senhorita Cavanaugh, gostaria de se juntar a nós?

A voz do professor Snyder foi como um balde de água fria – que eu provavelmente precisava, porque as coisas estavam meio que esquentando por dentro.

– Hum... o quê?

– Belo elogio ontem no *Boston Globe*. Acho que eles captaram a essência da sua proposta muito bem. Gostei especialmente da foto – ele diz com um sorriso. – Você pode começar a leitura, por favor. Página 530.

Olho em volta e todos estão com seus livros abertos, inclusive o Garoto Misterioso. O meu ainda está na mochila. Então, eu que não sou do tipo de corar, sinto meu rosto queimar enquanto pego o livro, abro-o rapidamente e começo a ler. Minha boca pronuncia as descrições de Steinbeck sobre a morte do pastor Casy a golpes de porrete pelas mãos de seu amigo Tom. Mas minha mente registra vagamente a leitura, porque estou muito interessada no Garoto Misterioso, sentado bem perto de mim, me encarando. Eu tropeço nas palavras quando ele se inclina e esbarro em sua canela. Hum...

O professor Snyder vem em meu socorro.

– Obrigado, senhorita Cavanaugh – ele varre a sala com os olhos.

Escolha o Garoto Misterioso.

Ele sorri para mim e, em seguida, seu olhar desloca-se para o Garoto Misterioso.

– Senhor Cain, continue, por favor.

O Garoto Misterioso ainda está me olhando, e um sorriso irônico toma conta do canto de seus lábios.

– Claro – ele diz, e sua voz parece mel quente, suave e doce, quando começa a ler. Mas ele continua me encarando, não olha para o livro imediatamente. *Tom olhou para o pastor. A luz atravessava as pernas do homem pesado e o porrete branco e novo. Tom saltou silencioso e o golpeou com grande impacto. A primeira tentativa ele havia errado e atingido o ombro do homem, mas a segunda vez o seu golpe esmagador atingiu a cabeça, e, enquanto o homem pesadão caía, ele o atingiu mais três vezes na cabeça...*[1]

[1] Trecho de *As vinhas da ira* (*The Grapes of Wrath*) do escritor americano John Steinbeck (1902-1968). Por este livro, publicado em 1939, Steinbeck recebeu o Prêmio Pulitzer. O livro também foi transformado em filme por John Ford em 1940. (N. E.)

Ele parece estar apreciando essa passagem horrível. Saboreando. O professor Snyder fecha os olhos e parece estar meditando. Ele deixa o Garoto Misterioso ler até o fim do capítulo, que é muito mais do que qualquer um leu em todo o ano. Dei uma olhada em volta e todo mundo – até o cara durão, o sabe-tudo do Marshal Johnson – parecia hipnotizado.

— O senhor gostaria que eu continuasse no capítulo 27, professor Snyder? – pergunta o Garoto Misterioso, e o professor Snyder sai abruptamente de seu transe.

– Ah, não, obrigado, Cain. É o suficiente. Foi realmente ótimo. Certo, turma, o resumo do capítulo sobre os principais temas de Steinbeck, na segunda metade do capítulo 26, deve ser concluído antes da aula de amanhã de manhã. Vocês têm o restante do tempo para trabalhar.

O Garoto Misterioso se vira na minha direção, fechando o seu livro, e sou apanhada pelos seus olhos.

– Então, Cavanaugh, qual o seu nome?

– Frannie. E o seu?

— Luc.

– Prazer em conhecê-lo. Foi um truque interessante.

— O quê? – Seus olhos brilham enquanto um sorriso perverso se espalha em seu rosto.

— Ler sem olhar para o livro.

Ele se vira para trás e seu sorriso hesita um pouco.

– Você está enganada.

– Não, na verdade não estou. Você não olhou para o livro até chegar à segunda frase, e estava algumas páginas atrás. Por que você decorou Steinbeck?

– Eu não decorei.

Antes que eu pudesse dizer a ele que era um grande mentiroso, ele muda de assunto.

– Que artigo é esse no *Globe*?

– Não é nada demais. É só um lance de enviar cartas a crianças no Paquistão. Um tipo de amigo a distância, eu acho. Geralmente, é uma maneira de a gente compreender melhor um ao outro... você sabe, nossa cultura, essas coisas.

Há certo cinismo em seu rosto.

– Sei.

– Você quer saber mais? – Reviro a minha bolsa e tiro um folheto. – Eu tenho mais alguns.

– Deixe eu pensar. Quer dizer que somos parceiros de resumos, seja lá o que isso queira dizer.

– Acho que sim. – Apesar da estranha leitura "sem olhar para o livro", eu não tenho do que reclamar. Ele é definitivamente muito melhor que o Aaron Daly, que sofre de sinusite e agora está fungando sobre o resumo do livro da Jenna Davis, em vez de no meu. – A gente deve discutir o que leu e preparar um resumo com os pontos principais do livro. O professor Snyder adora discutir coisas – eu disse, revirando os olhos. Isso tudo para mostrar como estou interessada em discutir as coisas com o Garoto Misterioso. – Então... o que você acha do enigma do Tom?

Eu escrevi "Frannie and Luke – Capítulo 26-2 - esboço" no topo da página em branco do meu caderno de resumos.

Ele levanta uma sobrancelha, puxa a caneta entre os meus dedos, risca "Luke" e escreve "Luc" por cima.

Luc

Eu a vejo escrever "Frannie e Luke – Capítulo 26-2 – esboço" em seu caderno de resumos, e por alguma razão fico muito incomodado com o fato de ela ter escrito o meu nome errado. Eu consertei antes de dizer a ela.

– Acho que ele fez algumas escolhas[2] e agora está pagando pelas consequências; uma delas é queimar no Inferno por toda a eternidade.

Ela me olha incrédula.

– Assim tão simples, é? Não há como atenuar as circunstâncias? Sem segunda chance?

– Não. Não acredito em segunda chance. – O mundo lá embaixo não compartilha desse conceito.

Ela se vira na cadeira e cruza os braços sobre o peito, me examinando.

— Você nunca cometeu um erro? Nada de que se arrependesse?

— Não.

— Todo mundo já se arrependeu de ter feito alguma coisa.

[2] Luc se refere a Tom, personagem do livro que assassina o pastor. (N. E.)

Eu me inclino na sua direção e olho para aqueles olhos cor de safira.

– Do que você se arrepende, Frannie?

Ela estremece quando digo o seu nome e percebo que estou sendo injusto. Eu realmente forcei um pouco a barra sem precisar, mas gosto da reação.

Quando ela responde, existe mais que uma insinuação de dor em sua voz, é a tristeza com um suave aroma de rosas. Procuro no fundo de seus olhos a causa disso.

– Várias coisas – ela diz com um olhar distante.

De repente, por alguma razão, não quero que ela se machuque. Estou terminantemente decidido a fazê-la feliz. Basta um empurrãozinho para isso acontecer.

Pare com isso. Que diabo de pensamento é *esse*? Nem sequer reconheço a sensação que tive com esse pensamento. Demônios não têm sentimentos. Não é *desse* jeito. Essa não é uma missão de caridade... estou aqui com um propósito, e Frannie Cavanaugh está se mostrando promissora. Muito promissora. Na verdade, estou começando a achar que ela é A Escolhida. O sinal toca e percebo, para meu próprio espanto, que são os olhos *dela* que *me* prendem aqui em vez de ser o contrário. Isso será interessante.

Ela pisca como se tivesse despertado de um sonho e olha para o caderno de resumos vazio.

— Bom... acho que a gente não conseguiu muita coisa.

– Eu não diria isso. – E pego o meu livro sobre a mesa.

Ela lê os dez apontamentos marcados em um bloco com o título "Frannie Cavanaugh e Luc Cain – Tema: Steinbeck – Capítulo 26-2", e faz uma cara desanimada.

— Ah... bem, acho que está legal. – Incrédula, novamente. Ela é impetuosa. Gosto de um pouco de fogo. Faz com que me sinta em casa. – Você já encontrou seu armário nesse labirinto de ratos? – ela pergunta, jogando seus livros na mochila e se levantando.

— Ainda não procurei. – Eu carregava apenas o meu caderno de resumos e *As vinhas da ira*.

— Bom... isso não é legal. Se você não quiser arrastar suas coisas por aí, posso ajudar a achar um.

Puxo do meu bolso de trás um pedaço de papel com o número do armário enquanto seguimos para a porta.

– Número... – Eu sorrio. O mundo dos mortais às vezes é muito engraçado.

– O quê?

– 666. – Eu respondo, e ela me olha com uma cara irônica.

– Ah, é logo ali. – Ela aponta para o outro lado do corredor. – É perto do meu.

Mesmo que eu saiba que o destino é uma baboseira — nada como uma desculpa para os mortais fazerem escolhas que eventualmente não fariam –, isto é um sinal.

Olho para ela mais de perto. Se ela é A Escolhida, e está começando a parecer que sim, preciso marcar a sua alma para o Inferno antes que algum anjo sujo me impeça de fazê-lo. E tudo indica que isso deve ser *agora*. O fato de ter sido tão difícil encontrá-la pode significar que está sendo protegida por *eles*. Se a estão protegendo, eles a estão vigiando. Não demorará muito para saberem que eu a encontrei. Dou uma boa olhada no corredor lotado. Muitos clientes em potencial, mas nenhum anjo – até agora.

Ela começa a atravessar o corredor até seu armário e fico para trás para admirar a vista por alguns segundos antes de segui-la. Ela *é* pequena – cerca de um metro e cinquenta e cinco. É mais ou menos uns trinta centímetros menor que a minha forma humana. Mas ela não é nenhuma menininha. Há curvas nas partes certas.

Rio comigo mesmo. Embora a luxúria seja um dos sete pecados capitais, não é o único que me mantém aqui. Não é algo que eu já não tenha experimentado em sete milênios de existência – embora eu já o tenha usado milhares de vezes. Isso será divertido.

Dou uma longa passada para o outro lado do corredor e a alcanço assim que ela chega ao seu armário. Eu giro a fechadura do meu algumas vezes e o abro.

– Como você fez isso? – ela pergunta, como se soubesse que usei meu poder.

– O quê?

– Este era o meu armário no início do ano e troquei porque a fechadura estava quebrada.

– Ah... Eles devem ter consertado. – Eu precisava tomar mais cuidado. Essa mortal é uma observadora extraordinária. Vacilei na sala de aula por não estar olhando para o livro e ela percebeu, porque também não estava olhando para o dela. Agora com a fechadura, porque tentei a verdadeira combinação, e acho que ela está certa: a fechadura está mesmo quebrada.

Ela olha incrédula.

— É... eu acho, só que eles nunca consertam nada por aqui. Bem-vindo ao Colégio Hades.

— *Como no Inferno?* Como assim? Colégio Hades?

– É, sacou? Colégio Haden, Colégio Hades. É só uma letra, mas descreve muito mais o que é esse buraco.

– Hum.

– Você não concorda? – Ela aponta para as rachaduras nas paredes, pintura descascada, lâmpadas queimadas, o piso cinza arrancado e os armários de metal cinzento amassados ao nosso redor.

– Bem, parece que escolhi "o lugar", então. – Um sorriso aparece no meu rosto. Que perfeito: meu alvo frequenta justamente um colégio apelidado de Inferno[3]. Isso é perfeito.

[3] *Hades* – nome dado, na mitologia grega, ao Inferno ou mundo dos mortos. (N.E.)

Ela dá uma olhada em volta e chega ao seu armário, mas não consegue disfarçar um sorrisinho no canto da boca.

– Se o seu "o lugar" é essa porcaria, então você está acabado e é mais patético do que eu poderia imaginar.

Eu rio. Não há o que fazer. Em seguida estremeço quando esbarro em sua canela. Hum... patético deve ser o seu tipo.

– Como você muda de colégio um mês antes da formatura?

Eu rio por dentro.

– Negócios.

– Do seu pai? – ela questiona.

– De certa maneira.

Ela olha para mim e uma ruga de questionamento aparece em sua testa, tentando imaginar o que isso quer dizer. Então ela fecha o seu armário com uma batida forte.

– Então... qual é a sua próxima aula?

Pego meu horário de aulas no bolso de trás e sacudo-o até abri-lo.

– Parece que é Cálculo, sala 317.

– Ah... é com a professora Felch. Sinto muito.

– Por quê? O que tem essa professora Felch?

Justamente nesse momento o sinal toca. Ela se assusta.

– Em primeiro lugar, você deve estar sentado no seu lugar quando o sinal tocar, caso não queira levar uma suspensão. Sinto muito. E, em segundo lugar, ela morde.

— Hum. Vamos ver. – Chuto o meu armário e sigo para o prédio 3, e não tento esconder um sorriso por saber que os olhos dela me queimam pelas costas durante todo o tempo que sigo pelo corredor. Um bom começo.

CAPÍTULO 2

CONSEQUÊNCIAS TERRÍVEIS

Frannie

Acontece que estou um pouco ansiosa e praticamente sem nenhuma utilidade no Laboratório de Física. Felizmente, o Carter, meu parceiro no laboratório, é um geninho viciado em computadores que adora fazer todo o trabalho sozinho. Hoje eu deixei que ele fizesse o que bem entendesse com a placa de circuito. Carter ajeita seus óculos e se debruça sobre a placa como uma mãe protetora, enquanto eu me sento imaginando como o Luc aparece do nada e me deixa sentimental. Coisa que nunca sou com garoto nenhum.

Fico observando o que o Carter está fazendo, porque ele não é tão esperto quanto pensa que é. Posso correr risco de morte e ter a minha mão perfurada ao tentar fixar o seu parafuso.

No final da aula no laboratório olho para o meu relatório e me dou conta de que escrevi "Luc" em vez de "ohms" por todo canto. A caneta. Isso é mau.

Apesar de todo o meu esforço, eu me pego quase correndo de volta para o meu armário depois da aula no laboratório. Mas, assim que me viro no corredor, sinto uma mão no meu ombro. Eu me viro e dou de cara com Ryan Keef, ou Reefer, como todos os seus amigos o chamam. Ele dá um passo para bem perto de mim e fica me encarando de cima. Logo dá um sorrisinho e posso imaginar o que vem por aí.

– Ei, você - ele diz, afastando do rosto seus *dreads* de cor marrom que batem na altura dos ombros.

Eu desvio dele me esgueirando pela parede.

– Oi, Reef. E aí?

Ele fica parado contra a parede e dá uma olhada para o seu pessoal no final do corredor, que o espera na porta do refeitório.

– A gente quer você de volta – ele diz com o queixo empinado.

Eu me viro e começo a andar para longe.

– Isso não vai acontecer.

Ele me cerca com o braço contra a parede.

– Eu *quero* você de volta – ele diz em voz baixa.

Hesito tempo suficiente para respirar bem fundo antes de me virar para ele. Quando me viro, tento fazer uma cara bem séria, mas sinto meu coração amolecer ao fitar seus grandes olhos castanhos.

– Escute, Ryan. Eu... não é você.

Verdade. Eu me sinto mal pela maneira como isso soa, mas é a verdade.

Ele se apoia na parede e parece chateado.

– Fantástico. O "não é você, sou eu" é o que todo cara deseja ouvir.

– Sinto muito, mas é. Eu, quero dizer... não é nada com você.

Ele não consegue conter a frustração.

– Por quê? O que há de errado?

– Eu não sei. Acho que não estou interessada em um relacionamento sério.

Seu sorriso é ambíguo.

– Eu posso ficar numa boa. Sem ressentimentos – ele diz, como se eu fosse esquecer que disse que me amava.

Eu sorrio e lhe dou um empurrão, porque ele não tem vocação para fazer esse tipo.

– Tenho certeza que sim.

– É sério, Frannie. A turma quer você de volta. A gente não vai achar ninguém tão boa quanto você.

– *Você* pode cantar. Não precisa de mim.

– Estou totalmente desafinado. Precisamos de uma cantora de verdade. Mulher, de preferência. Você sabe, para esquentar a plateia.

Reviro os olhos.

– Desculpe. Você deveria pensar em alguma coisa. Você sabe, um tipo de teste. Existem milhares de pessoas bem aqui na escola que podem cantar muito melhor que eu.

– Já fizemos. Só temos a Jenna Davis, que parece uma cantora de ópera, e o Cassidy O'Conner, que é quente, mas... – ele se retrai.

– Eu conheço alguém que será perfeita. Ela é amiga da minha irmã. Vou te dar o número dela.

Volto a caminhar, mas ele novamente me impede colocando a mão na parede. Solto um urro por dentro e me seguro para não torcer o seu braço e jogá-lo contra a parede.

Ele se inclina, seus lábios tocam meu ouvido, e eu posso sentir seu perfume de almíscar. Ele desliza seus dedos calejados pela guitarra em meu braço e me faz estremecer.

– Mas eu quero *você*. Sinto a sua falta, Frannie.

Meu coração palpita e me lembro de como era bom sentir aqueles lábios nos meus, mas respiro fundo. *Você não me ama.*

Dou de ombros, passo por baixo do seu braço e saio apressada pelo corredor, só para encontrar o meu armário cercado por garotas. É impossível saber quem é quem no Colégio Haden e Luc está bem no meio delas. Está a Stacy Ravenshaw e sua animação de vagaba; Cassidy O'Connor, linda irlandesa; Valerie Blake, alta, morena e linda. É a capitã do time de voleibol. E Angelique Preston, a deusa da turma – loira, bonita e cheia de curvas, com a profundidade intelectual de uma poça de lama.

De repente, estou furiosa. Um pensamento totalmente ridículo e irracional passa pela minha cabeça: *Eu o vi primeiro.* Eu me imagino empurrando toda a multidão para chegar até ele, arrancando olhos e punhados de cabelos.

Preciso mesmo me recompor. Penso no meu treinamento de judô para achar meu ponto de equilíbrio. Depois de dez segundos de meditação e controle da respiração, abro caminho no meio das tietes até o meu armário, onde troco os meus livros e em seguida disparo em fuga... até outra mão quente alcançar o meu ombro.

– Ei... o que você tem agora?

Aquela voz doce, sensual e suave está atrás de mim, tão perto que posso sentir o seu calor.

Luc

Ela se vira e sinto a sua fúria: aroma de pimenta-do-reino, a vibração avassaladora da luxúria. Hum... é um bom começo. O primeiro passo. Ela sorri ironicamente para Angelique e diz:

– História, senhor...

– Sanghetti, sala 210? — interrompo.

– Você também?

– Sim.

Começo a me aproximar de seu braço quando ela se vira, mas eu me seguro porque percebi que ela se afastou do meu toque quente em seu ombro. Estou quente demais para tocar.

Olho para ela de soslaio e ela olha para o chão.

– Bem... Você vai almoçar depois?

— Acho que sim.

— Você quer se sentar com a minha turma?

Ela parece hesitante e não tão segura como de costume.

– Seu convite é tentador, mas preciso resolver algumas coisas. Talvez outro dia.

A verdade é que toda a comida humana é repulsiva, mas a comida do refeitório do colégio... é impraticável.

— Como quiser — ela diz com frieza.

Eu me animo e tudo em mim vibra como uma corda de violão arrancada enquanto disparos de raios incandescentes me atravessam. Ela é A Escolhida. Tenho certeza disso. Sua alma está para ser *marcada*, mas não *coletada* – o que é bom, porque coletar não é minha função. Ela tem sido um caso difícil, apesar de tudo. Os dois últimos demônios que mandamos não conseguiram encontrá-la e estão queimando no fundo do Lago de Fogo. Mas esses eram demônios inferiores, de Terceira Categoria. Mas agora enviamos o melhor, que, claro, sou eu. Meus instintos afiados me trouxeram até onde estou: Primeira Categoria, exatamente na elite. Eles nunca me orientaram de modo errado e me trouxeram ao Colégio Haden. Eles me colocaram no caminho de uma tal senhorita Frannie Cavanaugh.

Andamos até a aula de História e Frannie sentou-se próxima do meio da sala. Eu sigo pelo corredor até o professor Sanghetti, que está recostado bem inclinado em sua cadeira, com os pés sobre a mesa. Eu rio enquanto imagino bater em sua cadeira, apenas por descuido, e derrubá-lo para trás.

– Professor Sanghetti.

Ele olha para cima.

— Sim.

Estendo meu horário de aulas e ele passa os olhos sobre ele, suspira profundamente e faz um grande esforço puxando seus pés de cima da mesa e arrastando seu corpo cansado para se colocar de pé.

– Suponho que você precise de uma autorização, é isso?

— É isso mesmo.

Ele vasculha sua mesa e finalmente encontra um pedaço de papel amarelo amassado, depois se vira e puxa um livro da estante atrás de sua mesa.

Então olha para o meu horário de aulas de novo e escreve o meu número perto do meu nome em sua lista de chamada.

– Em qualquer lugar está bem, Lúcifer – ele diz, me entregando o livro e apontando para a sala.

— Pode me chamar de Luc.

– Tá certo, Luc. Pode sentar em qualquer lugar – ele diz com um gesto de mão.

Eu me viro e tomo o caminho de volta até a Frannie, sentando à mesa à sua direita. Enquanto me sento, o professor Sanghetti começa a fazer a chamada.

– José Ávilla. Jennifer Barton.

As mãos se levantam quando os nomes são chamados.

— Zackary Butler. Lúcifer Cain.

Os olhos dela encontram os meus em um golpe seco. Eu dou um riso forçado.

– Mary Francis Cavanaugh.

Meu riso forçado se amplia quando ela levanta a mão. *Mary Francis*. Ah, isso é delicioso.

Quando termina a chamada, o professor Sanghetti nos manda abrir o texto na página 380 e começa a falar desanimado sobre a queda dos cristãos de Jerusalém durante as Cruzadas.

Eu apenas encaro Frannie – Perdão *Mary Francis* – e rio comigo mesmo. Tempo depois, Mary Francis está olhando de novo para mim. Então as luzes se apagam e imagens antigas de Jerusalém são projetadas em um telão.

– O que estava no centro do conflito por Jerusalém? – o professor Sanghetti pergunta.

Algumas mãos se levantam e eu ouço a resposta, recordando como realmente aconteceu. Na verdade, ter estado lá faz com que toda aula de História que eu já tive, umas cem ou mais, seja realmente divertida. É como naquele jogo em que alguém sussurra algo no ouvido de outra pessoa, para começar a ser transmitido até a última pessoa dizer em voz alta aquilo que não tem nada a ver com o que a primeira pessoa realmente disse.

Frannie

Bem, eu continuo olhando para o Luc, podem rir de mim, não consigo evitar, e durante toda a aula de História ele fica com um sorrisinho no rosto. Não faço ideia do que se trata, mas, pensando bem, talvez tenha sido bom ele não ter aceitado almoçar. Eu não tenho certeza se estou preparada para dividi-lo com a

Taylor. Ela e a Riley estão sempre querendo me arranjar um encontro "caridoso" – o que quer dizer que pensam que sempre escolho os necessitados semifracassados. Riley acha que é uma questão de controle, talvez ela esteja certa. Eu não faço nada que não queira fazer e não vou acabar em um relacionamento em que me sinta pressionada. Mas há o fator Taylor. Desde que nos conhecemos, na quarta série, nosso relacionamento tem sido uma rivalidade amigável. Infelizmente para ela, sempre fico com as melhores notas. Infelizmente para mim, ela sempre fica com os melhores garotos. Considerando tudo, os necessitados semifracassados é um escolha segura e na maior parte das vezes eles não são o tipo da Taylor.

Mas, observando o Luc sorrir para o professor Sanghetti, tenho certeza de duas coisas: Luc não é um necessitado semifracassado e Taylor vai dar em cima dele. Sendo assim, independentemente dessa piração dentro de mim, é melhor eu acabar com ela.

Continuo olhando para ele e é claro que ele percebe e me encara também. Quando percebo que ele não está respirando, imagino que também não estou. Eu respiro fundo. Ele percebe e respira fundo também. E sorri. As minhas entranhas se contorcem em um nó. *Ugh!*

– Luc, alguma ideia?

O professor Sanghetti está de pé na nossa frente. Como ele chegou lá?

Luc se inclina para trás em sua cadeira, cruzando os dedos atrás da cabeça e endireitando as pernas debaixo da mesa, cruzando-as na altura dos tornozelos. Ele olha para o professor Sanghetti.

– Bem, é realmente impossível falar com certeza dos fatos. Suponho que se resuma à teologia, embora a Primeira Cruzada nem sequer tenha começado como uma guerra religiosa. Acho que foi o papa Urbano, que estava estressado porque o povo de Constantinopla estava se afastando dele, então ele arranjou uma maneira de marcar alguns pontos e trazê-los de volta ao seu rebanho.

O professor Sanghetti por alguns segundos fica parado com os olhos arregalados, até que se vira e caminha até a frente da classe.

– Bem, suponho que esse seja um ponto de vista. – Ele se vira para a turma. – Não necessariamente o *correto*, mas ainda assim um ponto de vista.

Luc se inclina para a frente, os cotovelos sobre a mesa, e seus olhos faíscam. Então um sorriso sereno aparece em seu rosto.

– Se o senhor não quer acreditar que era apenas a força de um grande poder, há também a opinião de que era um grupo de nobres franceses entediados que procuravam o que fazer.

E o velho clichê “salvo pelo gongo” se torna realidade, só que não tenho certeza de quem está sendo salvo: Luc ou o professor Sanghetti.

Eu olho para o Luc.

– *Lúcifer?*

– Sim, Mary Francis.

Olho confusa para ele.

– Seu nome é *Lúcifer*? Como *o diabo*?

Lá está aquele sorriso perverso de novo.

– Em carne e osso. É um nome muito comum de onde venho.

Eu me levanto da minha cadeira.

– E onde é isso?

Seus olhos brilham famintos e ansiosos.

– Nenhum lugar que você já tenho ido.

Eu estremeço e balanço a cabeça.

– O que alguns pais fazem a seus filhos...

Há um brilho divertido em seus olhos negros vulcânicos enquanto ele segue até a porta comigo.

– Deixe-me adivinhar. Mary Francis... uma boa família católica... Espere, não diga nada. Oito irmãos?

– Cinco.

Não gosto do tom da sua voz.

– Até mais – falo sobre meu ombro enquanto sigo em direção ao refeitório.

– Até mais – ele diz, e posso sentir seus olhos queimando minhas costas enquanto ando pelo corredor.

Sou levada pela porta do refeitório por uma onda de pessoas e encontro Taylor e Riley em nossa mesa de sempre, próxima à porta, para o caso de ter de sair às pressas. As paredes, o piso e as mesas do refeitório são de um tom de verde vômito, porque assim, se alguém vomitar, não deixará manchas. Basta olhar e sempre fico um pouco enjoada.

Riley está debruçada sobre um livro e apanha sua salada com um garfo torto. Taylor está vigorosa em sua cadeira, e seu cabelo espetado, rosa e amarelo se move descontrolado.

Entre a vivacidade e o brilho lascivo de seus olhos, sei que não tenho como agarrar o Luc. Ela sabe.

Apesar disso tudo, Taylor sempre tem exatamente o que eu preciso em uma amiga. Realmente, nós nos parecemos bastante. Nenhuma de nós é sem graça ou inconstante. Nós duas temos nossos próprios limites para impedir que qualquer um se aproxime e respeitamos esses limites desde o começo. Eu não sei o que ela acha disso, e ela nunca me perguntou nada. Nunca precisei ter medo de que a Taylor se intrometesse, tentando ultrapassar as minhas defesas. E ela também não.

Riley e todo o seu *sentimentalismo*, por outro lado, são perigosos. A primeira vez que a vi, Angelique Preston tomava um sorvete de casquinha de chocolate e menta. Foi no verão após a sétima série. Taylor e eu estávamos indo para a sorveteria onde Angelique estava dando uma prensa na Riley do lado de fora da loja. Eu posso dizer que as palavras que saíram da boca da Angelique eram alguma coisa parecida como "bunda gorda". A mágoa e a humilhação tomaram conta do olhar de Riley.

Aquilo não era uma brincadeira inocente entre amigas. Sem pensar, puxei o braço da Angelique de cima da Riley e o torci até imobilizá-la. Nesse instante, em uma só tacada, fiz uma amiga acidental e uma inimiga mortal.

Olhando para Riley agora, ela é uma mera sombra vazia. Ainda possui curvas, mas curvas que mexem com os caras. Eu apostaria uma grana que foi naquele momento, contra a parede da sorveteria, com seu sorvete de chocolate pingando, que ela decidiu perder peso.

– Fofoca! – elas dizem enquanto largo a minha mochila no chão.

– O quê?

Taylor me olha deslumbrada, coisa que ela faz muito bem.

– Não esconda nada, Fee! A gente já sabe do novo e lindo carinha, então desembucha logo!

Maravilha. As notícias voam. Eu dou uma de ingênua.

– Ele é lindo? Quem disse isso?

Taylor continua me olhando com aquele brilho nos olhos.

– Você é tão escrota.

– Você diz isso como se fosse uma grande coisa.

– *Conta logo!* – grita Riley, batendo seu livro na mesa, e todo mundo em volta olha para nós.

– Tá certo. Relaxa. Vou pegar o meu almoço – eu digo olhando para a comida nojenta e irreconhecível na bandeja dos outros alunos quando eles passam.

– Que diabos é isso?

Riley faz uma careta.

– Provavelmente alguma coisa com tofu. De novo eles ficaram sem dinheiro esta semana.

– Maravilha. Vou logo antes que toda a salada acabe.

Dou uma olhada para a porta com a esperança de que o Luc tenha mudado de ideia e então eu possa escapar da Taylor, deixando-a espumando de raiva. Sem pressa, entro na fila e escolho o que encontro de melhor, deixando de fora o alface murcho. Fico uns cinco minutos escolhendo os maiores *brownie*, bebo a minha Coca-Cola e reabasteço o copo antes de tomar meu caminho de volta bem lentamente até a mesa. Quando chego, juro que há faíscas saindo dos ouvidos da Taylor.

– Conta logo, droga! – ela diz enquanto eu me sento.

– Ele é só um cara novo. Luc.

Olho para porta desejando que ele apareça.

– De onde ele veio?

– Não faço ideia.

Taylor me pressiona com seus olhares.

– Como vocês se conheceram?

– O professor Snyder colocou a gente como parceiros de resumos.

– Ele já te convidou para sair? – pergunta Riley.

Olho para a porta de novo e reviro os olhos.

– Eu nem consegui trazer ele para almoçar com a gente.

– Hum... – Taylor está espumando de raiva. – Ele não me parece o seu tipo.

Dou de ombros. Seus olhos estão ansiosos.

– De repente você podia me apresentar a ele.

Tem um nó na boca do meu estômago.

– Pode ser.

– E a festa de sexta-feira? A que vai rolar no Gallagher. Você acha que ele toparia ir se eu convidasse?

– Mas você nem conhece ele.

O tom da minha voz me assusta. Eu sabia que isso ia acontecer. Não sei por que estou surpresa. Sua expressão muda para o modo "plano". Ela bate com o dedo no queixo.

– A festa é depois de amanhã. Se você não vai chamá-lo, ele é meu – ela sorri para mim.

Ironicamente sorrio de volta.

– Quer saber, Tay? Vá pro Inferno.

Luc

Estou trabalhando durante o almoço em coisas nas quais preciso ter cuidado e que geralmente implicam fazer uma ronda furtiva ao redor de estacionamentos, balneários e cais de carga, na expectativa de encontrar alguém útil. Mas devo confessar que estou tendo mais dificuldade em me concentrar do que esperava. Fico imaginando como um metro e cinquenta e cinco, loira, se encaixaria perfeitamente contra o meu corpo enquanto eu...

Ok. Isso está ficando ridículo. *Concentre-se.*

Mas, por algum motivo, eu me encontro vagando em frente à porta do refeitório. Não uma ou duas vezes, mas cinco vezes, até finalmente me render e entrar. Sigo por trás da Frannie, onde ela está sentada, próxima à porta, a tempo de ouvi-la dizer: "Quer saber, Tay? Vá pro Inferno". Eu sorrio, porque acho bonitinho que ela esteja até convidando suas amigas para irem também.

– Olá — eu digo. — Este lugar está ocupado?

Meu sorriso a faz dar um sorriso largo e quase saltar para fora de sua pele. Hum... o que é isso? Grapefruit? Dá um pouco de medo, não é mesmo? Garota esperta. Então consigo sentir uma onda de excitação e meu sorriso se alarga. Ela me quer. Excelente.

Suas amigas – uma loira esguia com mechas cor-de-rosa, com um *piercing* nos lábios e brilho nos olhos. A outra é morena, olhar tímido e olhos castanhos intensos. As duas estão me encarando. Vou cuidar delas mais tarde.

– Acho que não.

Frannie volta para seu lugar e seus olhos miram os meus.

– Achei que você tivesse coisas para fazer – ela diz.

A decepção em sua voz não combina com a excitação que exala de seu corpo. Dou uma boa olhada nela e digo que já terminei.

Num piscar de olhos, a loira se empina e, com as mãos pressionadas sobre a mesa, faz seus seios saltarem enquanto se inclina na minha direção.

– Ah... Fee, não vai nos apresentar? — com um sorrisinho sacana nos lábios rosa brilhantes ela não tira os olhos de mim.

Frannie se mexe em sua cadeira para que eu não veja a sua reação. Mas posso sentir indícios de anis e alcaçuz — doce no ar.

– Que seja... Luc... essas são Taylor e Riley.

Eu aceno na direção delas.

– Por que você mandou sua amiga para o Inferno? Não que seja má ideia. Só para saber...

– Porque é de lá que ela veio.

Ela olha com raiva para Taylor do outro lado da mesa.

– Você acha? — diz Riley com um sorriso.

– Bem, eu acho que vamos ter de esperar para ver.

Eu sorrio encorajando Taylor. Ela pode ser útil.

Faíscas saltam dos olhos de Taylor quando ela diz:

– Então, Luc... você ouvir falar da festa no Gallagher na sexta?

Agora percebo o desapontamento da Frannie. Seu aroma quase me derruba. Inveja. Interessante. Eu deveria usar isso a meu favor.

– Acho que ouvi alguma coisa.

– Você vai? – pergunta Taylor.

Lanço para Frannie o meu melhor olhar sensível e profundo.

– Depende. Você vai?

Seu coração dispara e ela diz que acha que sim. Minha boca se abre em um sorriso.

– Então eu não poderia perder por nada.

Eu não deixo passar o brilho no olhar da Taylor ou a Frannie ruborizada enquanto se volta para a mesa e puxa os cabelos presos em um nó, deixando-os cair sobre os ombros e escondendo seu rosto. Deslizo na cadeira para perto dela e puxo-a até bem perto da mesa, então nossos ombros quase se tocam. Tenho certeza de que ela pode sentir meu calor, mas eu não me importo de ela ficar quente e perturbada. Tudo em um dia de trabalho.

– Vocês vão precisar de uma carona para essa festa?

Frannie olha assustada e grita:

– Não!

Riley e Taylor riem. Então, timidamente, Riley sorri para mim.

– O que ela quer dizer é que sempre vamos juntas às festas.

Taylor me devora com os olhos.

– Mas nem sempre saímos juntas das festas – ela diz, arqueando uma sobrancelha para mim e cutucando Riley, que abre um sorriso e a cutuca de volta.

– Bom saber.

Tento captar o olhar da Frannie, mas ela está escondida atrás de seus cabelos de novo.

CAPÍTULO 3

OLHOS DE ANJO

Frannie

As dobradiças rangem quando abro a porta do carro de segunda-mão da Riley. Ela fica me olhando:

– Quem é você e o que fez com a Fee?

– O que foi?

– Você está usando maquiagem. Por que isso?

Fico puxando fiapos do estofamento por um rasgo no assento preto de vinil enquanto ela começa a descer a rua.

– Não sei. Acho que me deu vontade, só isso.

– Será que isso não tem a ver com um sujeito alto, moreno e com *piercing*?

Ignoro o nó apertado no meu estômago e abro a janela.

– Você ouviu a Taylor. Ele é dela. Provavelmente ele não vai aparecer mesmo.

– E perder todo esse *fogo*? – ela diz, tocando em meu ombro. – Como não? Ele vai estar lá.

Riley me olha de novo e sua expressão se torna séria de repente.

– Você deveria investir nele, Fee. Você está a fim. Quem sabe Luc não é "o cara"?

Uma onda de constrangimento me pega de surpresa e eu começo a falar, tentando me defender:

– Um dia você vai parar de viver no seu mundinho de fantasia e, quando isso acontecer, vai descobrir que não existe essa coisa de "o cara".

Imediatamente me arrependo. Disfarço a minha culpa colocando todo o braço sobre a janela, apoio o queixo no antebraço e sinto o vento no meu rosto. Ela dirige até o final da rua, respeitando o limite de velocidade, até o momento em que vira a esquina para buscar a Taylor.

– Desculpe, Ry. Não deixe meu mau humor pegar você. Só não acredito nessa besteira de viver um grande amor... desculpe.

Dei uma mancada.

Ela parece que vai chorar, então não olho para ela.

– Um dia você vai se surpreender, Fee.

– Pode ser – eu digo, e ela entra na garagem da Taylor.

Taylor vem correndo e desliza sobre o assento justamente quando Jackson Burchell estaciona atrás da gente. Ela empurra a minha cabeça para trás.

– Olhe. É o seu admirador não tão secreto.

Cruzo os braços e deslizo no assento.

– Maravilha.

O tom de voz da Taylor soa condescendente ao dizer:

– Você deveria ficar com o Jackson. É uma escolha muito mais segura.

Trevor, o irmão da Taylor, desce rapidamente as escadas da frente da casa e sorri para Riley, enquanto segue para o carro do Jackson. Eu sorrio para Riley e dou um tapinha em sua perna quando Taylor olha para o seu irmão pela janela e resmunga:

– Imbecil.

Ela vai ter um troço quando descobrir que Trevor e Riley estão namorando.

– Prontas para a festa? – Taylor grita, enquanto Riley segue o carro de Jackson.

Eu me ajeito no assento e olho para ela, que está desabotoando dois botões da blusa e esfregando as bochechas.

– Acho que sim.

Imediatamente a sua empolgação se transforma em antipatia, quando ela vê o meu rosto.

– Fala sério!

– O quê?

– Você quer o Luc.

Eu tento provocá-la.

– Acho que os seus últimos neurônios entraram em colapso.

– Você é uma vadia! Maquiagem? – Ela sacode as mãos.

Riley sorri pelo retrovisor.

– Está com medo da competição, Tay?

Taylor se encosta com força contra o encosto do carro, cruza os braços bem apertados sobre o peito e diz mal-humorada:

– Qual é, Fee? Você está a fim dele?

– Você precisa se garantir, Tay – digo e me viro para olhar pela janela.

Chegamos à festa e, antes mesmo de estacionar, dou uma olhada através do crepúsculo cinzento, sacando a multidão reunida no quintal dos Gallagher. Os Gallagher têm dez filhos, um deles é o Chase, namorado da Kate, minha irmã. Todas as festas do colégio, desde muito tempo, têm sido no quintal dos Gallagher. Provavelmente porque o pai deles trabalha à noite e a mãe está sempre cansada demais para se importar com o que fazemos.

Por um momento fico desapontada, mas sinto alívio quando percebo que o rosto que procuro na multidão não está lá.

A verdade é que eu não pude responder à pergunta da Taylor porque não tenho ideia do que estou fazendo. Levei quase uma hora me arrumando para esta festa. Eu até deixei a Kate, nossa guru de moda, me ajudar a escolher a roupa e fazer minha maquiagem. Como se eu estivesse mesmo me importando com a aparência. E estou nervosa *pra diabo*, coisa que nunca acontece. Não que eu seja superconfiante, mas geralmente não estou nem aí para o que as pessoas vão pensar de mim.

Taylor agarra a minha mão.

– Venha... vamos tomar uma cerveja.

Ela me puxa para perto de si enquanto andamos.

– Ele ainda não chegou – sussurra no meu ouvido.

– Não me importo – eu digo, mesmo sendo mentira.

Seus olhos faíscam.

– Ótimo, porque eu, sim.

Sinto uma pontada na barriga, como se tivesse engolido um anzol. *Por que só em pensar nele já fico assim?* Ele é perigoso, com certeza. O tipo de cara que pode destruir as defesas de uma garota com o seu jeito de ser.

Nós chegamos ao barril de cerveja e o "jogador de futebol sem pescoço e mulherengo" Marty Blackstone, de quem a Taylor não tirava os olhos até o Luc aparecer, faz uma grande demonstração, contraindo seu bíceps enquanto bombeia a torneira do barril.

– Ei, Tay – ele diz enchendo o copo. – Vocês parecem sedentas. Definitivamente precisam beber alguma coisa.

Ele sorri e entrega a cerveja a ela. Entrega outra para mim e para Riley também.

Sobre o ombro da Riley vejo o Trevor e sua turma saindo do carro do Jackson e de repente percebo o que a Riley viu nele. Ele é parecido com o meu irmão e eu nunca tinha reparado bem nele. Mas até que é bonitinho. Tem um sorriso bonito e covinhas, como a Taylor, mas, além disso, quando olhava para ele só via um moleque mirrado. Na verdade, ele está sarado, provavelmente está malhando, e o cabelo loiro comprido o deixa com jeito de roqueiro.

Ele e Riley não tiram os olhos um do outro enquanto ele atravessa o quintal. Jackson vem logo atrás, com seus olhos pálidos e cinzentos grudados em mim. Ele afasta a longa franja de cima do rosto para enxergar melhor e desvio o meu olhar rapidamente para ele não achar que estou olhando lá para fora por causa dele. Nada disso. Ali, eu tô fora.

Na festa do último fim de semana acabei ficando com o Jackson dentro do armário de casacos. Na hora achei que fosse uma boa, talvez porque o Reefer não tirasse os olhos de mim e fiquei com medo de ceder. Mas na semana passada descobri o problema com atletas. Uma ficadinha e eles acham que são donos de você. Eu não estava a fim de mexer com ele.

– Oi, Trevor – diz Riley casualmente. Ela olha rapidamente para Taylor.

Trevor olha para o chão e dá um risinho constrangido:

– Oi.

– Cai fora, Trev – diz Taylor e Riley baixa a cabeça.

Trevor pensa rápido e passa o braço sobre os ombros de Taylor.

– Pois é... imagino que andar com você por aí pode ser um tanto embaraçoso, afinal, sou muito mais bonito que você.

Dou uma risada alta, porque é quase certo isso ser verdade. Então paro de repente quando sinto uma mão na minha bunda. Eu me viro e dou de cara com o Jackson atrás de mim, sorrindo.

– Oi, Frannie. Que tal a gente continuar de onde paramos? – ele diz movendo uma sobrancelha.

A coisa mais importante que aprendi no judô é o controle físico e emocional, mas isso é muito mais do que posso controlar. Pressiono minha bunda em sua mão e sorrio docemente pouco antes de arrancá-la dali com força, agachar-me, virá-lo sobre o meu ombro e jogá-lo no chão. Ele bate a terra que está sobre si e por alguns minutos fica de costas para mim, tomando ar. Então me olha assustado, com a boca semiaberta. Eu me curvo bem perto do seu rosto

– Ei, Jackson... que tal a gente "não continuar"?

Taylor me dá um aperto de mão.

– Uau! Garota Ninja em ação. Foi muito delicado!

Jackson se arrasta no chão, ainda respirando com dificuldade, e se levanta com um puxão do Trevor.

– Ah, cara... que patético!

Jackson não diz nada. Fica parado me olhando. Eu fico em posição de luta, imaginando que a coisa poderia ficar preta, mas ele dá um sorriso.

– Ok, isso é para esquentar.

Maravilha.

Jackson fica me rodeando. Pela maneira como me olha, já me despiu em sua imaginação patética. Eu passei a última meia hora circulando entre o grupo e a fogueira crepitando, tentando ficar fora de seu alcance. Paro do outro lado do pessoal e vejo o Jackson procurando uma brecha para falar comigo.

Onde está o Reefer quando preciso dele?

Fico resmungando mentalmente, com a cabeça apoiada na grade da varanda em sinal de derrota, e espero pela inevitável mão na minha bunda.

Então uma voz suave como música espanta de mim aquela sensação.

– Você poderia pedir a alguém para dar um jeito nisso.

Olho para aqueles inacreditáveis olhos azuis. Se o Céu tivesse um rosto, juro que seria aquele. Sua camiseta branca apertada, seu bronzeado e seus músculos definidos. Ele está apoiado na grade perto de mim, como se estivesse ali há muito tempo. Como se pertencesse a esse lugar esquecido por Deus e não a uma praia de San Diego, com uma prancha debaixo do braço.

– O quê?

É tudo o que consigo dizer.

Ele sorri e desliza a mão por suas madeixas platinadas cortadas à altura do queixo, que parecem mudar do dourado para o vermelho com um brilho de fogo.

– Será que entendi mal a situação? – ele diz indicando o Jackson com a cabeça.

Eu reviro os olhos.

– Não, mas eu sei me cuidar sozinha, obrigada.

Afasto-me da grade e volto para o meu grupo.

O Garoto Anjo não me segue. Ele apenas se apoia e observa como Jackson volta a espreitar. Depois de dar uma volta, retorno cabisbaixa para a grade ao lado do Garoto Anjo. Eu olho para o chão.

– Não pense que eu precisei de você para me salvar.

Ele dá uma risada e olho para ele.

– Quer saber? Esqueça.

Eu me afasto da grade, mas algo intenso me atravessa como milhares de pequenas agulhadas de relâmpago quando sua mão toca o meu ombro, me fazendo paralisar.

– Desculpe, eu não estava rindo de você – ele diz com simpatia na voz. – Estava rindo dele.

Ele me dá uma olhada e sinto um arrepio na espinha.

– Ele nunca teria uma chance.

– Que seja – eu digo, me apoiando na grade.

A verdade é que eu queria ficar perto do Garoto Anjo tanto quanto queria ficar bem longe do Jackson.

– Eu sou Gabe – ele diz, voltando-se para mim.

Não tiro os olhos dele. Oh, Deus, *para*! Desvio o meu olhar para o seu peito, o que não é menos pior.

– Frannie.

Ele olha para o copo de cerveja na minha mão e dá de ombros, afastando-se da grade.

E então escuto a Taylor dizer:

– Oh. Meu. Deus.

Eu olho e todo o grupo está sacando a gente. Marty conseguiu ficar ao lado dela e desliza o braço em volta da sua cintura, mas ela se afasta.

E nós não somos as únicas a notar o Gabe, porque vejo a Angelique e sua turma andando perto da fogueira. Ela faz o caminho mais curto até o Gabe, enquanto ele levanta a tampa da caixa de gelo perto do barril. Ela se inclina sobre a caixa fingindo procurar alguma coisa lá dentro. O que *realmente* está fazendo é esfregar seu par de tetas na cara do Gabe. Olho para o Adam Martin, aluno de uma turma mais avançada e namorado da Angelique, mas ele não percebe nada.

– Mais alguma coisa para beber? Água, refrigerante? – Gabe diz olhando para mim.

Ah... aqueles olhos. Sinto meu coração palpitar por uns instantes, lutando para manter o ritmo normal.

– Tenho uma cerveja, obrigada – digo, mas, enquanto falo, sinto o copo ser tirado da minha mão.

– Eu vou encher para você.

O hálito quente do Luc na minha nuca me faz ficar arrepiada e meu coração para de palpitar. Eu me viro e seu rosto está a poucos centímetros do meu. Os fios macios do seu cabelo desgrenhado roçam na minha testa e sinto nele o aroma de canela. Hum.

Taylor não pode perder essa.

– Puta merda! Onde é que você estava?

Luc se endireita e enche o meu copo.

– Estava por aí – ele diz, apontando para a multidão perto da fogueira.

Mas eu estava lá, e ele não estava.

– Uau... Ok. Esta festa está regada a muita bebida.

Ela olha do Luc para o Gabe e volta a olhar para o Luc. Marty entende o que está rolando e fica parado ao lado de Luc. Taylor olha para mim com as sobrancelhas levantadas.

– Então... vamos dar uma volta por aí?

– Hum... bem... – olho para a Riley pedindo apoio. – Acho que já estamos indo.

Riley continua encarando o Gabe.

– Ainda não.

Luc me passa a cerveja e olha com desconfiança para o Gabe, que havia se aproximado.

— Gabriel — ele diz, sua voz quente e doce de repente fica gelada o bastante para congelar o Inferno.

– Olá, Lúcifer.

Embora seu sorriso não vacile, a voz musical do Gabe some.

– Esperem aí... vocês se *conhecem*?

Estou parada entre eles, sem entender nada. O ar ao nosso redor parece carregado de eletricidade, fazendo meu corpo formigar.

Gabe dá um sorrisinho e olha para o Luc.

— Pode-se dizer que sim.

– Infelizmente – acrescenta Luc. Ele dá um sorrisinho, mas por trás dessa aparente calma tem coisa. Mesmo a quilômetros de distância posso sentir a tensão em seu corpo, enrolada e pronta para saltar. Ele tensiona o maxilar e cerra os punhos, morto de vontade de esmurrar algo ou alguém. Juro que vi um minúsculo raio de luz vermelha sobre a sua mão, que em seguida desapareceu entre os dedos.

Fico parada, sem palavras. Meu corpo inteiro fervilha com a eletricidade crescente no ar e tento descobrir em que momento fui parar em um episódio de *Twilight Zone*. Enquanto meu olhar se desloca entre o Luc e o Gabe, tenho a certeza de que isso não pode ser real. Imagino se o Jackson colocou alguma coisa na minha bebida.

Angelique, ao perceber que a atenção não está sobre ela, me lança um olhar fulminante antes de tirar sua jaqueta jeans e exibir uma camiseta colada e curta. Ela se enfia na minha frente, entre o Luc e o Gabe, e estou bastante aliviada por estar livre daquela corrente elétrica bizarra, seja lá o que for aquilo. Imediatamente, Taylor lhe dá umas cotoveladas e a afasta do caminho.

– Cadê o Adam? – ela pergunta a Angelique com uma vozinha doce e um sorriso falso.

Angelique pisa no pé da Taylor.

– Adam quem?

Eu começo a me sentir um pouco tonta e com falta de ar. Afasto-me do grupo, fecho os olhos e respiro bem fundo, tentando me recompor.

– Então... – a voz baixa do Luc em meu ouvido me faz pular.

Abro os olhos e sinto as minhas pernas bambearem. Ele dá um meio sorriso para mim e tira uma mecha do meu cabelo caída sobre o rosto e a coloca atrás da minha orelha.

– Estava imaginando se você me deixaria levá-la em casa.

Fica claro, pelo meu coração disparado, que ir com o Luc seria um erro. Olho para o Gabe, que continua me encarando. Uma onda de calor, quente e repentina, sobe pelo pescoço até o meu rosto, enquanto imagino estar cometendo um grande erro.

Chego mais perto da Riley.

– Você está pronta? Vamos.

Minha voz soa completamente desesperada, e acho que estou mesmo.

Riley olha rapidamente para o Trevor e sorri.

– Desculpe, Fee – ela diz, virando-se para mim e erguendo os ombros.

Eu sinto o calor do Luc atrás de mim, mas não me viro para olhá-lo.

– Estou pronto – ele diz.

Oh, Deus. Por que não consigo respirar?

Olho para o Gabe, o que acaba sendo um erro, pois ele continua me olhando, e aqueles olhos azuis não estão ajudando nada.

Fico de costas para o Luc e o Gabe e olho a distância. Vejo o Reefer e sua turma amontoados em sua caminhonete preta.

Droga.

Eu me viro para o Luc, evitando mirar os seus olhos. Privação de oxigênio embaralha o raciocínio, mas sou capaz de balbuciar:

– Hum... Ok. Podemos ir, eu acho... se você quiser.

Riley se afasta do epicentro de uma possível briga. Levanto a voz o suficiente para ser ouvida fora daquele círculo de conflito.

– Riley! – Ela olha para mim. – Estou indo com o Luc... tá?

Seus olhos brilham enquanto ela acena e sorri entendendo toda a situação.

Olho mais uma vez para o Gabe, que prende o meu olhar e me dá um sorriso iluminado. É nesse momento que sinto a ponta dos dedos do Luc arderem nas minhas costas, através da minha camisa. Sinto seu aroma de canela enquanto ele se volta para trás e sussurra:

– Vamos embora.

Quando me toca, sinto um formigueiro na barriga, que me atravessa, crescendo intensamente até o meu corpo todo estar zunindo. Algumas partes mais que outras. Deixo que ele me guie, com minhas pernas trêmulas, até o seu carro.

Luc

Então... Ele mandou o Gabriel... Não um anjo qualquer, mas um Domínio. Um protetor da segunda esfera. E não apenas um Domínio qualquer, mas a mão esquerda *Dele*. Isso só pode significar uma coisa: vale a pena lutar pela alma da Frannie.

À medida que nos afastamos da festa, Frannie dá uma conferida no carro.

– Legal, um Shelby Cobra GT. E em ótimas condições. É um clássico. Modelo 67?

Não consigo conter um sorriso.

– Modelo 68. Você entende de Mustangs.

Ela se vira para mim e sorri. De repente fico impressionado com tamanha vivacidade. Nem todos os mortais têm essa vivacidade por definição, mas há estágios de vivacidade. Alguns já estão mortos, mas acreditam estarem vivos. Frannie não é um desses.

– Aquilo foi impressionante.

Ela me olha de soslaio.

– O quê?

– Aquilo do cara voando por cima da sua cabeça.

Ela arregala os olhos.

– Você viu?

– Eu vi. Ele tem o dobro do seu peso. Impressionante.

Ela se vira e olha pela janela.

– É... pois é.

Mas posso dizer que ela está sorrindo.

– Então...

– Então, o quê?

– Onde você aprendeu a fazer aquilo?

– No judô. Oito anos.

– Interessante. – Eu gosto dessa garota mais a cada minuto. – Então... para onde?

Ela se vira para mim com um sorriso sugestivo.

– Achei que você tivesse dito que estava me levando para casa.

Ela está começando a relaxar, movendo seus ombros no ritmo da música que vem do rádio.

– Eu disse? Bem... se for isso que você quer...

Ela arqueia as sobrancelhas e dá um sorriso astuto que só aparece nos cantos dos lábios.

– Você tem algo mais em mente?

– Nós podemos trabalhar no nosso resumo de Inglês – eu digo, e por pouco não dou uma risada.

– Jura? Essa é a sua ideia para um encontro quente?

– Me desculpe, mas eu não havia me ligado que estávamos em um "encontro quente".

Dessa vez *não* consigo segurar uma risada quando ela se encolhe.

– Então, quão quente você gostaria? Sou capaz de produzir *todos* os tipos de calor, desde um calorzinho, e estou sendo literal, até quente como o Inferno.

Vejo suas bochechas corarem e o carro é inundado com o aroma de gengibre. É um excelente progresso.

– Hum... bem... pensando bem... talvez pudéssemos trabalhar nesse resumo.

A sua voz estremece e ela fica vermelha como as brasas do Inferno.

– O resumo... Excelente sugestão. Por que eu não tinha pensado nisso?

Eu lanço o meu mais encantador sorriso para ela.

– Na sua casa ou na minha?

Sua testa enruga enquanto ela tenta se decidir.

– Talvez eu deva ir para casa – ela finalmente diz.

– Como quiser.

Nós seguimos em silêncio e, quando faço a curva em direção ao seu bairro, ela desembucha.

– Você toparia um café quente? Tem uma Starbucks virando a esquina.

Os pneus cantam quando viro acelerado à direita, e me esforço para disfarçar o sorriso enquanto ela se segura em seu assento para não cair em cima de mim.

– Como você conheceu aquele cara, o Gabe? – ela pergunta por cima do copo fumegante de café.

– É uma longa história. Já tem uns sete mil anos.

– Vocês são tipo amigos ou coisa parecida?

– Não exatamente. Nós jogamos em times rivais.

– Como futebol?

Ela parece confusa por não conseguir me associar a um jogador de futebol, eu acho.

Inclino-me em sua direção e olho para ela, alisando meus dedos sobre as costas de sua mão sobre a mesa. Vejo como ela estremece e uma onda de eletricidade circula em suas veias logo abaixo dos meus dedos e me atravessa – excitação? antecipação? Pressiono um pouquinho com a minha mente.

– Você sabe... eu acho muito melhor falar de você. Diga alguma coisa sobre Mary Francis Cavanaugh que eu não saiba.

Ela amolece um pouco e olha para trás por um momento antes de dizer:

– Eu odeio o meu nome – diz através de uma névoa.

– Por que você não usa Mary?

– Porque esse é o nome da minha irmã.

O nevoeiro começa a levantar e ela se inclina com os cotovelos sobre a mesa, acentuando algumas curvas e me distraindo seriamente.

Eu me esforço para respirar fundo e olhá-la nos olhos.

– Sua irmã se chama Mary também?

– Todas elas, mas só a minha irmã mais velha usa Mary.

– Quantas irmãs você tem?

– Quatro.

– E todas as cinco se chamam Mary? Deve ser confuso.

– É por isso que nem todas usamos Mary.

– Qual o nome das suas irmãs?

– Bem, tem a Mary Theresa, ela é a Mary. E Mary Katherine, Kate. Eu sou Francis. Mary Grace, que usa apenas Grace. E Mary Margaret, Maggie.

Contenho uma risada. Isso é muito, muito precioso.

– Uma boa família católica – eu digo, tentando parecer sincero.

– Imaginei que você fosse dizer isso.

Hum... vinagre. Culpa? Eu preciso explorar isso melhor mais tarde.

Enquanto ela dá os últimos goles em seu café, inclina a cabeça para trás, arqueando o longo e elegante pescoço e puxando a camisa justa sobre o peito. A onda de desejo que sinto quase me paralisa. Fecho os olhos para não vê-la e tento clarear meus pensamentos. *Concentre-se*. Quando os abro, ela está olhando para mim.

– Acho que já deveria estar em casa... – ela diz um pouco desapontada.

– Como quiser – eu digo, querendo levá-la para qualquer lugar, menos para casa.

Frannie

Paramos em frente à minha casa e Luc desliga o motor. A luz amarela do quarto dos meus pais ilumina todo o gramado da frente. Papai está me esperando, como de costume.

O som de Abel's *Addicted* está estourando para fora do rádio do carro, me falando sobre coisas que acontecem entre lençóis, nocauteando meu coração e fazendo minha imaginação cambalear. Não sou um anjo. Já estive com caras antes. Bem, com eles não chegou a ser *assim*, mas quase. Nunca avancei o sinal.

Nenhum deles provocou estragos na minha imaginação da maneira que o Luc faz. É como se, sem nunca ter me tocado, ele pudesse entrar na minha cabeça e procurar lá dentro meus pensamentos sujos e minhas fantasias. E, quando os encontra, ele os traz para fora. Estou falando de imagem em 3D - colorida. Mas o que eu odeio é que meio que estou gostando disso. Nenhum garoto me fez sentir totalmente fora de controle. Isso me assusta *pra diabo*, de uma maneira selvagem que me excita, e não de uma forma totalmente ruim.

Eu me viro e ele está me olhando, e de repente não há oxigênio no carro. Minha respiração está descontrolada.

– Então... obrigada pelo café – digo, querendo dar o fora do carro, mas também querendo ficar ali a noite toda.

– Estava quente o bastante para você, o café? Porque, da próxima vez, a gente pode tentar alguma coisa mais quente, se você quiser.

Hum... que sorriso perverso... mas eu tenho certeza de que ele estava tentando não rir. Será que ele está zombando de mim?

– Estava...

Não sei como terminar, porque o que está rolando dentro de mim é quente como o Inferno, ou seja, muito mais quente que um copo de café. Tudo o que posso fazer é resistir à vontade de chegar perto dele e tocá-lo.

– Vejo você na segunda.

Aproximo minha mão trêmula da maçaneta e de repente a mão dele está lá, em cima da minha.

Ele se inclina para mim e, com a outra mão, afasta o meu cabelo para trás da orelha. Sinto seus lábios roçarem minha pele enquanto ele sussurra:

– Estarei esperando.

Sua respiração quente em meu ouvido me dá arrepios e fico arrasada quando percebo que o gemido suave que ouvi foi o meu. Sem graça, puxo a maçaneta, mas a sua mão quente ainda está lá, me impedindo de abrir a porta.

– Sem beijo de boa-noite? – ele diz e, quando me viro para olhá-lo, meu nariz toca o dele.

Sinto um imenso frio na barriga e uma parte de mim quer beijá-lo. Eu o olho nos olhos e tento controlar a voz, enquanto apoio a mão sobre o peito dele e dou um empurrão.

– Não no primeiro encontro.

Por instantes ele parece estar se divertindo, mas logo amolece.

– Como você quiser – ele diz.

Ele desliza o dedo pelo meu rosto e então volta a encostar no assento do carro.

– Sonhe com os anjos.

Eu olho para ele por um momento, então abro a porta e saio do carro. Ele liga o motor enquanto bato a porta, mas ele não arranca. Posso sentir o peso do seu olhar enquanto tropeço em frente à porta de casa. Antes de fechá-la atrás de mim, dou uma olhada e vejo o brilho vermelho dos seus olhos através do para-brisa.

Subo rapidamente as escadas e, quando chego ao meu quarto, corro para a janela e vejo Luc descendo a rua e as luzes das lanternas do carro desaparecerem. Fico olhando pela janela o local onde ele me deixou, sentindo meu coração bater e aquele formigamento na barriga, imaginando como teria sido se tivesse deixado ele me beijar. Dou um gemido baixinho e vou até o armário, onde pego o retrato do meu irmão.

– Estou confusa, Matt – sussurro para ele.

Carregando a foto comigo, tiro o diário do Matt de debaixo do meu colchão e abro-o em cima da mesa. Sento-me na cadeira e leio as primeiras linhas do que escrevi pela última vez. Foi na quarta-feira. Dia em que conheci o Luc.

Matt, você teria rido pra cacete de mim hoje – babando em cima de um cara. Mas tem algo nele. Eu sei. Estúpida. Essa não sou eu. Por favor, me acerte um raio se eu me tornar uma garota patética e fraca. Eu não acredito nessa besteira de "amor à primeira vista". Eu não acredito no amor e pronto. Mas o desejo... está vivo e aceso.

Dou um longo suspiro, pego a caneta e pulo para a próxima página.

Eu me esforço para tentar escrever, porque as minhas emoções estão confusas e é quase impossível me expressar. Mas, se existe alguém para quem eu consiga dizer o que sinto, esse alguém é o Matt. Ele é mais que meu irmão – ele é o meu melhor amigo. O único que realmente me entende. Sei que o Matt guarda os meus segredos. Então, conto tudo a ele, não importa o quão embaraçoso seja. Devo isso a ele. Uma parte de mim é a coisa mais próxima de um pouco de vida que posso dar a ele.

Começo de novo.

Matt, você se lembra do cara de quem falei a você... o Luc. Eu paro, ainda me esforçando para organizar os pensamentos de maneira coerente para colocar no papel. *Não sei o que há de errado comigo. Exceto ele. Ele é errado. Alguma coisa nele está errada. Não consigo pensar nem respirar muito bem quando ele está por perto. Mas eu o quero por perto. Eu sei... estou confusa. Mas tem alguma coisa nele. Essa energia magnética estranha e escura, embora me assuste um pouco... tá bom... me assuste muito, é uma coisa da qual não posso ficar longe.*

Eu fui sincera quando falei sobre essa coisa de amor. Quando o Reefer falou em amor, ele arruinou tudo. Porque o amor não existe, não de verdade. Vovô e vovó são os únicos que vi chegarem perto de alguma coisa parecida com amor. É perigoso acreditar em uma coisa que pode machucar você. Então, eu não acredito.

Mas o Luc...

Tenho um calafrio olhando para a minha caligrafia trêmula. Escrevo mais uma linha e fecho o diário:

Ok, eu sou mesmo uma idiota.

Preparo-me para dormir, mas, quando deito na cama, fecho os olhos e vejo olhos azuis e cachos dourados. De repente, desejo saber mais sobre o Gabe. Talvez a Riley e a Taylor saibam alguma coisa. Pego meu celular e escrevo uma mensagem para a Riley.

A Tay ficou c/ o Gabe?

Ela responde em menos de um minuto.

Ele saiu logo depois de vc. O que aconteceu com vc e o Luc?

Nada. Vc descobriu onde o Gabe estuda?

Naum. Pq? Vc quer ele tb?

Eu posso ouvi-la rindo.

Cale a boca. Só curiosidade.

Desligo o celular, frustrada, e me deito na cama feliz por ser fim de semana. Ficar uns dias longe de garotos será bom, porque eles estão realmente fazendo uma bagunça na minha cabeça.

Mas, quando chega o domingo, eles ainda estão aqui, apesar de todo o meu judô e da minha meditação para limpar a mente.

– Me dá uma chave inglesa, Frannie.

Vasculho a caixa de ferramentas do vovô e tiro uma. Então, eu me deito no chão da garagem e deslizo para perto dele, debaixo do seu Mustang conversível, modelo 65, restaurado.

O cheiro de óleo e a mecânica de carros traduzem o que são para mim as tardes de domingo. Desde que eu era capaz de segurar uma ferramenta sem olhar para ela, tenho estado debaixo de um carro com o meu avô todos os domingos depois da missa. Minhas irmãs acham estranho, mas eu não consigo imaginar coisa melhor que a sensação de realização quando você desmonta alguma coisa e depois monta novamente sem deixar uma peça de fora e fazer tudo funcionar. Algumas das minhas melhores lembranças estão no chão frio dessa garagem.

– Finalmente – digo, olhando para onde ele está ajustando a última peça do motor que levamos todo o inverno para reconstruir.

– Não mais que uma ou duas semanas. Segure essa chave inglesa e mantenha esse parafuso enquanto eu aperto essa peça – ele diz, e sua voz áspera ressoa nos meus ossos.

– Claro. Você vai me deixar dirigir?

– Você será a primeira, depois de mim, é claro. Recompensa por todo o seu trabalho duro.

Seus olhos azuis sorridentes são agradáveis e suaves mesmo debaixo do brilho da luz dura pendurada no meio do Mustang.

– Maravilha!

Eu me imagino cruzando a rua de um lado para o outro, música no último volume.

Ele passa a mão suja de graxa sobre a careca, deixando uma mancha negra grande cercada por fiapos de cabelos brancos.

– Estamos quase prontos para o óleo. Está aí, no canto. Você pode pegar dois litros para mim?

– Sism – digo, deslizando de sob o carro.

– Tem um funil lá também. Eu digo quando estiver pronto.

Pego o óleo, trago-o e abro a tampa do recipiente para o óleo no motor.

– Vovô?

– Sim.

– Como você conheceu a vovó?

A risada dele soa alto e enche tanto a garagem como o meu coração.

– Em uma corrida de rua quando estávamos no colégio. Ela era uma boa garota. Mal havia beijado – ele sorri. – Mas eu apareci e dei um jeito nisso.

– Quando você descobriu que a amava?

– No instante em que a vi.

– Como você sabia que ela o amava?

Eu posso ouvir um sorriso em sua voz.

– Ela me disse... e depois me mostrou, se é que você me entende.

Eu tento imaginá-los jovens, como em uma foto que tinha visto: vovô todo cheio de pose em seus jeans, com um maço de cigarros enrolado na manga da camiseta, e vovó, a boa garota, com um brilho travesso em seus olhos. Então imaginei a minha avó – como eu adorava ficar aninhada com ela no sofá enquanto ela lia os clássicos para mim – e meu coração doeu.

– Você sente falta dela?

– Todos os dias.

– Você acredita no Céu?

– Sim.

– Você acha que a vovó está lá?

– Se alguém está, esse alguém é ela. Eu não acho que Deus amaria a mim e não a ela.

– Será que o Matt está lá também? – pergunto e sinto um nó apertar a minha garganta.

– Com certeza. Sentado no colo da sua avó.

Mesmo eu sabendo que é tudo mentira, é bom ouvir ele dizer isso. É como um antigo e agradável conto de fadas.

– Obrigada, vovô.

– Estou pronto para o óleo. Devagar e com cuidado.

– Você é quem manda.

CAPÍTULO 4

O CÉU SABE

Luc

Segunda de manhã e o corredor está lotado de corpos quentes e pegajosos. Hum... exatamente como lá em casa. Então, eu senti. Essa comichão no meu sexto sentido. Gabriel.

Abro o meu armário trancado, me viro, e lá está ele encostado contra a parede, perto da sala 616, falando com a Frannie. Ela está toda derretida para ele, sorrindo – flertando e ruborizada.

Esse bastardo traidor!

De repente, uma emoção irreconhecível misturada com raiva me inunda e tudo o que quero é a cabeça do Gabriel ensanguentada em minhas mãos. Tirando o fato de anjos não sangrarem, mesmo quando você arranca a cabeça deles fora.

Em três longas passadas atravesso o corredor. Percebo que estou fazendo caretas e o cumprimento com um sorriso forçado.

– Gabriel.

Frannie parece um pouco distraída quando se vira para mim.

– Ah... oi, Luc.

Gabriel sorri.

– Lúcifer.

– Bom ver você. O que o traz aos miseráveis corredores do Colégio Hades?

– O mesmo que você, cara. Educação de qualidade – ele sorri com deboche.

Os olhos de Frannie parecem despertar um pouco e ela se move com cautela entre nós dois.

– Comportem-se.

Ela se vira para o Gabriel e toca em seu braço.

– Se você precisar de alguma ajuda com as anotações do Laboratório de Física...

Eu borbulho e quase transbordo de raiva. Sinto meu poder se intensificar.

– Vocês estão juntos na aula de *Física*? – digo, fulminando o Gabriel com o olhar.

Frannie está radiante com ele de um jeito totalmente diferente.

– Gabe é meu novo parceiro no Laboratório.

– Mesmo? – resmungo entre os dentes.

Ele afasta os ombros da parede e se aproxima da Frannie.

– Sorte, eu acho.

Sorte não tem nada a ver com isso. É mais como uma intervenção divina.

Lanço o meu olhar perscrutador para Frannie. Nenhum dano sério. Nada que eu não possa consertar.

– História? – pergunto.

– Ah, sim. Deixe eu pegar o meu livro.

Ela segue pelo corredor e uma ruga desponta em sua testa. Ela sacode a cabeça uma vez, afastando o nevoeiro. Eu me viro para o Gabriel enquanto ela abre o armário.

– Então, por que eles mandaram você? Parece um exagero. Qualquer anjo fuleiro poderia falhar espetacularmente, como você também vai.

– Vamos ver – ele diz.

Não gosto do sorriso confiante que ele tem no rosto. Ele sabe de alguma coisa que eu não sei.

Faço uma cara inexpressiva enquanto tento pescar alguma informação.

– Você e eu sabemos que você já a teria marcado, se pudesse. O que o impede? Há demônios demais nela?

Ele ainda está arrogante, mas a frustração em sua voz baixa o denuncia. Eu mexo com seus nervos.

– Você continua o mesmo estúpido idiota que sempre foi. Todo esse orgulho e arrogância foi o que trouxe você aqui primeiro. Achei que depois de todos esses milênios... Você não tem ideia do que está fazendo aqui, não é? Qual é o lance com ela? – ele pergunta.

Agora *ele* mexeu com *meus* nervos. Eu luto para manter a compostura. Ele não precisa saber que está certo.

– Tudo o que importa é que em breve a alma da Frannie *será* marcada para o Inferno.

– Sim, boa sorte com isso – ele retruca.

Se eu pudesse matá-lo, matava, mas já tentei antes e não funcionou. Acabar com um querubim é mais difícil do que parece.

Frannie retorna. Ela passa a mão no meu ombro e um formigamento me atravessa.

– Pronto? – ela pergunta.

– Sim, vamos.

Eu coloco os meus dedos em uma pequena área de suas costas e a conduzo pelo corredor. Talvez ele precise trapacear, mas eu não. Nada de poder, apenas meu charme.

Frannie

Respiro fundo e tento endireitar a cabeça. Gabe é um bocado fascinante. Suspendo o pescoço e, através da multidão de alunos, vejo que me olha, encostado no armário. *Deus, como alguém pode ser tão bonito...* Tomo fôlego e meu coração está agitado. Olho para o Luc, que também é muito bonito.

– Então, como foi a aula de Cálculo? – pergunto, ignorando a liberação de feromônios de todas as garotas que estão olhando para o Luc enquanto serpenteamos pelo corredor lotado. Preciso me esforçar para não me virar e ficar babando no Gabe de novo. Em lugar disso, eu me concentro nos dedos do Luc, ardendo nas minhas costas, e me fazendo esquentar em lugares que não deveriam ser atingidos.

Ele ergue uma sobrancelha.

– Acho que sou o xodó da professora Felch. Ela gosta de mim.

– Jura...? Eu sabia que havia algo terrivelmente errado com você. – Tento fazer uma careta, mas o sorriso inevitável que aparece no meu rosto desfaz o efeito.

Em seguida, percebo que a Taylor está perto de mim, ela me cutuca e sussurra pelas minhas costas:

– Você viu? O Gabe está aqui! Meu Deus! – ela diz.

Eu olho para o Luc a tempo de ver seus olhos faiscarem numa expressão terrível.

– Sim, ele é meu parceiro no Laboratório de Física. – Fico surpresa com o tom possessivo em minha voz. Infelizmente, esse tom não é percebido por nenhum deles. Luc range os dentes por causa da empolgação da Taylor.

– Ele é seu *parceiro no laboratório*?

Ela dá uma olhada para o Luc e, com uma voz azeda, diz:

– O Universo é totalmente injusto.

Eu dou de ombros.

– A gente se fala na hora do almoço – Taylor diz, virando-se e desaparecendo no corredor.

– Ok... então... uau – eu digo.

Um sorriso maldoso desponta no rosto de Luc.

– Eu acho que você deveria apresentá-los.

– Tudo bem.

Entro pela porta da sala de História e o professor Sanghetti olha desafiadoramente para o Luc. Luc olha para mim com um risinho e seguimos para os nossos lugares. Ele tira um punhado de papel amassado do bolso e joga em cima da mesa. Eu olho para ele, incrédula.

– É o seu relatório?

Ele me lança um sorriso malicioso e se inclina para trás em sua cadeira, colocando as mãos atrás da cabeça.

– Sim.

Eu, me sentindo superior, enfio a mão na mochila para pegar o meu relatório, revestido por uma brilhante capa de plástico. Mas meu rosto fica vermelho quando percebo que ele não está na mochila. Sem conseguir tirar o Luc e o Gabe da cabeça, acabei esquecendo na mesa do quarto. *Merda!* O professor Sanghetti nunca aceita trabalhos atrasados.

Por favor, nos dê mais um dia... por favor, por favor, por favor...

– Eu sei que os relatórios devem ser entregues hoje – o professor Sanghetti começa, olhando diretamente para mim. – Mas tenho um compromisso depois da aula e não quero carregá-los comigo. Fiquem com eles até amanhã – ele diz, e quase caio da cadeira.

Passei o restante da aula de História tentando não rir, enquanto Luc e o professor Sanghetti faziam o contrário.

– Vocês devem estudar o capítulo 18 para o teste de quarta-feira – o professor Sanghetti diz quando o sinal toca, olhando para o Luc com um sorriso falso.

Eu me inclino. para o Luc:

– Eu acho que o professor Sanghetti quer se vingar. Boa sorte nesse teste – eu sussurro.

– Não há nada que ele pergunte que eu não possa responder. Pronta para almoçar? – Ele se levanta e arremessa, como uma bola de basquete, o punhado de papel amassado direto para cima da mesa do professor Sanghetti.

– Ele vai dar zero, você sabe.

Luc ergue uma sobrancelha.

– Por estar entregando o meu trabalho antes dos outros? Eu gostaria de vê-lo tentar.

– É... Como você sabe tanto de História?

– History Channel – ele diz dissimuladamente.

– Você deve assistir muito porque, da maneira como fala, parece que estava lá quando as coisas aconteceram.

Ele sorri novamente.

– É mesmo? Talvez em uma vida passada.

E eu começo a me questionar, porque há algo de errado com o Luc...

Luc

Frannie e eu seguimos para o refeitório e meu estômago fica revirado como sempre, mas dessa vez não há nada que possa fazer com a comida. Gabriel está sentado no *meu* lugar em frente a Taylor e Riley. Fecho os olhos na esperança de que, quando abri-los, ele terá desaparecido – uma fantasia da minha imaginação. Infelizmente ele continua lá, todo iluminado e cheio de vida. Penso em usar o meu poder contra ele – talvez chutar a sua cadeira e fazê-lo cair de bunda no chão –, mas nada vai abalar o Gabriel. Sinto a eletricidade crepitar sobre o meu punho fechado, provocando um brilho vermelho, e contenho meu poder antes que alguém perceba.

Há uma luz nos olhos da Frannie e ela olha para mim, dá de ombros e segue para a nossa mesa, largando a mochila no chão e deslizando para a cadeira ao lado de Gabriel. Ela arrasta sua cadeira para perto dele – perto demais.

Ele me olha triunfante e move-se para colocar a mão nas costas dela. Rapidamente, eu afasto a mão dele. Sento na cadeira do outro lado dela e me aproximo mais do que normalmente faria. Preciso me arriscar antes que seja tarde. Caso contrário, o Gabriel vai marcar a alma dela até o final do almoço.

Taylor e Riley estão fora de si. Pelo menos estão distraídas. Isso vai ajudar.

– Vou buscar meu almoço. Mais alguém com fome? – Frannie diz e eu a vejo chutar o joelho da Taylor.

– Ah... sim, ok – Taylor responde e agarra o braço de Riley. As três seguem para a fila do almoço e Taylor fica olhando para trás durante todo o trajeto.

Olho com raiva para o Gabriel.

– Você precisa parar com isso. Vai acabar fazendo um estrago sério.

– Isso é uma guerra, Lúcifer. Tudo é válido.

– Então o seu lado está apelando para quebrar as regras, é isso? Porque parece muito inapropriado.

– Você vai dar uma de moralista comigo? – Ele dá uma risada que soa como um latido sarcástico. – Ah, isso é novidade. Além disso, não estou quebrando nenhuma regra.

– Talvez não tecnicamente... Só não quero que a Frannie se machuque.

Tá bom... Isso porque estou tentando arrastar a alma dela para o Inferno para uma eternidade de dor e tortura. Ele obviamente sabe o quão absurdo isso soa, porque fica um tempão me encarando até responder.

– Quer saber, eu acredito em você. Uau... – Ele continua me encarando e eu apenas retribuo o olhar.

Frannie coloca a bandeja com seu almoço sobre a mesa e um barulho estridente de pratos batendo soa alto enquanto ela se senta entre mim e Gabriel, fazendo com que a gente deixe de se olhar.

– Então, vocês vão ficar se estranhando? – ela diz agradavelmente, como se não fosse óbvio que Gabriel e eu gostaríamos de cortar a garganta um do outro se tivéssemos chance. – Faz quanto tempo mesmo que você disse que se viram pela última vez?

Quatro séculos.

– Não muito tempo – digo, olhando novamente para o Gabriel.

Riley e Taylor se juntam a nós com suas bandejas, batendo pestanas, lambendo os lábios e com os cabelos esvoaçados.

– Então, Gabe – Riley diz, empurrando a Taylor com o ombro para poder ficar em uma posição melhor em frente a ele. – Você é de onde?

Gabriel olha para ela e sorri.

– Do Céu – ele responde.

É obscena a maneira como ele brilha quando realmente se transforma. Qualquer um que o olhe bem de perto consegue ver que seu brilho é muito mais que o reflexo de sua personalidade.

Taylor cutuca Riley com os ombros e murmura: "Não brinca", antes de perguntar radiante para o Gabriel:

– E onde fica o Céu? Seria um lugar como Montana, ou coisa parecida?

Gabriel concorda e continua sorrindo.

– Algo parecido com isso.

Taylor e Riley me olham confusas – obviamente ele tenta distraí-las, já que anjos não podem mentir.

– Então você veio do Céu direto para o Inferno – Taylor ri.

Gabriel lança um olhar para mim.

– Inferno? – ele diz, apertando os olhos.

Taylor se inclina sobre a mesa.

– Sim, Colégio *Hades*... Sacou?

Ele se ajeita na cadeira e envolve com o braço as costas da cadeira da Frannie, olhando para mim com um sorriso sarcástico.

– Nada como jogar em casa.

Frannie se chega para perto dele e sinto o meu poder vir à tona. Eu me controlo e inclino-me para ela.

– Você quer sair no domingo? A gente pode trabalhar naquele resumo de Inglês – sugiro, fazendo a minha voz persuasiva soar macia em seu ouvido.

– Desculpe, domingo eu vou à igreja e depois à casa do meu avô. Que tal sábado?

Eu deveria imaginar, mas a resposta me cai como um golpe. Gabriel está conversando com Riley e Taylor, mas vejo o sorriso dele se ampliar, me provocando. Bastardo arrogante. Eu jogo todo o meu charme – nada do meu poder, ainda.

– Você não pode faltar um domingo?

Ela sorri se desculpando.

– Você não conhece os meus pais, mas tenho certeza de que já os viu na televisão: o papa e a madre superiora?

– Isso é mau, hein?

– Na verdade, não. Eles não são tão maus assim.

O sorriso de Gabriel se alarga.

Frannie

Como explicar a minha família? Não é que eu sinta vergonha deles ou coisa do tipo. Conheço várias pessoas de dezessete anos que não fazem nada a não ser falar mal das suas famílias.

Na maior parte, a minha é ok. Só que são muito religiosos. Eu *sou* um tipo de ovelha negra.

– Digamos que nem sempre vivo de acordo com seus altos padrões morais.

Luc sorri e olha acima do meu ombro para o Gabe.

– Eu gosto disso.

Agora meu rosto está queimando.

– Não tem nada de interessante nisso. Minhas irmãs andam mais na linha que eu.

Ele arqueia as sobrancelhas.

– Mary, Mary, Mary e Mary?

Ele é tão idiota.

– Sim.

– Elas são mais velhas ou mais novas?

– Duas mais velhas e duas mais novas.

– Nunca vi ninguém parecido com você circulando pelos corredores...

– Minhas irmãs não estudam aqui.

– Ah é?

Bem, aqui é o ponto em que se fica envergonhado. Taylor sorri do outro lado da mesa e me dá um chute embaixo da mesa. Vadia.

Eu espeto um tomate-cereja com o garfo, espirrando suco e sementes, que formam sobre a mesa uma poça viscosa e vermelha.

– Eu meio que fui expulsa da escola católica.

Ele dá uma gargalhada alta.

– Oh... eu *realmente* estou adorando isso.

A risada dele faz meu coração disparar e ele olha rápido para o Gabe.

– Não é tão ruim quanto parece, é sério – eu digo, me defendendo. – Foram só umas coisas, mas eles têm esse negócio de "tolerância zero" lá…

Taylor não se contém.

– Ela é uma desertora.

Luc olha para mim.

– Da guerra?

– Da religião católica. Ela fazia perguntas demais nas aulas de religião – Taylor diz.

Luc suspende uma sobrancelha.

– Como...

Eu olho para Taylor.

– Nada.

– Acredito sinceramente que eles não expulsariam os alunos por perguntarem "nada".

– Luc apenas fiz algumas perguntas sobre Deus?

Luc se volta atentamente para mim, com o cotovelo apoiado no joelho e olhos ardentes.

– Você caiu nessa? Em toda essa coisa de Deus.

Imagino o Matt no caixão. Não exatamente como ele estava, porque eu nunca o vi no caixão. Estava muito mal para ir à cerimônia religiosa, ou ao funeral. A imagem que guardei é a única que tenho na cabeça, pouco antes de ele morrer. Eu afasto essa imagem junto com a tristeza que me assola, tentando sair do poço profundo onde as mantenho trancadas, e tento imaginar aquele rosto de sete anos de idade agora, aos dezessete.

– Ainda estou trabalhando em algumas coisas. – As palavras se espremem na minha garganta apertada, soando estranguladas. O fato é que a única coisa na qual venho trabalhando é como dizer a verdade em voz alta. Deus não existe. Não pode existir. Porque, se existisse, eu deveria odiá-lo. Eu prefiro não acreditar.

– Você acredita – Gabe interrompe, como se lesse a minha mente.

Olho séria para ele.

– Você não faz ideia do que acredito.

Ele segura a minha mão e passa o dedo sobre a linha da vida e um arrepio corre por minha espinha.

– Eu faço uma ideia ou duas – ele diz. Seus olhos azuis fitam os meus. De repente, tenho certeza de que ele enxerga através de mim – vê tudo.

Respiro agitada e olho para o Luc. Existe uma ponta de preocupação em seu semblante, mas ela some rapidamente. Então ele pergunta:

– O que me diz do outro lado? – Há brilho em seus olhos e ansiedade por todo o rosto. – Você acredita no diabo? No Inferno?

– Sim.

Gabe larga a minha mão:

– Bem, é difícil de acreditar. – Eu percebo um sorriso em sua voz, mas não olho para ele, porque não vou arriscar ser pega por aqueles olhos novamente.

Os olhos negros de Luc emanam um calor vermelho e seu sorriso se alarga enquanto ele relaxa as costas na cadeira, colocando o braço nas costas da minha cadeira.

– Excelente. Então, vamos nos reunir no sábado? Na minha casa?

Hum... aquele sorriso está me matando. Melhor prevenir do que remediar.

– Que tal na minha casa?

– Com o papa, a madre superiora, Mary, Mary, Mary e Mary? Parece divertido – ele diz.

Eu reviro os olhos.

– Sim, muito divertido.

CAPÍTULO 5

CUSTE O QUE CUSTAR

Luc

Eu me sento no chão do apartamento escuro, batendo a cabeça contra a parede e olhando pela janela os morcegos voarem no fim da tarde. A música *I Wish You Were Here*, do Pink Floyd, faz meus ossos estremecerem.

Nunca fiquei obcecado por alguém a ser marcado antes, mas durante toda a semana eu a observei na escola com o Gabriel e senti coisas que nem sei como nomear. Tudo o que sei é que o quero morto. Ele tem me dado nos nervos, duvidando de mim, e estou me segurando para não entrar no Mustang e ir até a casa da Frannie agora.

O que eu faria quando chegasse lá? Sei o que *quero* fazer – aquilo em que venho pensando sem parar desde o dia em que nos conhecemos.

E se o Gabriel estiver lá? Eu o imagino fazendo com a Frannie aquilo que eu quero fazer com ela e sinto uma pontada de... inveja? *Sério?*

Mas sei que ele nunca faria isso, já que essa vantagem só eu posso aproveitar. Ele não está aqui pelo corpo da Frannie. Ele está pela alma dela – assim como eu. O que o impede de marcar a alma dela? Eu deveria ir... só para ter certeza de que ele não está lá.

Bato com a cabeça na parede.

E se ele *estiver* lá? O que faço?

Eu me vejo aterrissando como o Batman, arrancando dos braços do Gabriel o corpo seminu da Frannie bem na hora "H".

Então, é isso o que eu quero fazer? Salvá-la das mãos desse anjo nojento?

Durante o silêncio entre as canções, fico impressionado pelo som da minha gargalhada sarcástica. O que tem essa garota? Ela é só uma garota. Nada de especial. Só um alvo. *E o objeto das minhas fantasias.*

Eu bato a cabeça com força.

Fecho os olhos e tiro o rosto dela dos meus pensamentos. Eu a substituí pelo meu chefe, Beherit, Grão-Duque do

Inferno e chefe de Aquisições. Concentro-me no pensamento do que ele fará comigo se eu falhar, esperando que o medo tome o lugar do meu desejo obsessivo.

E isso quase funciona. Sinto frio e medo ao me ver ajoelhado diante de Beherit e do Rei Lúcifer, aguardando julgamento. Mas o medo logo se transforma em desespero porque, se a minha existência terminar agora, nunca saberei qual é a sensação de tocar Frannie, de beijá-la, de *estar* com ela.

Bato de novo a cabeça na parede.

De repente, preciso saber por que a Frannie é tão importante – o que eles planejam para ela. Mas eu não sei, e não vou saber. Beherit é paranoico e mantém essas coisas em segredo.

Bato a parte de trás da cabeça contra a parede mais uma vez para ver se os pensamentos clareiam. *Concentre-se.* As coisas estão indo bem. Os outros que trabalham em Aquisições não foram capazes de encontrá-la. Eu fui. O resto do meu trabalho deverá ser fácil, com ou sem o Gabriel. Ele é só um pequeno inconveniente. Parece estar usando duramente o seu poder nela, mas isso talvez só o faça trabalhar a meu favor. Mas a imagem dele... com ela... *assim*... e eu sinto outras coisas se remoendo dentro de mim.

Amanhã. Eu vou tê-la amanhã.

Recomponho minha comiseração, levanto-me e sigo até o banheiro, onde fico parado olhando para o chuveiro. Como será que esse negócio funciona? Giro um dos registros e a água sai fria, mas depois começa a esquentar. Errado. Eu tento o outro e a água sai com muita força. Em um passe de mágica, tiro a roupa e entro no chuveiro com a água gelada.

Concentre-se, Luc.

Frannie

– Por que ninguém da sua família fala sobre o seu irmão? – Taylor espana com a manga a poeira sobre o vidro do porta-retrato, colocando-o de volta na penteadeira. É uma foto em que estou na garagem do meu avô, com o rosto sujo de graxa, fazendo orelhas de coelho sobre a cabeça do Matt. Ele está fingindo que me bate com uma chave de fenda. Nós tínhamos sete anos. Foi tirada uma semana antes de ele morrer.

Eu me reclino na cadeira da escrivaninha e engulo um nó que está se formando na minha garganta, ameaçando bloquear as vias aéreas.

– Não há muito do que falar. Já faz muito tempo.

– Pois é – ela diz, olhando novamente para a foto. – É preciso ser forte.

– Isso não é legal, tá? A gente pode mudar de assunto?

Ela ergue as sobrancelhas e levanta a mão.

– Desculpe.

Eu respiro fundo e solto a cabeça.

– Desculpe, Tay. Mas *falar* nisso é muito chato, e *nem* tem tanto assim o que dizer. Foi um acidente... – Enquanto digo isso, minha garganta se fecha completamente. Começo a sentir falta de ar e a ver estrelas na minha frente, que brilham cada vez mais, a ponto de eu ter certeza de que vou desmaiar.

– Meus Deus, Fee – Taylor corre até mim.

Eu me apoio em seu ombro quando ela se ajoelha ao meu lado.

– Estou... bem – digo ofegante.

Ela se levanta.

– Vou chamar a sua mãe.

– Não! – Abraço os meus joelhos e tento puxar um pouco de ar para os meus pulmões. Balando a cabeça enquanto as estrelas desaparecem. – Estou bem, de verdade.

– O que foi isso, asma ou coisa do tipo? Como eu ia saber que você tem asma?

Tem muita coisa sobre mim que você não sabe.

Dou uma olhada para a foto do Matt, tentando manter a respiração controlada, e em seguida olho para Taylor e encolho os ombros.

– Desculpe. – Eu me volto para o livro de Cálculo sobre a escrivaninha.

Taylor me olha por um longo tempo.

– Você tem certeza de que está bem?

– Tá tudo bem.

Ela se esparrama no chão do quarto, debruçada sobre o livro de Cálculo e mastigando a borracha na ponta do lápis.

– Então, como você conseguiu pegar os dois caras mais quentes do Universo como parceiros de resumos e de laboratório?

Eu não levanto meu olhar.

– Sei lá, acho que é karma.

– E agora eles estão se derretendo por você. Eu não estou entendendo nada. É como se você tivesse se tornado um tipo esquisito de Paris Hilton.

– Ninguém está se derretendo por mim. – Eu zombo, mas a verdade é que ela está certa. Eles meio que estão se derretendo por mim. E a outra parte da história é que eu estou meio que gostando disso.

Eu espalho cola atrás do recorte da revista, tentando não me vangloriar, e colo-o na parede cor de tangerina acima da penteadeira. Taylor se levanta e tira um punhado de canetas Pilot da mochila. Ela caminha até o pôster da *Mona Lisa* colado na parede e começa a inspecioná-lo. Dando um sorriso malicioso para mim sobre o ombro, ela escreve: "Mona Lisa" – com a caneta azul-escura embaixo da imagem, e então, logo abaixo, "precisa transar".

– Seu quarto está precisando de uma pintura nova – ela diz, olhando para as minhas valiosas artes dos últimos anos, enquanto se senta novamente no carpete.

Quase toda a parede está coberta por alguma imagem aleatória, de rostos até flores de mobiliário, a maioria delas contém algum comentário feito pela Taylor ou pela Riley. Todo ano nós vamos ao almoxarifado da True Value e perguntamos se eles têm alguma tinta que estejam jogando fora, então trazemos para cá e pintamos as paredes. O último lote tinha as cores tangerina, borgonha, rosa, cinza, verde e azul, que agora estão cobertas pelas imagens nas paredes. Deve haver pelo menos umas seis camadas de papel e tinta nas paredes agora.

Eu me sento na cadeira embaixo da janela e faço um comentário, segurando meu livro de Cálculo:

– Acho que gostaria de manter o quarto assim. Eu vou para LA no outono e, quando voltar para casa, não gostaria de encontrar o quarto deprimente, com as paredes em branco.

– Acho que... Bem, você vai dispensar um daqueles caras?

Eu não levanto a cabeça do livro enquanto respondo secamente:

– Qual deles você quer, Tay?

– Luc.

– O quê?

– Você me perguntou qual deles eu quero. Luc.

Eu suspiro a chama do ciúme. Sabia que isso iria acontecer.

– Então, o que aconteceu com o Marty?

– Ele é bonitinho e tudo, mas entre ele e o Luc... sem comentários.

– Verdade... Por quê?

– Eu não sei. Acho que é o mistério. E os *piercings* – ela diz, esfregando o anel no canto dos lábios. – E ele parece ser meio perigoso, do jeito que eu gosto. É como se qualquer coisa pudesse acontecer quando se está com ele.

– Eu acho.

– Mas por um motivo que não sei qual é, acho que ele está mesmo a fim de você. – Ela balança a cabeça com um sorriso, então enfia a mão dentro da mochila sobre a cama e tira de lá uma embalagem quadradinha. – Você tem alguma ideia do que fazer com ele? – Com um movimento de seu pulso, a camisinha voa pelo quarto, me acertando no ombro e caindo no chão aos meus pés.

Eu sei *exatamente* o que fazer com ele. Venho praticando nos meus sonhos.

– Tudo bem – eu digo, revirando os olhos.

Ela solta um suspiro.

– Acho que você teria mais facilidade com o Gabe.

A porta do meu quarto se abre e minha mãe aparece com dois copos de leite, como se tivéssemos oito anos de idade.

– Quem é Gabe?

Taylor abre um sorriso enquanto apanho a camisinha do chão e coloco na minha mochila.

– Só um garoto da escola – eu digo, me endireitando na cadeira.

Minha mãe sorri.

– Você deveria trazê-lo aqui. Eu adoraria conhecê-lo.

Sinto um calor subir pelo meu rosto e espero não estar vermelha como acho que estou.

– Ele é só um amigo, mãe.

– Eu adoro conhecer seus amigos – ela diz, entregando o leite e alisando a saia.

– Amanhã outro amigo meu vem estudar aqui.

– Qual o nome dele?

– Luc. – Ignoro o sorriso da Taylor.

– Tudo bem. Espero poder conhecê-lo. – Ela sorri para Taylor. – Tenho alguns biscoitos de chocolate no forno. Guardem um pouco de leite e eu trago alguns daqui a pouco.

– Obrigada – respondo enquanto ela se vira e sai, fechando a porta ao passar e deixando um ligeiro rastro de perfume de jasmim.

Taylor dá um sorriso irônico.

– Talvez você devesse trazer o Gabe também. Deixa a sua mãe ajudar você a se decidir. Ela vai escolher o Gabe, com certeza. Ele tem um ar mais íntegro.

– E deixar o Luc para você. Muito conveniente.

A verdade é que o Gabe *tem* um ar mais íntegro, mas isso não impede que eu sonhe com ele da mesma maneira que sonho com o Luc. Eu fico vermelha só de pensar.

O formigamento que me travessa é seguido por uma sensação vertiginosa de *déjà-vu*. Nós duas já tivemos conversas como esta antes, e eu sempre pude contar com a Taylor para manter os garotos longe. E o motivo de eu sempre ter mantido Taylor por perto me atinge como um raio. Ela tem sido a minha rede de segurança. Ela sempre pega o garoto, porque eu *deixo* – porque eu queria que ela o pegasse. Só teve um garoto que atravessou essa rede e acabou sendo um tanto perigoso... para o meu coração, é isso. Ryan.

Não sei o que está diferente, mas eu não quero que ela mantenha o garoto longe desta vez. Nenhum deles.

Taylor se joga na cama e solta um suspiro.

– Então, você *vai* ficar com os dois – ela diz, como se tivesse lido a minha mente.

– Talvez. – Outra onda de excitação me percorre quando faço essa revelação. Eu os quero e não vou dá-los de mão beijada para Taylor desta vez. Finjo um sorriso que não posso evitar, assim como um bocejo.

Ela ergue a cabeça e olha para mim.

– Tá, tudo bem. Apenas mantenha a camisinha por perto.

O cheiro que sobe por baixo da porta me deixa com a boca cheia d'água pouco antes de a minha mãe aparecer com um prato cheio de biscoitos quentes e pegajosos. Taylor e eu avançamos sobre eles e bebemos o leite. Quando terminamos com nossos deveres de Cálculo, descemos.

– Mãe! Vou até a casa da Taylor – grito enquanto saímos pela porta.

Ela enfia a cabeça pela porta da cozinha.

– Ok, mas não demore.

Nós saímos pela noite fria e Taylor envolve meu pescoço com o braço.

– Eu ouvi o Reefer dizer ao Trevor que você está voltando para Roadkill.

Eu reviro os olhos.

– Não acredite em tudo o que você ouve.

Ela dá um sorriso sacana.

– Reefer é a sua escolha inteligente, você sabe. Um *nerd* do tipo *Guitar Hero*. Ele quer você de volta porque sabe que não pode fazer melhor que você.

– Valeu, Tay.

– Eu quero dizer que de alguma maneira ele é legal – ela ri. – Mas, sério, ele nunca vai sacanear você. Você deveria pensar nisso.

Olho para ela.

– Isso não vai acontecer. De qualquer maneira, vou para a faculdade em setembro, então não faz muito sentido; voltar para a banda, quero dizer.

– Você tem certeza sobre a Ucla? Porque você ainda podia ir para a State[4] comigo e com a Riley. Ainda dá para mudar de ideia, você sabe – ela diz.

Olho na direção da rua da Taylor. Não há nenhum poste de luz ao longo deste trecho da rua Amistad, que é iluminado apenas pelas lâmpadas dos jardins e pelo brilho prateado de uma meia-lua no Céu.

– A Ucla tem o melhor programa de Relações Internacionais do país. Eu teria mesmo muita sorte se conseguisse entrar. Além disso, ficou mais difícil recusarem a bolsa integral.

– Não sei por que você acha que vai salvar o mundo com o seu trabalho.

– Se não podemos nos salvar, quem vai? Além disso, você sabe que não posso ficar aqui.

Ela me olha magoada.

– Por quê? O que tem de tão ruim aqui?

Dou a volta em sua cintura com o meu braço enquanto atravessamos a rua, até subir na calçada. A vizinhança está quieta, exceto pelo cachorro *cocker spaniel* do Cooper, chamado Crash, que está farejando pelo buraco da cerca e tendo um acesso de raiva enquanto caminhamos pela rua.

– Nada, exceto que, se eu for para a State, meus pais vão querer que eu viva em casa. Além disso, Mary e Kate estão lá. Você me conhece. Eu realmente preciso fazer alguma coisa diferente. – Nós passamos casa após casa, todas iguais do lado de fora e todas silenciosas à noite.

---

[4] Nomes de universidades norte-americanas. (N.E.)

– Você não é o tipo de Los Angeles, Fee. Eles vão comer você viva. Na verdade, *eu sou o tipo* LA – ela diz, correndo a mão pelos cabelos rosa espetados.

– Você deveria vir comigo. Imagina como seria divertido? Tay e Fee, arrasando em LA.

– Sim – ela diz desanimada, e eu me sinto mal porque, para a Tay, era a State ou nada. Seu pai estava desempregado há muitos anos. – Eu ainda não tenho certeza sobre a State. Se eu não conseguir mais algumas bolsas de estudo, não vai acontecer.

– Bem, talvez nas férias você possa vir me visitar.

– É, pode ser. – Ela suspira profundamente e ergue a mochila com um empurrão do ombro. Seu corpo enrijece debaixo do meu braço. – Eles estão hipotecando a nossa casa.

– *O quê?*

– Vamos ter de nos mudar.

– Do que você está falando?

– Estamos procurando um apartamento. – Ela rapidamente enxuga uma lágrima no canto do olho enquanto viramos a esquina.

– Essa não. – Meu coração sai pela boca e dou um abraço nela. – Tay... eu não sei o que dizer.

– Não tem o que dizer... a não ser qual dos dois garotos você vai escolher – ela diz com um sorrisinho.

– Meu Deus, Tay. Há coisas maiores com que se preocupar, não acha?

– Talvez, mas eu não quero me preocupar com isso. Então, qual deles?

– Cale a boca.

– Só quando você me der um nome. Luc ou Gabe – ela diz entrando na garagem de sua casa e me puxando pelo pescoço.

– Você é ridícula.

– Nome. – Ela aperta o meu pescoço.

– Pare.

– Nome. – Agora ela está me sacudindo.

– Tá bom! Luc. – Não estou totalmente certa se disse isso por estar mesmo certa ou porque a Taylor disse que o queria.

– Droga, você é uma vadia! Eu não poderia mesmo deixar de ter um voto por compaixão – ela diz, mas me surpreende me puxando para um abraço. Ela sorri enquanto empurra a porta da frente. – Escreva depois que o Luc for embora. – Ela levanta as sobrancelhas. – Eu quero detalhes – diz, com um sorriso malicioso. Ela entra e ouço seu pai gritando nos fundos antes que feche a porta ao passar.

Fico parada em frente às escadas sob o luar e por alguns instantes encaro as constelações girando acima da minha cabeça. Exceto pelos latidos do Crash na rua, a vizinhança está estranhamente silenciosa esta noite.

Tem de haver uma maneira de eu ajudar a Taylor. Fico arrasada ao pensar na família dela sendo chutada para fora de casa. Ela morou aqui a vida toda. Talvez a igreja possa ajudar. Eles devem ser bons para alguma coisa. Vou falar com o meu pai.

Eu me viro para sair da varanda da casa justamente quando a porta da frente se abre e o Trevor sai apressado por ela, esbarrando em mim e quase me derrubando das escadas da varanda.

– Nossa, Frannie – ele diz surpreso, segurando meu braço para me equilibrar.

Eu o afasto.

– Onde é o incêndio?

– Desculpe – ele diz, e começa a descer para a garagem.

Eu o sigo.

– Você está bem?

Ele olha desconfiado para a casa e gira, caminhando rápido em direção à rua.

– Sim. Só preciso dar o fora daqui. Pensar no meu lance com a Riley – ele diz e um sorriso melancólico surge nos seus lábios.

– Quando vocês dois vão contar para a Tay?

Sua expressão melancólica se torna ansiosa e ele me encara.

– Nem sonhe com isso.

– Eu não vou dizer nada, mas você deveria. E é melhor você não transar com a Riley.

Ele para de andar e me olha nos olhos.

– Não estou transando com ela – ele diz, e seus olhos amolecem. Então ele sorri e volta a caminhar. – Mas falando de quem transa com quem, o que rola entre você e o Jackson? Ele não faz outra coisa a não ser babar em você o dia todo. É muito patético.

– Eu não estou transando com ele. Eu digo a ele, sempre que tenho chance, para me deixar em paz.

– Ele está confuso – Trevor diz.

– Qual a parte de "dar o fora" está confundindo o Jackson?

– A parte de "vocês se pegando dentro do armário" – ele sorri e bate no meu ombro.

Eu me retraio.

– Todo mundo comete erros. Você me ajuda a sair dessa?

– Vou pensar nisso. – Ele me lança um olhar de soslaio. – O Reefer tem alguma chance de voltar com você?

Eu sorrio, apesar de tudo.

– Certamente que não.

– Pense nisso. Ele ainda é louco por você, você sabe.

Esse é o problema. Ele pensa que me ama. Dou de ombros.

– Ele vai acordar um dia e perceber que esteve temporariamente insano.

– Você está arrasando corações por todo o lugar – ele diz sorrindo e acena por cima dos ombros, enquanto se vira para atravessar a rua em direção à casa de Riley.

Eu enfio as mãos nos bolsos por causa do frio que está cortando o ar da noite e me observo a arrastando os pés na rua em direção à esquina, sorrindo para mim mesma. Talvez a Riley tenha achado "o cara". Uma pena porque ela não vai viver muito tempo para curtir – a Taylor vai matar os dois.

Enquanto sigo pela rua escura, penso sobre a razão de ter deixado escapar o nome do Luc quando estava sendo pressionada. Gabe é lindo, com certeza, e só em pensar nos dois sinto coisas em lugares que nunca vou ter coragem de admitir. Ele é o sonho de toda garota. Deus sabe que ele está nos meus. Ele é certamente a escolha mais segura, porque o Luc me parece o tipo que pode vir a ser o pesadelo de qualquer garota. Além daquele corpo – meus sonhos sobre isso me envergonham –, aquele rosto, e existe a sua energia pesada. Isso me dá um medo dos diabos, mas, quando fala comigo, parece o canto de uma sereia que me enfeitiça e não me deixa ir. Uma garota pode perder o controle com ele – coisa que não vou fazer. Nunca.

Talvez seja por isso que dou um pulo quando viro na esquina e vejo o Shelby Cobra preto estacionado do outro lado da rua alguns portões adiante de minha casa. Atravesso a rua e sigo caminhando para alcançar aquele Mustang e dar uma olhada dentro.

Não pode ser ele, digo para mim mesma. O que ele estaria fazendo aqui? Estou obcecada. Isso é péssimo. Provavelmente a razão para isso é que, quando estou em sã consciência, saio com caras como o Tony Riggins e sua calculadora gráfica. É difícil ficar obcecada por uma calculadora gráfica.

Mas é fácil ficar obcecada por um cara incrivelmente lindo e de olhar misterioso. Razão pela qual estou parada no meio do jardim olhando para aquele carro. Balanço a cabeça, respiro fundo e corto caminho pela grama úmida até a frente da porta. Mas hesito.

Eu me obrigo a abrir a porta e entrar antes que faça algo realmente estúpido.

Luc

Taylor. Taylor está aqui – não o Gabriel. Satã, me salve, estou ficando paranoico.

Concentre-se, Luc.

Sacudo a cabeça para clarear os pensamentos e alcanço a chave. De repente, antes de ligar o carro estou sendo puxado pelo espaço em uma corrida vertiginosa. Engulo de volta a bile que sobe do meu estômago por causa do medo e fecho os olhos por causa da vertigem. Só existem dois no reino infernal que podem me deixar assim.

Deve ser o Beherit.

Quando meus pés tocam a terra firme sobre uma pedra lisa e abro os olhos, sou surpreendido. Não é o meu chefe, como eu achava. Estou no castelo Pandemonium. Na minha frente está o trono do Rei Lúcifer, esculpido em pedra vulcânica no alto de um palco, no meio de uma cúpula cavernosa.

Está vazia.

Olho em volta buscando algum sinal dele, mas o mar de velas flutuantes reflete as paredes negras e lisas e não revela ninguém. Estou sozinho. Estou de pé e deixo o cheiro do enxofre me acalmar. Mas, quando ouço sua voz sussurrando suavemente em meu ouvido, dou um pulo.

– Você a encontrou. – Não é uma pergunta.

Meu reflexo me faz virar e olhar para trás. Ele não está lá. Então eu o sinto – ele está me encarando. Viro-me para ele enquanto paira acima de mim, perto da abóbada do teto. Tomo cuidado para não olhar diretamente para ele, mas consigo ver suas imensas asas negras de morcego batendo devagar enquanto pousa no chão. Eu me ajoelho, de cabeça baixa.

O chão de pedra vulcânica polida reflete a imagem dele: imenso, fumegante, preto, pele de couro que parece absorver toda a luz e irradiá-la pelo seu rosto acentuado e angular, através dos brilhantes olhos verdes de gato. Seus chifres vermelho-sangue torcidos estão cercados por uma coroa de ouro. Quando seus pés cheios de garras tocam o chão, ele dobra as asas e caminha lenta e ameaçadoramente na minha direção, como uma pantera que se aproxima da sua presa.

– Sim, meu soberano – eu respondo.

– Você tem certeza de que essa é quem procuramos? – O sibilar de sua voz gela a minha espinha, apesar dos dois mil graus de calor do Inferno.

Somente quando sou confrontado pela segunda vez com essa pergunta percebo que não tenho nenhuma evidência para comprovar que a Frannie é A Escolhida. Sempre confiei muito nos meus instintos e eles nunca me enganaram. Esse não seria um bom momento para duvidar deles.

– Sim, meu soberano. – Contive a vontade de perguntar por que ele a quer tanto.

Enquanto ele passa a poucos metros de mim, sinto o crepitar da eletricidade – seu poder passa entre nós dois como milhares de raios minúsculos. Minha própria energia é intensificada.

– De pé – ele ordena, e quase não consigo me levantar. Eu o observo subir as muitas escadas até o trono mais alto e sentar-se nele, metamorfoseando-se da sua forma natural para sua forma humana, como uma espécie de Zeus: longos cabelos e barbas brancas, forte, rosto anguloso, usando um manto vermelho sobre o corpo vigoroso. Mas os olhos verdes de gato não mudam. Sinto que eles me perscrutam.

– Quanto tempo? – ele pergunta lá do alto, sua voz mudada como a sua forma.

– Não muito, meu soberano. – Não preciso dizer que Gabriel está tentando interferir e possivelmente vai estender meu tempo um pouco.

– Excelente. – Ele fica em silêncio por um momento e estou esperando para ser julgado, mas sinto uma sensação de desconforto crescente enquanto seus olhos atravessam minha cabeça curvada. – Lúcifer... – diz pensativo. – Acho que você tem sido subvalorizado. Beherit detesta dar crédito a quem merece, mas você está sendo de grande valor em Aquisições.

Enquanto ele faz uma pausa, sinto que estou ficando cada vez mais desconfortável e inseguro com o rumo disso tudo. Finalmente, ele fica de pé e teatralmente desce as escadas, o manto flutuando atrás dele – tudo pelo espetáculo, já que ele poderia descer em um piscar de olhos se quisesse –, até chegar à minha frente. A maldade irradia dele, em ondas, saturando a minha mente com ideias tenebrosas e nublando a minha capacidade de pensar por mim mesmo.

– Olhe para mim, Lúcifer.

Mesmo que eu quisesse, não poderia desobedecê-lo. Levanto a cabeça e olho para ele, para dentro de seus olhos verdes, tentando não sucumbir à onda súbita de poder enquanto ele me examina. Um sorriso hediondo cruza o seu rosto enquanto a energia dele me atravessa.

– Sim. Exatamente como eu imaginava. – Ele me dá as costas.

Minhas pernas ficam bambas e me sinto balançar, quase cair, até que ele me libera.

– Estou precisando de um pouco de sangue novo no meu conselho, Lúcifer. Interessa a você um cargo no meu conselho? Talvez o comando de Aquisições?

É difícil manter uma expressão tranquila enquanto processo isso. O trabalho do meu chefe. É o que eu quero – o que *toda* criatura do Orgulho quer. Então, por que me sinto aterrorizado pela perspectiva de estar no conselho – sob o seu controle constante? *Não!*

– Sim, meu soberano.

– Será a sua recompensa quando você a trouxer para mim. – Ele caminha ao meu redor e atrás de mim. De repente, parece cansado. – Você tem alguma ideia de quão cansativo é ser sempre o segundo?

Não há resposta para isso e ele não espera por uma. Estou de pé, parado como uma pedra, e espero que ele desenvolva o pensamento.

– Desde o início, o Criador teve todo o poder. – Meu cabelo se arrepia à medida que seu poder aumenta e sua voz vi num crescendo até o estrondo usual. Ele conclui a caminhada em círculo ao meu redor e para na minha frente. A fúria deixa marcas profundas entre as suas sobrancelhas brancas. – É a minha vez. Essa é a minha chance. Finalmente *não estarei* abaixo d'Ele. Não teremos mais de respeitar Suas ordens, nunca mais. *Finalmente terei o meu lugar!* – O chão treme com o estrondo da sua voz e uma das gárgulas de mármore branco despenca no chão.

Seria inútil e perigoso dizer que ele no início concordou com as regras do Todo-Poderoso por uma razão. Quando eles estavam de bem, ele e o Todo-Poderoso reconheceram que seria necessário equilibrar o Universo. Sem a atração do Céu e a ameaça do Inferno, a humanidade afundaria nos abismos da depravação, onde destruiria a si mesma, tornando inúteis tanto o Céu como o Inferno. Infelizmente, a lucidez do Rei Lúcifer tem sido questionada por tanto tempo quanto eu existo.

Seus olhos verdes escurecem e, em sua fúria, sua verdadeira forma dança perigosamente perto da superfície, brilhando e espreitando através da carcaça humana como uma miragem. Ele caminha novamente em círculo.

– Marque-a o mais rápido possível. *Os outros* – ele cospe essas palavras com desdém – virão atrás dela também. Eu preciso dela, Lúcifer. Não me decepcione.

Os outros já chegaram – sob a forma de Gabriel.

Ele gira em um movimento do seu manto, que me atinge brutalmente enquanto desapareço.

De repente, estou de volta ao meu carro, esperando passar a sensação de vertigem. Quando me lembro de onde estou, eu me viro e olho a luz na janela à direita, no segundo andar da casa da Frannie. Ainda estou olhando quando ela puxa as cortinas para o lado e olha atentamente para fora, na minha direção. Ela fecha as cortinas e se recolhe em seu quarto.

Quando minha cabeça volta ao lugar, giro a chave e dou o fora do bairro da Frannie, na certeza de que ela pertencerá ao Inferno, em breve. Não vou falhar. Imagino o que o meu chefe fez para deixar o Rei Lúcifer tão irritado a ponto de ele ser substituído. Mas eu balanço a cabeça – isso não deve me preocupar neste momento. Uma coisa de cada vez. E, neste momento, Frannie é essa coisa.

Amanhã.

CAPÍTULO 6

NÃO EXISTE CHANCE

Luc

Depois do meu... encontro com o Rei Lúcifer ontem à noite, passei por horas intermináveis esperando até as duas da tarde para o meu encontro com a Frannie. Estou elétrico, todo o meu corpo fervilha de ansiedade. Pois hoje vai acontecer: eu vou marcá-la.

Minhas mãos estão suando quando estaciono em frente à sua garagem. Eu costumo soltar vapor em minha forma natural, mas não me lembro de ter transpirado antes. Não tenho certeza do que isso significa. Deixo tudo de lado e seco as mãos nos meus jeans enquanto sigo para a varanda da frente e toco a campainha. Estou me sentindo... ansioso, eu acho, porque existe mais do que só a emoção da caçada. Parece que eu a perdi um pouco e não vejo a hora de vê-la.

A porta finalmente se abre e eu sorrio, supondo ser a Frannie, mas em vez disso é um homem. Ele é mais baixo que eu, com os cabelos castanhos bem penteados para trás, vestindo uma camisa azul de botão com uma gravata verde. Quando ele sorri, eu consigo ver a Frannie em seu rosto. Estendo a mão antes de perceber que já fiz isso. Ele a segura e diz:

– Olá – então, ao me tocar, ele recua para trás e o restante da saudação desaparece em seus olhos apertados, cor de avelã, e seu rosto se contrai.

– Hum... oi – finalmente digo, me maldizendo por ser tão descuidado. Frannie é que faz isso comigo – embaça a minha mente. Preciso começar a usar a cabeça.

– Você deve ser Luc – ele diz cauteloso.

– Sim, senhor – respondo. Jogo um pouco de poder nele, só para acalmar as coisas, mas seu rosto continua cauteloso. Nenhuma reação.

Jogo um pouco mais.

Nada.

Um mortal imune à minha mágica? Isso não acontece com muita frequência. Isso não é nada bom. Com a minha essência, tento alcançá-lo e lê-lo para ver se consigo alguma coisa... nada. Não posso nem dizer se ele está marcado para o Céu.

– Vou dizer a Frannie que você está aqui. – Ele se vira e me deixa de pé na porta.

Dou um passo para trás e realmente considero pegar o carro e ir embora, mas aí a Frannie aparece na porta.

– Ei – ela diz com as sobrancelhas contraídas. – Eu não acredito que meu pai deixou você parado aqui fora.

Eu acredito. Entrei totalmente sem chances. Baixei a voz.

– É... bem... Eu acho que não causei uma boa primeira impressão.

Ela me surpreende abrindo um sorriso.

– Você acha?

Então ela me surpreende de novo segurando a minha mão e me puxando pela porta. Em um reflexo, tento puxar a mão, mas ela não deixa. Fico surpreso mais uma vez pela minha reação visceral de ter a mão dela segurando a minha.

Ela me reboca até uma pequena sala onde uma garota está descansando, ocupando todo o sofá. Ela se ajeita e se senta enquanto nós entramos. Ela me analisa, reparando na minha camiseta e nos meus jeans, com seus olhos também cor de avelã. Outra garota, mais jovem, com um cabelo longo e escuro, está esparramada no tapete de lã bege, de costas para a gente, mexendo em um tabuleiro de palavras cruzadas em uma mesinha de madeira, no centro da sala.

Dou uma olhada na sala confortável e sem graça. Há três poltronas com estofamento marrom dispersas entre a lareira e a TV, todas vazias. Uma grande imagem de *A última ceia*, de Da Vinci, emoldurada em dourado, ocupa a maior parte da parede acima do sofá. As outras paredes estão cobertas por dezenas de fotos da escola: as garotas sorrindo por toda parte. As cortinas cor de caramelo na janela da frente são puxadas para trás, revelando o grande carvalho ao lado da garagem, e o meu carro, estacionado na frente, bem no centro.

Há uma TV ligada em um canto, a que ninguém está assistindo. Está ligada no History Channel e falam sobre César. Frannie pega o controle remoto do braço de uma das poltronas e a desliga. A garota no sofá revira os olhos e diz: – Graças a Deus.

– Quer saber de uma coisa, Kate? Você devia calar a boca e assistir, quem sabe você aprende alguma coisa – Frannie diz. Ela olha para mim enquanto cora. – Diga para a mamãe que estamos lá em cima estudando, tá?

A garota no chão vira-se e olha para nós, seus olhos de safira faíscam.

– A gente não será apresentada ou coisa do tipo?

Frannie revira os olhos.

– Tá bom... essa é a Maggie e essa é a Kate – ela diz, apontando para o chão e para o sofá.

– Olá – digo com meu charme. Vou até a mesinha de centro e me inclino sobre o tabuleiro de palavras cruzadas. – Eu não acho que seja essa a palavra – digo a Maggie. – Mas se você fizer isso... – reorganizo o que está na placa e coloco duas letras das que ela está segurando. – É sobre caçada, um animal de vinte e oito pontos.

Maggie abre um sorriso radiante e me encara com seus olhos de safira e diz, um pouco ofegante:

– Obrigada.

Kate suspira e sorri, puxando seu longo cabelo negro e prendendo-o em um coque atrás do pescoço, exatamente como a Frannie faz.

– Ei.

– Kay – Frannie diz. – Bem, nós estaremos lá em cima.

Quando saímos e estamos a um passo de subir as escadas, ouço um "Ah, meu Deus", e várias risadas emergem da sala. Antes de chegar ao quarto da Frannie, uma voz feminina chama urgente das escadas:

– Frannie.

– Oi, mãe – ela responde.

Olho escada abaixo para uma mulher pequena, impecavelmente vestida com uma blusa branca e saia azul-

-marinho até os joelhos, cabelos curtos e loiros da cor de areia, bem penteados, e os interessantes olhos azul-safira. Ela está nervosa, torcendo o avental branco com as mãos. O pai da Frannie está parado ao lado dela, me encarando. Eu tento novamente captar alguma coisa nele, mas é como se ele fosse blindado. *Por que o Céu protegeria o pai da Frannie?*

A mãe da Frannie dá um passo à frente e coloca a mão sobre o corrimão.

– Por que você e seu amigo não estudam na mesa da cozinha? Eu terminei lá e você tem espaço para espalhar os livros.

Frannie olha para mim, apertando os olhos.

– Ah, claro. Ok.

Ela dá de ombros e se vira para descer as escadas.

Frannie

Imagine aquelas séries de TV dos anos cinquenta que passam tarde da noite no Nickelodeon. Você sabe... aquelas em que as mães ficam em casa o dia todo e fazem faxina de salto alto e maquiadas. Como em *Leave it to Beave*. Essa é a minha mãe. Os Cleavers não perdem nada para a gente.

Nesses dez anos, desde que o meu irmão morreu, nunca vi a minha mãe aborrecida com nada. É como se ela tivesse se paralisado completamente, seguindo a vida ao empurrar um aspirador de pó. Às vezes isso é o suficiente para que eu queira fazer algo totalmente escandaloso só para ver se consigo provocar nela uma reação diferente. Acordá-la. Mas talvez ela não queira acordar. Talvez seja muito difícil.

O mais perto que estive de vê-la aborrecida foi há dois anos - o dia em que recebeu uma ligação da Escola Paroquial Santa Agnes, pois eu estava sendo expulsa por indisciplina. Eu realmente acredito que ela tenha contraído um pouco o maxilar e que seus olhos azuis possam ter lacrimejado enquanto ouvia a Irmã Maria explicando que eu causava transtornos nas aulas de religião. Mas, quando desligou o telefone, ela ajeitou os cabelos – como se aquela contração do maxilar pudesse ter despenteado algum fio –, então ajeitou a saia, sorriu e disse: "Precisamos matricular você no Colégio Haden esta semana".

Toda essa coisa de "estudar na mesa da cozinha" é um pouco estranha. Eu já levei garotos para estudar no meu quarto antes e isso nunca foi problema. Até o Reefer. Eu acho que o Luc não estava brincando quando disse que não havia causado uma boa primeira impressão.

Estamos com os livros espalhados na mesa da cozinha e o meu pai volta e meia aparece na porta, observando a gente. É muito embaraçoso. Por que ele escolheu o dia de hoje para arruinar a minha vida? *Vá embora.*

Folheio o meu caderno de resumos e abro em uma página em branco.

– No que devemos focar para esse resumo? Talvez toda a coisa com Ma e Tom? – Olho para o Luc enquanto meu pai passa novamente e me contraio por causa do Luc, que parece chateado.

Vá embora, pai.

Olho fixamente para o Luc, os vincos em torno dos olhos se suavizam e ele dá um breve sorriso em um dos cantos da boca.

– Parece bom. – Ele levanta a voz ligeiramente. – Alguma sugestão, senhor Cavanaugh?

Papai desliza para o canto com as bochechas rosadas e os olhos desconfiados. Ele meio que olha sem graça para o Luc, coisa que nunca o vi fazer antes, acena para mim e sai.

– O que aconteceu? – eu sussurro.

Ele apenas dá de ombros.

Eu balanço a cabeça e começo a escrever.

Grace entra pela porta arrastando os pés até a geladeira, onde apanha uma Coca e encara a gente através de suas franjas longas. Na verdade, é um tanto horripilante a maneira como a Grace consegue fazer você se sentir enquanto encara com aqueles olhos azuis pálidos. Ela sempre foi assim.

– Está precisando de algo, Grace? – pergunto intencionalmente quando o seu olhar começa a ficar estranho.

– Não. – Mas ela não vai embora. Ela apenas bebe a sua Coca e fica nos encarando.

Tento ignorá-la, mas é impossível.

– Quer saber, a gente está tentando estudar...

Ela se inclina sobre a geladeira e fica ali por um tempo.

– Vá em frente.

Faço uma cara feia para ela.

– Seria fácil se você saísse.

– Tudo bem. – Ela dá de ombros, afasta-se da geladeira e arrasta o chinelo de volta à sala, olhando para o Luc durante todo o trajeto.

– Desculpe por isso. Ela é só um pouco...

– Intensa? - Luc está olhando para ela com uma sobrancelha arqueada.

Eu sorrio.

– Não era essa a palavra que eu ia usar, mas é isso.

Quando terminamos, eu meio que o convido para o meu quarto para ouvir o novo arquivo que baixei do Fray, mas acho que estaria jogando com a sorte. Bem, jogar com a sorte é o que faço melhor. Seguimos em direção à porta, mas olho sobre meu ombro quando chegamos lá e agarro a mão do Luc.

– Vamos – eu digo, e o arrasto pelas escadas.

Ele parece surpreso quando o empurro pela porta e a fecho.

– Então, você não tem nenhuma ideia sobre o que aconteceu? – pergunto, subindo em cima da cama. – Porque eu nunca vi os meus pais agindo dessa maneira antes.

– Não faço ideia.

Eu me sento sobre minhas pernas dobradas e me inclino sobre meu braço estendido.

– Bem, aquilo foi muito estranho. Eles devem ter se transformado em alienígenas.

Ele repara no meu quarto e abre um sorriso divertido.

– Tipo *Invasores de corpos*... – Olha para mim enquanto ergue as sobrancelhas. – Pode acontecer.

Ele vira para as paredes e dá uma volta no quarto.

– Papel de parede interessante – diz, lendo devagar algumas das legendas da Riley e da Taylor. Chega à *Mona Lisa* e solta um riso melancólico. – Ela fez... muito – murmura baixinho.

– O quê? – pergunto.

Ele me olha por um segundo.

– Nada.

E eu me lembro do que a Taylor escreveu naquela imagem: "Mona Lisa precisa transar".

Seus olhos batem na penteadeira e ele apanha um porta-retrato. Olha para foto por um longo tempo. Percorre os dedos sobre o vidro e pergunta:

– Quem é esse?

– Eu e meu irmão. – Olho pela janela e vejo as nuvens de uma tempestade que se forma no horizonte.

Ele parece surpreso.

– Seu irmão?

– Ele morreu – digo categoricamente.

– Quando?

Olho para trás e existe uma simpatia nos seus olhos que eu não mereço. Minhas entranhas são reviradas e a bile fervilhante queima a minha garganta. Eu realmente não quero falar sobre isso.

– Dez anos atrás. – Puxo da mochila o meu livro de Administração.

– Sinto muito.

Eu folheio aleatoriamente o livro, fingindo procurar uma página e a falta de ar quase me faz chorar.

Ele se aproxima calmamente da minha cadeira.

– Você quer falar sobre isso?

Deus, não.

– Na verdade, não. – Pulo da cama. – Então, eu baixei algumas coisas legais – digo torcendo para que ele não perceba alguma gravidade na minha voz. Eu pego meu iPod da penteadeira e encaixo os fones de ouvido. – O que você quer ouvir?

– Depende do que você tem.

Respiro fundo e sinto que meu peito começa a relaxar.

– O Fray, sempre – eu digo e sorrio para ele. – Mas também tem alguma coisa nova do Saving Abel e do Three Days Grace.

– Coloque em alguma. Eu gosto de surpresas. – Um sorriso divertido aparece em seu rosto e faz o meu coração pular.

Eu aperto o *play*, mas não consigo prestar atenção na música, porque o Luc salta da cadeira e vem na minha direção. Não tenho certeza do que estou vendo em seus olhos – alguma coisa sedutora e muito perigosa. Quando aquele sorriso perverso se desenrola em seus lábios, o formigamento no meu ventre explode por todo o meu corpo, me fazendo ofegar. Mas, justamente quando ele chega até mim, a porta se abre.

E mamãe está lá de pé com fogo saltando dos olhos.

Merda. Eu deixo o cabelo cair sobre o rosto, tentando esconder a cor das minhas bochechas, e me viro para ela.

– Oi, mãe.

– Preciso ter uma palavrinha com você, Frannie – ela diz quase sem mover o maxilar. – No corredor – ela acrescenta, quando percebe que eu não me movo.

Eu me viro para o Luc e arregalo os olhos cheios de terror.

Ele sufoca uma risada, disfarçando o pouco que escapa com uma tossida.

Saio para o corredor e fecho a porta.

– O quê?

– Pensei que tivesse deixado tudo entendido.

– Entendido o quê?

– Eu não o quero no seu quarto – ela diz ofegante.

– E se a gente deixar a porta aberta? *Por favor, deixe ele ficar.*

Ela me olha por um tempo.

– Com a porta aberta – ela diz, dando uma espiada na situação. – Mas só um pouquinho.

Eu me esforço para manter um sorriso estampado no rosto. Joguei com a minha sorte o bastante para um dia.

– Obrigada – digo, empurrando a porta.

Ela me olha por um longo momento, e lança mais olhares em seguida para o Luc, antes de se virar e descer as escadas.

Entro no quarto e Luc segura meu iPod.

– Você tem um pouco de tudo aqui – ele diz. – Jimi Hendrix, Mozart, Nickelback.

Eu roo uma unha e minha resposta sai como um grunhido envergonhado.

Ele coloca de volta os fones de ouvido.

– Então, já que não estou sendo arrastado daqui pela orelha, eu diria que você conseguiu negociar uma trégua.

Meu estômago começa a revirar, enquanto ele se aproxima de mim devagar.

– Acho que sim. A porta aberta foi a minha concessão – eu digo com uma voz trêmula, gesticulando na direção do corredor.

– Hum... – ele para na minha frente, muito perto, e dá uma olhada para o corredor, enquanto minhas irmãs, rindo, passam rapidamente. – Ao que parece, teria o efeito desejado de dificultar o nosso contato físico. - Ele levanta a mão e acaricia o meu rosto com um dedo.

De repente, meu coração está disparado. Sinto vertigem e entorpecimento.

– É... bem... – Pego meu livro de Administração que está em cima da cama. – Você ainda quer terminar o dever de casa sobre o treinador Runyon?

Ele dá um sorriso.

– Não.

Pego meu caderno na mochila e o abro no chão. Ele se aproxima de mim e se recosta na cama. Tento ignorar as minhas irmãs se revezando na porta, nos vigiando enquanto fazemos nosso dever de casa.

Quando a gente termina, caminho com ele até o carro.

– A gente vai se ver na segunda?

– Segunda – ele diz, entrando no carro e fechando a porta.

Eu me inclino na janela e a música me surpreende.

– O que você está ouvindo?

– Vivaldi.

– Jura?

Ele sorri e chega mais perto.

– Sou cheio de surpresas.

Meu coração bate forte e devolvo um sorriso trêmulo.

– Tenho certeza.

Ele ergue as sobrancelhas.

– Divirta-se amanhã na igreja.

– Tudo bem.

Ele liga o motor, mas continuo debruçada na janela do carro. Ele está me encarando. Eu me inclino mais, perto o suficiente para sentir seu calor. Ele começa a se inclinar na minha direção e no meu coração parece que há alguma coisa selvagem aprisionada lutando para sair.

Então a porta da frente de casa se abre e meus pais estão parados na varanda. Eu respiro fundo, o que me faz recobrar os sinais vitais, e fico de pé suspirando a minha frustração.

Os lábios do Luc se abrem em um sorriso divertido, fazendo o meu coração acelerar novamente.

– A gente se vê – ele diz e acena.

Eu o vejo sair da porta de casa e dirigir devagar pela minha rua até as lanternas do carro desaparecerem na esquina. Quando me viro de volta para casa, meus pais continuam parados lá.

– Deus do Céu! O que foi aquilo? – digo exasperada, furiosa.

– Olhe a boca, Frannie – minha mãe repreende.

Eu reviro os olhos.

– Que seja. Então, o que tá pegando?

Papai olha para mim preocupado.

– Você não... – ele começa, mas fica vermelho e se cala.

– O quê?

Mamãe pega a minha mão e me leva para a sala vazia. Eu ouço minhas irmãs no topo da escada, procurando a melhor posição para ouvir a conversa.

– Você não está romanticamente envolvida com aquele rapaz, está?

– Você diz namorando?

– Sim.

– Não. Ele é meu parceiro de resumos. – E o objeto das minhas fantasias.

– Achamos que você não deve passar mais tempo com ele do que já tem passado.

– Por quê?

– Ele nos preocupou, Frannie. Alguma coisa nele não está certa.

– Ah, ok. Então é por causa dos *piercings*?

– Não, tem alguma vibração nele.

– Você não gosta dessa *vibração*?

Eu ouço risadinhas da Kate e da Maggie.

– Confie em nós, Frannie. Por favor. Não acho que ele seja o tipo de pessoa com quem você deva passar o seu tempo.

– Quem é você e o que fez com os meus pais?

Ela sorri apesar da piada e me dá um abraço.

– Só nos preocupamos com as nossas garotas, só isso.

Bem, acho que essa é uma maneira de irritar a mamãe. Mas a verdade é que eu não deveria ficar surpresa, afinal o Luc definitivamente tem uma vibração diferente. E vamos concordar que ele não é o tipo que impressiona os pais das adolescentes.

CAPÍTULO 7

DEMÔNIOS PESSOAIS

Frannie

Eu não tinha conseguido pensar em nada, a não ser no Luc, desde que ele foi embora ontem à tarde. Talvez obsessão seja um termo mais adequado, eu acho. A sua maneira de olhar... nunca ninguém me olhou daquela maneira antes. Um formigamento começa no meu baixo-ventre só de pensar nisso e olho para a minha mãe em frente à van da família. Se ela não tivesse aparecido, não sei o que poderia ter acontecido.

Sento na parte de trás da van, ligo o meu iPod e fico olhando pela janela durante todo o trajeto até a igreja, esperando vislumbrar um Shelby Cobra 68 preto. Em vez disso, a primeira coisa que vejo quando entramos no estacionamento da igreja é o Mustang 65 azul-escuro do vovô, brilhando no sol e pronto para rodar.

– Fala sério! – eu grito.

Mamãe sorri.

– Parece que você vai para a casa do vovô no maior estilo, hoje.

– Não sei o que tem de mais nisso. É só um carro velho. Quem vai querer uma coisa *dessas* quando se pode ter um novinho em folha? – Grace diz em seu tom pragmático habitual.

– O vovô gostaria e eu também – digo.

Ela revira os olhos e dá de ombros.

Durante toda a missa, o vovô está quase saltando de animação no banco reservado para a nossa família. Para não me entusiasmar tanto quanto ele, observo a Grace ajoelhada com o seu rosário. Ela parecia ir por outro caminho e, quando o Matt morreu, ela se aproximou de Deus, como se Ele fosse consertar alguma coisa... ou mudar alguma coisa. Ela sempre foi muito crédula.

Rezar não funciona. Eu já tentei.

Olho para o vovô e me lembro da última vez em que dobrei os meus joelhos e rezei. Foi há três anos, depois de acordar tarde em um sábado e minha cabeça parecia estar sendo atacada por pequenos raios. O que vi por trás das pálpebras, quando fechei os olhos por causa da dor de cabeça que sentia foi a minha avó deitada em seu jardim, em uma poça de sangue. Quando chamei por ela, ninguém respondeu. Eu disse para a minha mãe que a gente precisava ir ver como ela estava, mas ela não me deu bola. Eu não podia dizer a ela porque precisávamos ir até lá – era meio doido –, então entrei no meu quarto e rezei.

Quando o vovô chegou em casa naquele dia, depois da pescaria, ele a encontrou caída no quintal depois de ter despencado da escada, com uma tesoura enfiada em seu estômago.

Foi quando tive certeza de que Deus não existia.

No final da missa, o vovô pula do seu assento.

– Pronta para dar uma volta?

– Estou pronta para isso o ano todo.

– Vamos!

Eu o segui por todo o caminho fora da igreja. Quando chegamos ao carro, ele abriu a porta do motorista e me entregou a chave.

– Eu vou dirigindo? Não acredito!

Ele sorri.

– Você fez por merecer.

Pulo no banco do motorista, giro a ignição e o carro desperta para a vida. *Sympathy for the Devil*, dos Rolling Stones, está tocando alto no rádio. Eu aumento ainda mais.

– Isso é incrível. – Eu sorrio tanto que meu peito dói, e aperto as mãos em torno do volante.

Os olhos azuis do vovô irradiam sobre mim.

– Vamos nessa!

Ajeito os espelhos e o banco, então manobro com cuidado e saio do estacionamento. Quando estamos longe da multidão e na estrada, ele diz:

– Coloque pressão nele. Vamos ver o que ele é capaz de fazer.

Eu troco a marcha e acelero, sentindo o vento bater no meu cabelo e o sol frio da manhã na minha pele.

– Ele corre perfeitamente! – grito mais alto que o barulho do motor, do rádio e do vento.

Olho para meu avô e não posso deixar de ver o orgulho em seu rosto.

– Você fez um ótimo trabalho.

– Vovô?

– Diga.

– Se o diabo tivesse um carro, qual você acha que seria?

O tom maldoso em sua voz é inconfundível.

– Um Shelby Cobra preto GT500.

Sinto um frio na barriga.

– Que ano?

– 1967.

Fechado.

Paramos em sua garagem.

– Deixe-o aqui – ele diz. – Mais tarde o levamos para dar uma volta.

– Qual o nosso próximo projeto? Outro Mustang?

– Provavelmente. Por falar nesse Shelby 67... Venha cá. Quero mostrar uma coisa – ele diz, abrindo a porta da frente. Eu saboreio o cheiro doce do seu charuto enquanto seguimos entre o sofá gasto e a mesa de centro da sala de casa, até seu quarto, nos fundos. Ele pega um porta-retrato de madeira da penteadeira e me entrega.

– Sua avó alguma vez mostrou isso a você?

– Não – respondo, pegando-o da sua mão. Olho para a foto. É um jovem casal. Ele tem cabelo preto e olhos azuis, veste jeans escuros e camiseta preta. Seus braços estão ao redor de uma garota de shorts e top vermelho, seu cabelo loiro-areia esvoaça com o vento. E ela está sentada no capô de um Shelby Cobra 67 preto GT500.

– Esse foi o dia em que pedi a sua avó em casamento, no verão depois do colegial.

– Uau! Você era jovem.

– Bem, as coisas eram diferentes naquela época, mas ainda acredito que quando é o certo, você simplesmente sabe.

Eu olho de novo para a foto – vovô com os braços ao redor da vovó, segurando-a como se sua vida dependesse disso. Há um brilho nos olhos de safira dela, e um sorriso perverso no canto dos lábios, enquanto ela se apoia nele.

– Ela parece feliz.

Um sorriso torto aparece em seu rosto.

– Nós *fomos* felizes. Eu era um perigo naquela época. Seu bisavô achava que eu era o diabo. Tentou me pôr para correr com uma espingarda. – Ele ri. – Como se isso funcionasse caso eu realmente fosse o diabo.

– Como você fez para ele mudar de ideia?

– Não tenho certeza se realmente fiz alguma coisa. Mas não demorou muito tempo para descobrir que eu a amava. E sempre tentei ser bom para ela, então depois de um tempo, eu acho, ele percebeu que havia coisas que poderiam ser piores que o diabo.

Dou uma última olhada na foto e a coloco na penteadeira, apontando para o Shelby com o meu dedo indicador.

– Eu tenho um amigo... que dirige um modelo 68.

Ele fica sério e contrai as sobrancelhas, preocupado.

– Ele é um bom amigo?

Por mais que eu tente, não consigo evitar um sorrisinho ridículo.

– Aainda não tenho certeza.

Ele deve ter lido alguma coisa na minha expressão.

– Frannie, você sabe que garotos adolescentes só estão atrás de uma coisa, não sabe?

– Vovô!

– É como as coisas são. Não deixe nenhum garoto forçá-la a isso... você sabe...

– Eu sei me cuidar.

Seu rosto continua austero, mas seu olhar se suaviza e ele sorri.

– Tenho certeza disso. Seus pais já conheceram esse garoto?

– Sim – digo, e em seguida hesito. – E eles ficaram bem assustados.

Ainda me olhando, um sorriso atravessa o seu rosto.

– Bem, os pais servem para isso, eu suponho. – Suas sobrancelhas se contraem. – Mas eu reconheço que qualquer um que dirija um Shelby 68 pode ser mesmo ruim.

– Obrigada, vovô. – Dou um abraço nele. – Amo você.

– Amo você também, Frannie.

Quando o vovô me solta, pulo para dentro de casa e fecho a porta da frente. Dou uma olhada e Grace está lá, de braços cruzados, lábios contraídos em uma linha fina, me encarando com seus intensos olhos azuis.

– Vem falar comigo – ela diz sem piscar.

– O quê agora?

Ela agarra o meu braço e me puxa.

– Apenas venha aqui em cima.

Deixo que ela me arraste pelo braço escada acima até o meu quarto. Ela fecha a porta.

– Eu sei que você não fez sua leitura – ela começa a falar no seu tom de voz *nonsense*. – Mas Pedro 5:8 diz: "Sede sóbrios e vigilantes. Seu inimigo, o diabo, anda em derredor como leão que ruge procurando alguém para devorar". Satanás influencia os fracos, Frannie.

Fecho as cortinas e me viro para ela.

– Que besteira é essa que você está falando?

Ela me olha séria e firme.

– Você sabe exatamente de *quem* estou falando.

Sinto que meu estômago é revirado.

– Tem alguma coisa maligna nele – ela acrescenta.

Eu fico uma fera.

– Você está doida, Grace. Saia já do meu quarto.

Ela caminha até a porta e se vira para mim. Sua expressão é sombria.

– Vou rezar por você – ela diz.

– Saia! – esbravejo.

Ela fecha a porta, eu me atiro na cama e minha cabeça bate em alguma coisa dura. Eu me sento e encontro a Bíblia aberta na primeira carta de Pedro. Eu a jogo com força em direção à porta e ela cai no chão, toda revirada. Então eu me sento com o rosto apoiado nas mãos.

Grace é doida. *Não é?* Ou sou eu a doida? Não tenho certeza. Faz muito tempo que não tenho emoções tão fortes e fora de controle – e não gosto disso. Não sei de onde vêm esses sentimentos doidos, mas devo encontrar uma maneira de fazer isso parar.

Levanto-me da cama e começo alguns exercícios de rotina, buscando conforto no judô. Faço judô desde os meus nove anos. Eu não sabia por que me sentia tão atraída por isso. Eu só sabia que era uma coisa que eu precisava fazer. O que sei agora, olhando para o passado, é que eu realmente *precisava* dele, já que depois da morte do Matt me tornei autodestrutiva, quieta e isolada. O judô ajudou a controlar a criança raivosa que havia em mim – a única coisa que tocou o meu ódio. É uma mistura estranha de deixar tudo sair e segurar tudo dentro. A última palavra em controle da mente e do corpo. Ele me ajudou a permanecer centrada em mim e manter todas as outras coisas fora – na parte superficial. Se você não deixa nada entrar, então nada pode machucar você. Nunca mais vou me machucar como quando o Matt me deixou. Eu não sobreviveria a isso.

Quando termino os exercícios, eu me sento na cama, puxo o diário do Matt e começo a escrever. Eu conto a ele tudo o que não consigo admitir para mim mesma, começando com o fato de que o Luc de alguma maneira está derrubando as minhas defesas.

CAPÍTULO 8

INFERNO NA TERRA

Luc

Circulo pelo corredor em direção ao meu armário com a ponta do dedo apoiada nas costas da Angelique. Ela tagarela coisas incoerentes sobre seu fim de semana, desafiando seriamente minha capacidade de fingir interesse. Mas quando dou uma olhada em volta e vejo a Frannie em frente ao seu armário, olhando para nós, abro um sorriso. Eu me viro para Angelique e olho para ele sem o menor interesse, acenando com a cabeça diante de suas futilidades absurdas.

Quando alcançamos o meu armário, Frannie já se foi, mas eu a sinto debruçada sobre a mesa atrás da porta da sala 616, nos observando. Seu aroma de pimenta-do-reino e alcaçuz é misturado a uma dose saudável de alho – forte e amargo. Eu inspiro o aroma que predomina acima do perfume de gengibre da Angelique e saboreio a energia crepitante que me atravessa.

– O que você fez no fim de semana? – Angelique pergunta, tirando-me do meu breve momento de devaneio, enquanto desliza um dedo pela gola da blusa e mostra seu decote considerável.

Eu me inclino contra o armário.

– Não fiz muita coisa. E você?

– Estamos quase chegando ao verão, então fomos para a casa de praia. Você deveria aparecer dia desses...

– Parece divertido – murmuro com o meu sorriso mais perverso.

De repente, o estouro avassalador de inveja, raiva e ódio que emana da sala 616 é tão espesso no ar que consigo saboreá-lo, despertando todos os meus sentidos. *Desperta-me*. Eu me envolvo nele e estremeço.

Angelique facilita um pouco mais, fazendo beicinho com os lábios vermelhos, alisando o meu braço com os dedos, demorando um pouco na barra da manga da minha camiseta, sobre a tatuagem da cauda da serpente negra em volta do braço.

– Não é muito longe daqui. Talvez a gente possa dirigir até lá noite dessas... tipo... sexta, quem sabe?

Sorrio, quase incapaz de conter a sensação que corre através de mim. Uma sensação que não tem nada a ver com Angelique. Isso é perfeito. Justamente o que eu queria.

Sim, isso é muito melhor do que a estratégia planejada – a abordagem indireta. Porque, o que eu imaginei depois de sair da casa de Frannie no sábado, como me sentei no escuro, paranoico e batendo a cabeça contra a parede, durante toda a noite, era que a abordagem direta me havia feito levar um pé na bunda.

A questão é que, para marcar a Frannie, preciso indiscutivelmente reivindicar sua alma. Reivindicar indiscutivelmente significa mais que um pecado, a menos que esse único pecado seja enorme – um pecado mortal. Mesmo os sete pecados capitais não são suficientes uma vez. Eu preciso pelo menos de uma inclinação, se não uma tendência mesmo. Um padrão. E no ritmo que está, neste momento, não está funcionando.

Duas semanas. Como isso pôde demorar tanto?

Eu quase a tive em seu quarto... estive tão perto. O gengibre transbordava dela. Bastava um empurrãozinho para conseguir. Mas, nesse ritmo, o Gabriel vai marcá-la antes de mim, com certeza.

Porque, do outro lado, é o Gabriel que precisa de uma tendência, e, pelo que pude ver, ele conseguiu. Se eles a querem – e tenho quase certeza de que querem –, não sei por que ele ainda não reivindicou a alma dela. Mas, se ele não o fez, deve haver uma razão. O que significa que ainda tenho tempo. *Nada de pânico.*

Essa estratégia planejada – a abordagem indireta – *funcionará*. Tem de funcionar.

Caminho pela sala de aula, pronto para envolver a Frannie em emoções selvagens e deslizo para o meu assento.

– Como foi o seu domingo?

Ela se vira para mim e sorri.

– Bem.

Eu percebo que não há nada no que me deleitar. O anis... a pimenta... tudo desapareceu. Tento captar alguma coisa que esteja saindo dela, mas não há nada para captar. Afasto a expressão confusa do meu rosto e pergunto:

– Fez alguma coisa legal?

– Não.

– Você está bem?

– Sim – ela diz sorrindo abertamente.

O professor Snyder se aproxima e joga uma pilha de papéis sobre a sua mesa.

– Aqui está sua última pilha de cartas, Frannie. As traduções estão grampeadas na frente, como de costume. Você precisa de ajuda com a postagem?

Ela sorri para ele – nada feliz.

– Não, obrigada, professor Snyder. As coletas foram boas este mês. Está tudo ok.

– Posso dar uma olhada? – Eu me inclino e chego perto o bastante para que ela me sinta, sinta o meu calor.

Um tremor? Talvez? Ou foi apenas a minha imaginação?

– Desculpe, são cartas pessoais – ela diz sem olhar para mim.

– Não tem problema. Eu leio a transcrição no *Globe*. Bem interessante esse sistema, conectando-se com um professor de lá.

– Funciona. O professor Snyder faz a tradução digitalizando as cartas e executando todas elas em um tradutor. A tradução não fica perfeita, mas fica boa o suficiente. Ele faz a mesma coisa com as que voltam do Paquistão.

Nada ainda. Tenho certeza de que não foi a minha imaginação... ela estava furiosa.

– Tudo bem – o professor Snyder diz, vagando entre as fileiras de cadeiras. – Peguem *As vinhas da ira* e abram no capítulo 28. Quem pode me dar um exemplo de conflito presente neste capítulo?

Fico distraído durante os debates em aula, concentrado na Frannie. Quando o professor Snyder pede a ela que leia, eu me inclino e me aproximo o máximo que posso sem esbarrar nela, enquanto ela segura seu livro à direita, distante de mim, e faz a leitura em voz alta para toda a turma. Eu fecho os olhos e me entrego à suavidade da voz dela.

Quando ela termina, o professor Snyder dá alguns passos à frente da turma.

– Vocês têm alguns minutos antes de o sinal tocar. Trabalhem no resumo do capítulo 28, focando no conflito.

Ela se vira para mim e prendo o seu olhar por alguns segundos.

– Então... – Eu finalmente consegui.

– Então o quê? – ela diz.

– Você vai me dizer o que está pegando? – Talvez eu consiga uma confissão.

– Não tem nada errado – ela sorri docemente. – Nós devíamos estar trabalhando em nossos resumos.

– Hum... – eu escrevo "Luc e Frannie" em letras grandes no meu caderno de resumos, em seguida escrevo abaixo deles "Conflito", em letras ainda maiores.

Ela apenas me olha fixamente por um longo tempo e eu a olho de volta, sem piscar. Quando o sinal toca, ainda estamos nos olhando. Ela se vira e guarda os livros na mochila.

– O que foi, Frannie? – Continuo esperando.

– Nada – ela diz, e passa por mim em direção à porta. Quase que involuntariamente agarro o seu braço quando ela passa. Posso dizer que pela cara dela, e pelo cheiro repentino de *grapefruit*, minha mão está queimando, mas eu não a deixo ir.

Ela olha nos meus olhos e eu perscruto os dela, sentindo-me subitamente perdido.

– O que você quer de mim? – ela diz, puxando o braço para se livrar de mim.

A sua alma. Porém, mais.

– Só quero saber o que está pegando. Fiz alguma coisa errada?

– Não, estou bem. – E ela realmente está. Se eu não parar com essa maluquice, vou ferrar com qualquer chance que tenha de uma abordagem direta ou indireta. Então eu a deixei ir. Por um breve instante uma preocupação atravessa o seu rosto, então ela a deixa de lado e segue pelo corredor até seu armário.

Eu volto para a sala, tentando me refazer e imaginar o que pode ter acontecido. Quando olho para o corredor, Frannie fecha seu armário com um estrondo e vejo o Gabriel. Que belo canalha, ele vai se ver comigo. Ele caminha até ela e se apoia no meu armário. Olha para mim, que estou parado na porta da sala. Não consigo ouvir o que diz, mas *consigo* ouvir a risada dela. Meu estômago está revirado e uma corrente elétrica estala debaixo da minha pele. Eu passo pela porta em direção ao corredor, pois preciso fazer alguma coisa, mas não tenho certeza do que é exatamente – talvez cortar fora as asas do Gabriel e empurrá-lo...

– Adivinha quem é? – Do nada, tenho duas mãos cobrindo os meus olhos e o cheiro de um perfume vagabundo invade as minhas narinas.

– Angelique.

– *Acertou!*

Afasto as suas mãos do meu rosto.

– Você me acompanha até a aula? – ela faz charme.

Os olhos de Gabriel estão novamente sobre mim, e seu sorriso se torna irônico enquanto ele coloca a mão nas costas da Frannie e a guia até a sala de Física. Quando ela se inclina e envolve a cintura dele com o braço, tudo o que eu gostaria de fazer é mandar uma explosão do Inferno sobre ele.

Mando um pouco do meu poder sobre uma bela garota ruiva que está próxima, me observando. Ela passa caminhando rápido e dá um esbarrão na Angelique que a faz soltar o meu braço.

Eu olho me desculpando com a Angelique.

– Desculpe, eu prometi sair com...

– Cassidy – a garota ruiva termina a frase para mim.

Eu me viro e sigo o Gabriel e a Frannie pelo corredor, com a Cassidy aos tropeções ao meu lado.

Frannie

Eu errei com o Luc, deixando-o avançar pelos limites das minhas defesas. Mas agora ele voltou para o outro lado, a que ele pertence exatamente como todos os outros, exceto o meu avô, e todas essas emoções doidas estão de volta ao buraco negro em que as mantenho trancadas. Mentalizar, como no judô.

Eu me sento no Laboratório de Física com o Gabe e me concentro no trabalho de aula, deixando todo o resto fora da minha cabeça. Há algo de muito tranquilo em estar ao lado dele. Logo me sinto calma, como se estivéssemos sozinhos na sala. Talvez até mesmo sozinhos no mundo. Minha mente sonha com esse mundo – só o Gabe e eu, deixados sozinhos para repovoar o planeta. Como Adão e Eva. Meu pulso dispara ao pensar o que exatamente isso implica.

– Eu daria tudo para saber no que você está pensando agora.

Estou tão perdida em minhas fantasias que sua voz, baixinha em meu ouvido, espanta aquele pensamento para longe. Eu puxo o nó do meu cabelo para esconder meu rosto vermelho e me concentro na placa de circuito, porque não há nada que me faça dizer no que eu estava pensando.

– Eu só tava... uh...

– Fosse o que fosse, parecia ser bastante intenso. – Sua risada realmente me irrita.

– Ok, estou pensando em me tornar uma freira. – Essa é a saída, desistir totalmente dos garotos. É disciplina mental.

Um sorriso sarcástico surge em seu rosto.

– É... tá certo.

Uma pontinha de raiva escapa do fundo do buraco negro dentro de mim e falo irritada:

– O que diabo isso significa? Você acha que eu não sou boa o suficiente? - Controlo isso e aperto com força a tampa do buraco negro.

Ele sorri.

– Pelo visto, vale a pena, você seria uma ótima freira, mas tenho certeza de que esse não é o seu caminho.

Eu começo a ferver por dentro... até perceber que não havia nenhum sarcasmo na sua voz. Encaro-o e ele está sorrindo, e aqueles olhos estão me matando. Eu me esforço para manter minha respiração controlada enquanto ele levanta a mão, e eu me vejo me inclinando na direção dele, antecipando seu toque na minha pele. Mas sua mão esbarra na minha enquanto seguem ao encontro da placa de circuito, onde ele solta o interruptor que eu havia instalado na parte de trás e resolve o problema.

Ó, meu Deus. O que há de errado comigo?

Eu me levanto assim que o sinal toca, tentando ignorar o meu coração acelerado, quando o Gabe estende o braço sobre os meus ombros e caminha comigo de volta ao meu armário. Troco os meus livros e olho para ver se o Luc está vindo.

Gabe dá uma risada um tanto furiosa.

– O que foi?

Ele se apoia no armário do Luc e afasta com o dedo um fio de cabelo solto sobre o meu rosto.

– O que um cara precisa fazer para ter a sua atenção?

Você já está fazendo.

Sinto uma comichão no baixo-ventre enquanto sou inundada pelo perfume da neve no verão. Fecho os olhos e me concentro no meu batimento cardíaco, respirando fundo e me esforçando para voltar ao ritmo normal. Tenho medo de olhar para ele, porque o Gabe sempre me dá a impressão de saber o que eu estou pensando, e o que eu estou pensando agora é embaraçoso demais.

Ele acaricia meu rosto por um segundo e acho que a minha fantasia vai se realizar e ele vai me beijar. Mas, quando abro os olhos, minha respiração se paralisa. Seus olhos estão fixos nos meus como se ele estivesse vendo a minha alma, e isso é mais íntimo do que um beijo. *Muito* mais íntimo. Minhas pernas bambeiam e desvio o olhar a tempo de ver de soslaio o Luc passando. De repente, é como se eu tivesse engolido uma bola de neve.

Eu viro no corredor e, sem dizer ao menos um tchau, fujo para a sala do professor Sanghetti. Mas, antes de chegar lá, o Reefer me para. Ele se move para o lado e se inclina para a parede com uma mão um pouco acima do meu ombro, tentando parecer casual. Mas não está conseguindo. Sua expressão é tensa e seus olhos estão demasiado agitados.

– Ei, você – soa mais como uma acusação do que uma saudação.

– Oi. – Eu me apoio na parede e vejo a multidão de alunos no corredor atrás dele.

Seus olhos me sondam, perscrutando-me, e seu sorriso tenso e forçado desaparece.

– Então, quem é o cara?

– Qual deles? – eu digo, só porque posso.

Ele arregala os grandes olhos castanhos e sua expressão é de pura decepção. O meu coração se aperta em um grande nó.

Eu sou tão idiota. É tão difícil andar por essa corda bamba – principalmente quando não faço a menor ideia do que estou sentindo. Parte da minha dor interior vem do furacão Luc, a outra parte, do Gabe... seja lá o que isso signifique, mas a maior parte dela vem dos olhos do Ryan. Ele é um bom garoto, de verdade. Não quero magoá-lo. Quanto tempo vai levar para ele perceber que não me ama?

– Brincadeira, Reef. Não tem cara nenhum, ao menos não da maneira que você imagina.

Seus olhos se voltam para os meus novamente e ele ergue as sobrancelhas.

– Você tem certeza? Porque eu ouvi dizer que você estava ficando com um cara novo.

Eu suspiro.

– Não tô ficando com ninguém.

Ele hesita por uns segundos e olha para o chão antes de olhar para mim novamente. Alguma esperança surge em seu semblante.

– Então... você quer vir para a banda e praticar um pouco...

– Eu não vou voltar. – Imediatamente me arrependo da maneira rude com que digo isso.

Ele ergue a mão.

– Deixe-me terminar – ele diz. – Aquela garota, Delanie, foi convocada. Ela canta com a gente hoje à noite. Achei que você quisesse ouvi-la, só isso.

Mas ele está mentindo. Eu sei que não é "só isso", porque já vi aquele olhar em seu rosto antes. *Você não me ama.* Eu me encosto com mais força na parede para aumentar a distância entre nós dois.

– Talvez.

Ele se inclina e esbarra seus *dreads* na minha bochecha enquanto sussurra:

– "Talvez" é uma coisa que eu posso aceitar.

Fecho os olhos e a respiração dele em mim me faz recordar como as coisas eram simples quando estávamos juntos... até ele arruinar tudo. Abro os olhos rapidamente e prendo a respiração quando seu rosto está a um centímetro do meu. Eu viro minha cabeça e olho por cima do seu ombro – vejo o Luc nos observando da porta da sala do professor Sanghetti, com a mandíbula cerrada e os olhos raivosos. Ele se vira e escapa pela porta.

Deslizo a mão sobre o peito do Reefer e o afasto gentilmente.

– Acho que é melhor eu não ir – digo, imaginando que qualquer coisa que eu faça, a não ser que eu aja exatamente como uma escrota, só vai ajudar a encorajá-lo. *Você não me ama.*

Ele me olha triste enquanto o Trevor chega de mansinho e estala um livro atrás da sua cabeça. Ele recua, mas permanece firme me olhando por alguns segundos antes de se livrar e sair apressado pelo corredor atrás do Trevor.

Sigo para a aula de História e me sento perto do Luc, me não permitindo sentir absolutamente nada, e ignoro todas as suas observações enquanto ele e o professor Sanghetti debatem. Assim que o sinal toca, disparo para fora da aula alguns passos à frente do Luc, mas ele me segura no corredor.

– Quem era aquele? – ele pergunta, me seguindo.

– Quem?

– O cara... – Ele dá alguns passos até alcançar meu cotovelo, mas eu me livro dele.

– Reefer – digo com uma voz neutra.

Ele para de andar e tenta conter, sem sucesso, um sorriso que salta de seus lábios.

– Reefer – ele repete.

Eu aproveito a confusão de alunos entrando no refeitório e deixo o Luc parado no corredor. Largo a mochila na nossa mesa e me arrasto até a fila do almoço. Quando volto, encontro a bela, alta e ruiva Cassidy O'Connor dando cotoveladas na Angelique para tirá-la do caminho e se sentar ao lado do Luc. Deslizo para o meu lugar entre o Luc e o Gabe e pressiono a tampa do buraco negro quando sinto uma ponta de ciúme querendo escapar.

Gabe sorri para mim enquanto reviro minha salada.

– Uma freira, né?

– Sim. – Pelo canto do olho, vejo Luc erguer a cabeça repentinamente.

– Interessante essa escolha de carreira. – Ele se vira de uma maneira que nossos ombros se tocam e sorri para Luc acima da minha cabeça. – O que você vai fazer esta noite? A gente podia terminar aquela revisão do Laboratório.

Tento fingir que o seu ombro esbarrando no meu não está causando nenhuma comichão em mim.

– Ah, claro. Eu tenho judô depois da escola, mas você podia vir para o jantar e a gente pode estudar no meu quarto depois – digo. Luc esbarra seu ombro no meu, me viro e ele está me encarando. Ignoro a vertigem que sinto quando nossos olhares se cruzam e me volto para o Gabe. – Então, por volta das seis?

– Pode ser.

Ouço a cadeira da Cassidy arrastar no chão e olho para ela, que está indo para a fila do almoço. Eu me viro e sorrio para o Luc. Aperto a faca que está na minha bandeja enquanto mentalizo estar soldando a tampa para confinar as minhas emoções.

Luc

Minha nova estratégia envolve basicamente os três principais elementos: luxúria, inveja e ira. O que significa que eu ainda preciso fazer a Frannie me querer. E deixá-la com inveja de quem estiver comigo. E odiá-los, e a mim também. É um equilíbrio difícil de atingir. Especialmente quando a Frannie não está cooperando. Dou uma olhada para a Cassidy na fila do almoço. Estou achando um pouco desconcertante isso – além do gengibre da Cassidy, não estou conseguindo captar nada. Frannie está mantendo suas emoções escondidas de maneira extraordinária. Nenhuma pimenta, ou anis, ou alho... Nada.

É claro, pareço ser o único a ter problemas de ciúme. Quase bati no Gabriel agora há pouco perto dos armários. E depois do showzinho da Frannie com aquele cara, o Reefer, no corredor, me ocorreu que talvez eu tenha exagerado na pressão. É que quando a vi com ele, perto daquela maneira... Não era coisa de quem está dando o fora em alguém – era um coração partido. Tristeza.

Volto para a mesa, achando que sua expressão vai entregá-la, mas seu rosto está sereno.

O que um sujeito precisa fazer para conquistar essa garota?

Então eu me lembro da reação da Frannie com relação a Taylor no primeiro dia. Sua inveja. Eu falo baixo, em um tom conspiratório, e isso é sempre bom para atrair a atenção dos outros em volta.

– Ei, Taylor, como foi o seu fim de semana?

Ela ergue uma sobrancelha sugestivamente.

– Podia ter sido bem melhor. – A insinuação é inconfundível.

– Estava pensando que se você estiver livre, a gente podia ir ao cinema hoje à noite.

Ela lança um olhar vitorioso para a Frannie.

– É claro!

Pelo canto dos olhos, tenho certeza de ver a Frannie enrijecer a postura enquanto finge estar muito envolvida em uma conversa com o Gabriel. Por uma fração de segundo, sinto um pouquinho de vestígio de alcaçuz, e isso me aguça.

Riley olha significativamente para a Frannie. Com uma pitada de pânico, ela diz:

– Por que não vamos todos juntos? O que você acha, Fee?

Frannie se vira em direção à mesa.

– Desculpe, o que foi?

– Cinema. Hoje à noite. Você topa?

– Ah, não, obrigada. – Ela segura a mão do Gabriel sobre a mesa e entrelaça seus dedos aos dele. Sinto uma agitação quando percebo uma pitada de gengibre. – A gente vai quebrar a cabeça com o trabalho de Física, não é Gabe?

Gabriel dá um sorriso fingido para mim.

– Quebrar a cabeça.

Riley fica boquiaberta e o silêncio do tipo "o que diabos você está fazendo?" é evidente pela maneira como ela encara a Frannie.

Frannie a ignora e volta a conversar com o Gabriel.

Eu queria ficar sozinho com a Taylor... mas isso até que podia funcionar.

– Hum... não é má ideia – digo balançando a cabeça para a Taylor e a Riley. – Acho que será só a gente.

Taylor olha para a Riley.

Se isso não me ajudar a conquistar a Frannie, nada mais o fará. Quanto maior a intensidade da ira, melhor; e que ira pode ser mais intensa do que uma amiga ou duas enganando você? A abordagem indireta vai funcionar. Vou usar com ela. Se eu jogar direito, de quebra, também marco pontos carregando a alma da Taylor e da Riley. Bônus.

Então meu estômago fica revirado pela maneira como a gravidade dessa estratégia me atinge. Gabriel e Frannie estarão juntos hoje à noite. Sozinhos. Estou me arriscando muito, apostando que ele ainda não tem o bastante para marcá-la. Estou me arriscando com essa jogada pela minha própria sobrevivência.

O aroma de gengibre da Cassidy quase me sufoca enquanto ela coloca a bandeja na mesa e se senta na cadeira perto da minha.

– Você quer dividir comigo o meu *brownie*, Luc?

– Não, obrigado – respondo, lutando para controlar o pânico. Pânico. Tudo está em jogo. Porque, se o Gabriel marcar a alma da Frannie para o Céu, estou ferrado. Reverter uma marca é praticamente impossível.

Isso tem de funcionar.

CAPÍTULO 9

A CRUELDADE ESTÁ NOS DETALHES

Frannie

Imaginei que mamãe e papai iriam gostar do Gabe – aparecer com flores para a minha mãe foi uma coisa realmente simpática –, mas isso é embaraçoso. Claro, depois do Luc, eles iriam gostar de qualquer um que eu trouxesse para casa.

Mamãe deu uma olhada no Gabe e decidiu que íamos comer na sala de jantar com nossos melhores pratos.

– Posso lhe servir mais alguma coisa, Gabe? Mais bolo de carne, batatas... – ela se entusiasma.

– Não, obrigado, sra. Cavanaugh. Está tudo delicioso.

– Ah, eu é que agradeço. Nós adoramos receber os amigos da Frannie.

Alguns deles, nem pensar.

Olho para a Kate e posso jurar que ela está tendo um treco. E se a Maggie não babar na blusa será um milagre. Mary, felizmente, está conversando com o Gabe como alguém que tem mais de um neurônio funcionando. Pelo menos, tenho uma irmã normal. Mas a Grace é quem está me deixando estressada. Ela está encarando o Gabe de um jeito muito desagradável – completamente atemorizada. E, em vez de comer, acho que ela está rezando ou coisa do tipo. Eu poderia dizer que ela o estava cobiçando, mas de um jeito assustador, perturbador. De um jeito religioso.

Olho para o papai, meus olhos implorando para que ele faça alguma coisa. Ele ainda está de camisa e gravata. Ele acredita que jantar em família é um evento, como casamentos e funerais, ocasiões em que todo mundo deve vestir o que tem de melhor.

– Grace, querida, você não vai comer? – ele diz, cutucando-a com o cotovelo.

Ela sai do seu transe psicótico.

– Sim, papai. – Mas ela não come. Apenas encara o Gabe mais um pouco.

Como é que nunca percebi que a minha família é louca?

Quando terminamos o jantar, estou muito angustiada.

– Venha, Gabe. A gente precisa terminar nosso trabalho do laboratório. – Agarro o braço dele e o arrasto para fora da sala de jantar.

Ele sorri para a mamãe.

– Obrigado pelo jantar, sra. Cavanaugh. Estava adorável.

Adorável? Quem diz adorável?

Pelo resto da noite, enquanto Gabe e eu estudamos no meu quarto, ouço Kate e Maggie bisbilhotando e rindo atrás da porta.

Ugh!

– Só um segundo – digo ao Gabe, saio do quarto e fecho a porta ao passar.

– Que surpresa você estar vestida – Kate diz. – A gente pensou ter ouvido a cama balançar. – Maggie dá um sorriso lascivo porque nós sabemos que ela é a única de todas que faria isso. Ela e o Chase dormem juntos desde a formatura no ano passado.

– Gente, por favor. Vocês estão fazendo papel de idiotas. Parem com isso.

– Ótimo. Vamos ouvir do quarto da Maggie e da Grace – Kate diz, girando sobre os calcanhares.

Fico parada por alguns segundos, pensando que não foram apenas as minhas emoções que ficaram agitadas quando o Luc e o Gabe apareceram. O Universo inteiro está desequilibrado. Não é só pelo fato de todas as minhas irmãs estarem doidas, mas Kate *nunca* faz nada do que a gente pede a ela.

Hesito um pouco antes de empurrar a porta porque, só em pensar no Luc, sinto um nó de ansiedade se formando no meu estômago.

Ele está com a Taylor. Agora mesmo. Se eu conheço a Taylor – e conheço bem –, eles não estão só conversando.

Você não a quer.

Eu me sinto culpada por pensar nisso e não tenho certeza de onde veio esse pensamento. Mas a verdade é que eu não quero que ele a deseje.

Não a beije. Por favor, não a beije.

Passo pela porta e ligo o meu iPod enquanto caminho até o Gabe. Chuto meus sapatos para longe, me espalho ao lado dele no chão e ouço a música *You Found Me*, do Fray. *Troque Deus por um novo porque ele não estava lá quando tudo desmoronou.*

Gabe desvia o olhar do livro e, pela primeira vez, vejo nele uma expressão sombria.

– Essa música é uma droga.

Eu olho em seus olhos.

– É uma das minhas favoritas.

– Por quê?

– Porque ela faz algumas perguntas pertinentes.

– Como o quê?

– Por que Deus fica apenas de braços cruzados e deixa que merdas aconteçam a pessoas boas?

A postura do Gabe enrijece.

– Ele está fazendo um pouco mais do que ficar apenas de braços cruzados.

– Como você sabe?

– Eu simplesmente sei. Acontecem milagres todos os dias.

– Certo. Céu, Deus... é tudo um monte de porcaria mesmo. O que uma religião organizada fatura faz com que eles se mantenham no negócio.

Ele faz uma cara ainda mais séria.

– Você pode estar certa sobre religião organizada, mas está errada sobre Deus.

– Achei que você fosse mais esperto. Vão não pode acreditar que exista um Deus. Não com todas essas coisas horríveis acontecendo lá fora.

Ele me olha duramente.

– Existe um Deus, Frannie.

– Que só vem para arrancar as crianças de suas famílias – eu digo sem pensar.

Ele me olha e não consigo encarar o seu olhar. Olho para baixo e vejo sua mão deslizar sobre o livro de Física. Nossos dedos se entrelaçam.

– Pessoas morrem. É assim que funciona.

Olhando para a foto do meu irmão em cima da penteadeira, de repente me sinto exausta. Muito cansada para lutar. Um sopro de ar escapa da minha garganta e uma lágrima corre pelo meu rosto.

– Você acha que eu não sei disso?

Eu quero gritar. Quero expulsá-lo para longe. Mas não tenho energia para fazer nada, a não ser deitar minha cabeça no seu ombro e fechar os olhos.

Luc

Isso é perfeito. O aroma de gengibre da Taylor está quase me sufocando. Eu precisaria me esforçar muito para pensar em uma parte do meu corpo que ela não tenha tocado ou esbarrado. Tudo está indo como eu pretendia.

Ela e Riley comem pizza e aproveito para pescar algumas informações. Até agora, sei que a Frannie namora, mas não vai para a cama; ela bebe nas festas, mas não fuma; apesar de toda a coisa religiosa dos pais, eles são muito descontraídos; e eu não sou o tipo dela. Essa última informação, de acordo com a Taylor.

Sinceramente, não estou sendo um bom ouvinte porque estou um pouco preocupado. A menos que o Gabriel tenha causado a mesma impressão que causei aos pais da Frannie – coisa que é improvável que aquele anjo repugnante cause –, ele está no quarto dela neste exato momento. E embora o maior risco seja ele marcar a alma dela, tudo o que eu consigo pensar é que ele está fazendo com Frannie é o que eu quero fazer. A ironia é que, se ele fizer o que eu estou imaginando e a possuir, ele agiria em meu benefício. Luxúria é luxúria, não importa quem você deseje.

Mesmo assim, isso acabaria comigo.

Há uma miríade de emoções girando ao meu redor, algumas eu reconheço, outras não. Porém uma delas é maior, superando todas as demais: o ciúme.

Eu forço um sorriso.

– Há quanto tempo vocês se conhecem? – pergunto.

Taylor sorri.

– A Frannie se mudou para o final da minha rua um verão antes da quarta série. Quando ela bateu com a bicicleta no carro do meu pai, eu sabia pela palavra que ouvi da sua boca... – ela traça as letras M-E-R-D-A na gordura da pizza sobre o falso mármore da mesa – ... que depois disso ela e eu nos tornaríamos amigas. Apesar de ela ter estudado em um colégio católico até a quinta série, a gente sempre se via. Então a Riley... – ela chuta a Riley por baixo da mesa – ... se mudou durante o primeiro grau.

– É. E eu tinha amigos de verdade antes, que não me causavam problema o tempo todo – Riley escarnece.

Taylor abre um sorriso.

– Ei, ninguém nunca torceu o seu braço. Você é responsável pelos seus próprios atos.

– Ah, sim. Tá certo. – Ela olha para mim. – Por que será que só agora me ocorre que eu preciso de amigos melhores?

Dou de ombros.

– Eu disse que você poderia sair comigo, mas não posso garantir que não haverá problemas.

Taylor olha para mim e depois fixamente para Riley.

– Escolhas, Ry. Nós sempre temos escolhas – ela diz claramente alertando a amiga.

Eu deslizo meu pé até o da Taylor e o pressiono.

– Sim, nós temos – confirmo, e minhas palavras estão carregadas de insinuações.

Um sorriso lascivo desponta no canto de seus lábios e sou sufocado pelo aroma de gengibre dela.

Riley olha para Taylor.

– Bem, a gente deveria ir para casa logo... – Riley defendeu a Frannie com veemência durante toda a noite, colocando o nome dela nas nossas conversas frequentemente como para me lembrar das *minhas* escolhas. Eu sei *exatamente* quais são as minhas escolhas, e neste momento minha escolha é usar a Taylor para conduzir a Frannie até o limite. Mas antes preciso despistar nossa acompanhante.

– Sem problema. Eu deixo vocês em casa. – Mas, enquanto digo isso, pressiono o meu pé sobre o da Taylor.

Ela entende o meu recado e entra no jogo. De pé, ela joga a bolsa sobre o ombro e finge bocejar.

– Vamos. Estou quebrada. – Mas aquele sorriso lascivo não sai dos seus lábios.

Depois de deixar a Riley, Taylor tira a mão do braço da poltrona entre nós dois e desliza até a minha coxa, e depois recua rapidamente.

– Uau! Eu sabia que você era quente, mas, Jesus! – ela diz, e penso por que Taylor acha que *Ele* tem alguma coisa a ver com isso. Ela se inclina sobre o braço da poltrona. – Então, tem um lugar perto da antiga pedreira... é bem tranquilo. A gente pode ir até lá se você quiser. – Ela alisa a minha perna.

Eu tiro uma das mãos do volante e passo o braço em volta da poltrona dela. Isto é o que eu quero – preciso, na verdade. A maneira mais garantida de deixar a Frannie furiosa é me divertir um pouco com a Taylor. Eu me inclino na direção dela, me alimentando do seu aroma de gengibre – deixando-o tomar conta de mim. Ela se ajeita na poltrona, chegando-se mais, e eu a puxo para mim. Ela vira o rosto para o meu pescoço e sinto seu hálito quente, enquanto ela mordisca minha orelha. Suas mãos percorrem meu peito e começam a se mover para baixo.

De repente, sinto um mal-estar.

Eu não consigo me permitir fazer isso. Meu coração de enxofre parece pesar uma tonelada no meu peito e me arrastar para baixo. *Que desculpa esfarrapada para um demônio como eu*. Taylor está se oferecendo em uma bandeja e eu não consigo seguir adiante.

Não posso ter a Taylor como inimiga, contudo, eu me afasto e murmuro de uma maneira suave:

– Por mais atraente que isso soe, tem umas coisas que preciso resolver esta noite. – Com um anjo arrogante que se meteu no meu caminho. – Talvez outra hora?

Seus olhos ficam um pouco nublados.

– Ok... claro.

Nós passamos pela casa da Frannie a caminho da casa da Taylor e o Dodge Charger branco e brilhante daquele bastardo ainda está na garagem dela. Eu olho no relógio. Onze horas. Quanto tempo podem levar para fazer um relatório do Laboratório de Física?

Sigo até a garagem da Taylor.

– Obrigado, Taylor. Foi divertido.

Ela está recuperada, apesar de parecer ainda um pouco perturbada.

– Poderia ter sido muito *mais* divertido. Você não sabe o que está perdendo – ela diz com um biquinho sugestivo nos lábios vermelhos.

– Hum... vejo você amanhã. – Encosto contra a minha porta, escapando de ser alcançado pela tentação e sorrio enquanto ela abre a porta dela e sai.

Eu a vejo entrar, e então dirijo até a casa da Frannie, onde estaciono.

Essa é uma péssima ideia, mas preciso fazer alguma coisa. Saio do carro e me transporto para um carvalho ao lado da garagem, exatamente do outro lado da janela dela. Não faço nenhum barulho enquanto me estendo em um galho perto da casa e tento ouvir alguma coisa. O quarto está silencioso, a não ser pela música. Isso é ruim.

O impulso de me transportar para lá – apenas para invadir seu quarto e interromper seja lá o que estiver acontecendo – é esmagador. E, depois de ter sentido isso por uma espécie de pequena eternidade, não suporto mais. Fecho os olhos e me concentro. Gabriel vai saber que estou lá; se eu for cuidadoso, a Frannie não.

Então eu vou. Eu me transporto para o quarto dela.

Mas, enquanto eu me movo através dos planos, sinto como se um vento batesse em mim, como um pássaro esmagado contra uma janela, e de repente estou de volta ao galho da árvore. Um pouco atordoado. Eu tento de novo. A mesma coisa.

O que é isso?

Eu me lembro do pai da Frannie – de como ele era imune à minha mágica. Parece que o senhor Cavanaugh é mais bem conectado lá em cima do que o papa. Eu posso visitar o palácio papal sempre que quero, sem problema. A casa da Frannie, por outro lado, aparentemente está fora dos meus limites.

Frannie

Gabe está tão perto. Ele cheira a neve e a verão, e isso agrada ao meu olfato. Seu toque na minha mão é frio e suave. É assim que imagino a sensação de tocar em uma nuvem. Fecho os olhos enquanto ele se inclina para mais perto e aconchega o rosto no meu pescoço. Seu hálito fresco no meu ouvido me faz tremer quando ele diz:

– Tudo acontece por uma razão.

Afasto minha cabeça dele e olho em seus olhos, me odiando por chorar.

– Eu não acredito em você.

Ele seca uma lágrima com o dedo e olha para baixo, direto nos meus olhos. Passa a mão em volta do meu pescoço e segura a minha cabeça, e me leva até o seu ombro, enterrando o rosto no meu cabelo. Eu deixo ele me abraçar por um longo tempo, alimentando-me da sua energia. Nunca senti nada parecido, mas isso me faz ficar toda aquecida. Se você me perguntasse agora, eu diria que acredito no amor, porque é isso o que essa sensação é: o puro amor.

Eu poderia amá-lo? É possível?

Finalmente, eu me afasto da sua camisa e seco minhas lágrimas com a minha manga. Quando olho em seus olhos, estão inseguros. Ele começa a inclinar-se na minha direção e viro o rosto na direção dele, mas ele arregala os olhos e se afasta bruscamente.

– Eu acho que devo ir – ele diz com a voz trêmula.

Meu coração bate rápido, chacoalho um pouco a cabeça e tento me concentrar, mas não consigo parar a dor profunda que sinto por dentro. Minhas emoções estão totalmente descontroladas neste momento, eu só quero me esquecer de tudo e me perder nele. Eu daria a ele qualquer coisa.

Enquanto saímos, meus pais se jogam para cima dele. Mamãe está radiante, sem dúvida.

– Foi maravilhoso ter você aqui, Gabe. Espero que não suma.

– Claro que não, sra. Cavanaugh – ele diz. Seu olhar voa para mim, profundo e afetuoso.

– Bem, isso é bom – papai diz. – Então a gente se vê em breve?

Gabe sorri, cegando-me com o brilho.

– Com certeza – ele diz, enquanto se apoia na porta da varanda.

Nós descemos as escadas até o carro dele.

– Então é isso... a gente se vê amanhã. Obrigada por... tudo.

Ele sorri delicadamente.

– Não há de quê. – Ele toca seus dedos nos meus e sinto o meu coração pular ao seu toque.

Quando chegamos ao carro, ele dá uma olhada para a casa, para a minha janela, e sorri irônico. Meu coração dispara novamente quando Gabe me envolve em um abraço e beija o topo da minha cabeça. As curvas do seu corpo, firmemente encostadas contra o meu, são muito mais do que eu possa resistir. Todo o meu corpo fervilha e minha respiração fica um pouco agitada enquanto deslizo as mãos sobre o seu peito, depois em torno da sua cintura e o puxo para perto. Eu sinto o corpo dele tenso, mas ele não recua. De repente, tudo o que desejo é que a gente volte para o meu quarto.

Pressiono meu rosto nele e ele me abraça por um longo tempo, então me beija no topo da cabeça novamente.

– Tranque a casa depois que eu for – ele sussurra entre os meus cabelos. – Vejo você amanhã.

Ele me deixa, e uma onda inesperada de desespero cai sobre mim, fazendo-me querer chegar perto dele de novo. Mas não vou.

– Tá certo.

Ele entra no carro e o motor desperta.

– Estou falando sério, Frannie. Tranque tudo.

– Tudo bem. – Caminho até a escada e aceno sobre o meu ombro. Mas cada degrau fica mais difícil que o anterior, como se o Gabe fosse o Sol e eu tentasse escapar da sua órbita. Eu luto contra o desejo de correr atrás dele enquanto ele sai da garagem. Continuo subindo, sem olhar para trás, e quando abro a porta ouço um sussurro vindo dá árvore perto da garagem. Eu olho para cima. Nada. Talvez seja um gato.

Dou uma olhada para a garagem e por uma fração de segundo juro que vejo um garoto da minha idade com olhos azuis e cabelos loiros e cacheados parado lá.

Matt?

Ofegante, dou mais uma olhada, mas ele se foi... isto é, se é que ele estava mesmo lá. Entro rápido, meu coração quase pula do peito e tranco a porta ao passar. Corro para o meu quarto e tranco a porta também. Assim que recupero o fôlego, vou até a janela, suspendo a persiana e olho cautelosamente para a garagem. Ninguém lá. Vou para a cama e, quando apanho debaixo do colchão o diário do Matt, percebo que minha mão está tremendo.

Controle-se.

Sinto o familiar aperto na garganta.

Bem, Matt. Tenho quase certeza de que estou ficando doida porque achei ter visto você agorinha mesmo na garagem. Deve ter sido a minha imaginação, eu sei. Eu não estava distante.

Mas você aparentava exatamente como eu imagino na minha cabeça... como acho que você estaria agora.

Eu queria mesmo poder falar com você. Tenho tantas perguntas para fazer. Gabe insiste em um Deus de verdade. Parte de mim quer acreditar. Se você pudesse me dizer onde está... Existe um Céu? Deus? Estou tão confusa.

Duas lágrimas, grandes e redondas, batem no papel como pingos de chuva. Eu largo a caneta e enterro o rosto nas mãos. Meu interior está se desfazendo, enlouquecendo aos poucos. Estou tendo alucinações. E a culpa pesa no meu estômago como uma pedra.

Porque deveria ter sido eu.

Enfio o diário do Matt embaixo do colchão e me cubro na cama, encarando o teto e tentando dar sentido a tudo – ou a *nada*. Mas a única coisa que se torna nítida na minha mente é uma dor de cabeça, então ponho uma música e não penso em nada.

CAPÍTULO 10

MEU INFERNO PESSOAL

Frannie

A visão de Gabe, apoiando-se contra o prédio com suas mãos dentro dos bolsos, paralisa o meu coração. *Deus, ele é incrível.*

Papai se move lentamente na fila de carros e me deixa na calçada em frente à escola. Gabe se afasta da parede e caminha em nossa direção enquanto saio do carro.

Papai olha para mim e vê o Gabe, sorrindo.

– Bom ver você.

Gabe curva-se e olha pela janela do carro, ainda com as mãos nos bolsos.

– O senhor também. Obrigado novamente pelo jantar ontem à noite.

– O prazer foi nosso. – Papai acena e sorrindo segue com o carro. Gabe me envolve em seus braços.

– Como você está?

– Tudo bem. – A não ser pelo fato de não conseguir comer, pensar ou respirar.

Ele entrelaça os dedos nos meus e caminhamos juntos em silêncio para o prédio, onde ele fica parado, observando-me caminhar na direção do armário. Quando olho para ele, ele sorri e isso faz minha respiração parar. Ele é tão bonito. Como meu anjo da guarda.

E eu sou como uma porcaria.

– Você está bem? – ele diz apontando para o livro na minha mão.

Não.

– Sim.

Ele coloca a mão nas minhas costas para me conduzir pelo corredor, mas em vez disso eu me viro e me encolho em seu peito, pressionando-o de encontro ao armário. Isso é o que eu quero. *Certo?* Que o Luc se exploda. Mas, quando olho para o Gabe, o que eu vejo em seus olhos me aterroriza. Ele é tão sincero e confiável – e eu não mereço a confiança de ninguém.

Ignoro o sorriso falso da Angelique enquanto Gabe segue comigo pelo corredor até a aula de Inglês. Quando ele me deixa, repouso a cabeça sobre a mesa, sentindo a superfície fria e dura pressionar a minha pele, aterrando-me.

Gabe e Luc. Eles não podiam ser mais diferentes. Então como posso desejar tanto os dois? Mas eu desejo, de maneiras completamente diferentes. E, depois da noite passada, Gabe me assusta mais que o Luc. Eu não acredito no amor, mas foi isso o que senti. Eu senti isso vindo dele, e eu senti em mim.

Levanto a cabeça e reparo nas minhas mãos trêmulas - e pulo quando o Luc se senta na cadeira perto da minha. Onde o Gabe é paz e amor, Luc é todo o resto: paixão, luxúria, com essa energia sedutora que me faz desejá-lo das piores maneiras. E é óbvio que não sou a única a sentir esse efeito. Eu olho para a Angelique zanzando pela porta, tentando parecer casual, como se estivesse só passando por ali.

Um sorriso astuto aparece em seu rosto enquanto ele se inclina na minha direção sobre seus cotovelos, e, por um segundo, sinto o ódio me consumir, me fazendo querer apagar aquele sorrisinho do seu rosto com meu punho.

– Desculpe. Eu não queria assustá-la.

Mas você me *assusta* de verdade. Vocês dois. É um Inferno como você me assusta.

– Só estou cansada – eu digo, e é verdade. Eu não consegui dormir a noite passada, porque toda vez que eu fechava os olhos eu via o Gabe ou o Luc atrás das pálpebras. E eu não quero ver aonde esses sonhos vão parar. Esfrego os olhos, assim ele não pode mais olhar dentro deles.

Passo o resto da aula de Inglês tentando ignorar a corrente elétrica entre nós dois enquanto trabalhamos em nossos resumos. Mas estou tendo muita dificuldade para me concentrar. Quando o sinal toca, Luc e eu ainda não terminamos. E o resumo é para ser entregue amanhã.

Luc se inclina para trás e apoia as mãos na nuca.

– Quer terminar depois da aula, ou prefere tirar um zero?

– O que você acha? – pergunto. Meu tom de voz trai a minha frustração. Levanto-me da cadeira e sigo para a porta.

– Ok, na sua casa ou na minha? – ele diz, me seguindo.

Então a questão é esta: mamãe e papai adoram o Gabe. Eles não paravam de falar nele esta manhã. Acham que ele pode caminhar sobre as águas. Luc, por outro lado, nem tanto.

– Na sua, eu acho.

– Ótimo – ele diz enquanto seguimos pelo corredor. Ele parece satisfeito consigo mesmo. E de repente me deixa furiosa.

A tampa do buraco negro explode e sinto minha boca começar a se mover sem conexão direta com o cérebro. Luto para conter as palavras, mas elas saem sem controle.

– Existe alguém nessa escola com quem você não esteja saindo? Além de mim, quero dizer. – Eu me retraio quando percebo o que acabei de dizer. E parece que eu disse alto, porque todo mundo em um raio de dez metros se vira e olha para a gente.

– Uau... bem, pra dizer a verdade, eu nem sabia que estava saindo com alguém neste momento.

Mentiroso. Minha pressão arterial aumenta uns cinquenta pontos, e agora que a tampa do buraco negro saiu não consigo conter minhas emoções.

– Ah, mesmo? Talvez você deva dizer isso para Angelique, ou para Cassidy, para Taylor ou para Riley.

Ele se apoia no batente da porta, totalmente relaxado, e isso me deixa ainda mais furiosa.

– Que eu saiba, não fiquei com nenhuma delas. Fui ao cinema e comi uma pizza com a Riley e a Taylor. Pelo que me lembro, você foi convidada. O fato de não ter ido com a gente foi lamentável. E eu nunca estive em lugar nenhum com a Cassidy ou a Angelique. Na verdade, o único encontro que tive foi com você.

– Nós nunca tivemos um encontro – eu desabafo. Mas me retraio de novo, lembrando do café depois da festa dos Gallagher. Eu fui a única que chamou aquilo de "encontro quente".

Tento me recompor enquanto ele responde:

– Ah, erro meu, então. Pensei que o nosso encontro no café contasse.

Olho para o meu dedão do pé com o esmalte preto descascando e suspendo um pedaço solto do piso cinza com o chinelo.

Sinto a raiva ir embora tão rápido quanto chegou, deixando a tristeza tomar o seu lugar.

– Então, nada de casa de praia?

Sua voz está baixa como um sussurro, mas ainda o ouço claramente no meio do barulho da multidão no corredor.

– Nada de casa de praia.

Eu olho nos seus olhos e de repente me sinto um pouco tonta. Meus pensamentos estão nublados e tenho vontade de me afundar em um poço negro e profundo. Quero saber o que ele está pensando. Eu quero saber tudo sobre ele. Percebo que não estou respirando e desvio o olhar, tentando respirar, ainda que irregularmente.

– Então, estamos bem? – ele pergunta, e sua voz é suave, quase terna.

Eu apenas balanço a cabeça, sem entender o que acabou de acontecer, e não estou segura para abrir minha boca de novo.

Passo o resto da manhã me sentindo uma completa idiota e não posso sequer olhar para o Luc. Mas, quando seguimos para o almoço, vejo a expressão no rosto da Taylor, algo entre envergonhada e animada, e meu coração afunda. Eu deveria saber que algo aconteceu entre ela e o Luc ontem à noite, porque ela me evitou a manhã toda. Enquanto sentamos nos nossos lugares habituais, olho para a Riley, que encolhe os ombros. O Luc e o Gabe estão olhando um para o outro. Não há nada de novo. Então, é só com a Taylor que alguma coisa está acontecendo.

– Vamos buscar o almoço – eu digo, chutando-a por baixo da mesa.

Ela olha de mim para o Luc e recua dizendo "Ok", mas não parece estar com muito apetite. Está pálida, com uma coloração esverdeada, contrastando com seu cabelo rosa.

Eu a arrasto pelo braço até a fila do almoço, com a Riley nos seguindo do outro lado da Taylor, e percebo quando a Riley lança um olhar tímido para o Trevor, sentado com sua turma na mesa perto da máquina de venda automática. Jackson Burchell mexe as sobrancelhas para mim e cruza os braços sobre o peito, flexionando os bíceps em um gesto de acasalamento Neanderthal. Eu reviro os olhos. Taylor está muito distraída para reparar nisso.

– Afinal, que diabos tá acontecendo, Tay?

– Eu não sei. Tá tudo meio confuso.

– O que tá confuso? – falo alto e dou uma olhada para trás, para ver o desfile de estrogênio caminhando até o Luc e o Gabe na nossa mesa.

– Acho que avancei um pouco o sinal com o Luc, mas não me lembro direito.

– Como assim, você não se lembra se avançou o sinal?

– Bem, eu me lembro da gente... eu acho que bloqueei a coisa toda. – Em um gesto atípico da Taylor, ela abaixa a cabeça, colocando o dedo indicador e o polegar na testa e escondendo o rosto atrás da mão. – Foi muito constrangedor.

– Então... quando você avançou o sinal... ele recuou?

Ela fica espiando entre os dedos da mão.

– Como eu disse, tá meio confuso, mas eu tenho certeza de que me dei mal e me queimei com ele.

– Ah – eu digo, tentando parecer simpática. Olho para trás, para o Luc, e sinto uma vibração no meu peito quando o encontro olhando para mim. Disfarço o olhar rapidamente. – Eu disse a você que os caras só querem farrear com a gente. Você tem sorte de ele não ter feito nada com você. Tinha um anjo sentado no seu ombro.

Ela tira a mão do rosto e faz uma careta para mim.

– Eu não quero nenhum maldito anjo. Afinal, por que você se importa? Você tinha o Gabe só para você ontem à noite. Eu é que deveria estar interrogando você.

– Nada aconteceu com o Gabe. Nada vai acontecer com o Gabe – digo, muito irritada, por sentir que isso me atinge. Pois é mentira. Alguma coisa aconteceu – comigo, de qualquer maneira –, e tenho que pensar em um jeito de fazer isso parar.

Voltamos para a mesa e jogo minha bandeja com um barulho que soa a determinação e decisão.

– Nós decidimos que queremos a nossa mesa de volta. Só garotas. Vocês têm de achar outro lugar.

O Luc faz uma cara engraçada; já o Gabe parece um pouco surpreso.

E a Taylor está lívida.

Ela me encara:

– Desde quando você é a dona da mesa de almoço?

Eu a encaro de volta:

– Desde que tivemos aquela conversa um minuto atrás.

– Se não quer se sentar com eles, por que *você* não muda de lugar?

– Tá bom – eu falo.

– Tá bom.

Abandono a bandeja e me afasto furiosa da mesa em que sentei por dois anos e meio com minhas duas melhores amigas todos os dias. Angelique Preston, a duas mesas de distância, dá um sorriso fingido para mim enquanto momentaneamente fico sem saber o que fazer antes de decidir que não há por que ficar ali e saio do refeitório. Olho pela vigia da porta a tempo de ver a Riley vindo atrás de mim. Mas a Taylor senta-se no meu lugar, entre o Luc e o Gabe, e segura o braço da Riley. Ela hesita e depois se senta.

E eu tenho certeza de que vou matar a Taylor.

Não acredito que ela deixou que dois *caras*, não importa o quanto eles sejam gatos, fizessem isso com a gente. Sinto meu estômago bem mal enquanto enxugo uma lágrima de raiva e saio para o pátio. Eu me sento na grama debaixo do sol frio da primavera, com as costas apoiadas na parede do prédio, e fecho os olhos.

Respire.

– Ei!

Dou um pulo quando escuto a voz do Reefer. Abro os olhos e o encontro sentado ao meu lado, me olhando com seus olhos castanhos. O resto da banda está esperando em um pavilhão perto do ginásio.

– Você tá bem? – ele pergunta.

– Sim.

Ele não acredita em mim. Mesmo percebendo isso nos seu olhar castanho suave, ele não força a barra. Eu sei que é egoísmo, mas preciso de alguma coisa simples e familiar agora. Eu me inclino em sua direção e ele passa o braço sobre o meu ombro. Nós ficamos apenas sentados ali por um tempo, enquanto ele fala sobre seu irmão e seu cachorro e como ele aprendeu um novo *riff* na guitarra.

Então me ocorre que ele não disse nada sobre nós dois. E sua mão está apoiada no meu ombro. E sou eu que estou caindo sobre ele, não o contrário.

Eu me afasto um pouco e olho no seu rosto. Alguma coisa está diferente.

– Então, como estão as coisas com a banda? – pergunto.

Ele respira profundamente.

– Legal. Bem legal. A Delanie é mesmo muito boa. Obrigado por ter apresentado a gente.

O tom da sua voz me surpreende e agora é a minha vez de questioná-lo com o meu olhar.

Ele sorri e desvia o olhar para as suas mãos.

Então Ryan e Delanie estão fazendo sua própria música.

– Que é ótimo, Reef. *Fico* muito feliz que tenha dado certo. – E isso não é mentira. Fico feliz que o Ryan esteja seguindo em frente. Mas isso não impede uma ponta de tristeza – para ser honesta, talvez até um pouco de arrependimento – que sinto.

Ele aperta meu ombro e se levanta.

– Tem certeza de que está bem?

Eu sorrio para ele.

– Estou bem. Valeu.

Ele me olha por um longo tempo, e então se vira para atravessar o pátio.

Ouço o Ryan e a banda por alguns minutos, então puxo da bolsa meu último lote de cartas do Paquistão e dou uma conferida nelas. Quando olho para cima, o Luc está parado em minha frente.

– Quer companhia?

Olho para as cartas.

– Estou ocupada.

Estou esperando ele ir embora, mas ao invés disso ele se senta ao meu lado.

– O que é isso?

– Cartas – digo, procurando a do meu amigo a distância, Ghalib, e colocando-a por cima.

Mas, enquanto dou uma olhada, ansiosa pela tradução, parece que um raio cai na minha cabeça e de repente eu me sinto muito mal.

Oh, Deus!

Eu conheço essa sensação. Significa alguma coisa ruim. De repente, estou contente por não ter comido nada no almoço, porque meu estômago fica revirado. Eu me apoio sobre minhas mãos e joelhos, quase vomitando.

– Frannie! – Luc se inclina ao meu lado. – Você está bem?

Afasto da minha mente a visão do Ghalib em uma poça de sangue em uma rua suja e olho para a carta novamente. Ghalib está morto. Eu sinto como se estivesse sufocando.

– Não – eu digo, e minha voz é fraca.

– O que foi? Tem alguma coisa errada? Você está doente?

Como posso explicar isso a ele sem parecer maluca? Mas, quando olho para o Luc, alguma coisa sussurra no meu subconsciente me dizendo que ele vai entender. Ele é o único que pensei que não perderia.

– Eu acho que o Ghalib... – Mas eu não consigo dizer. – Nada. Vou ficar bem – murmuro. A dor no meu peito ameaça se dissolver em lágrimas.

Ele pega a carta e dá uma olhada. Sua testa se enruga.

– Ele está bem, Frannie. Ele está indo para o Afeganistão visitar parentes e procurar trabalho. Nada está errado.

Eu não tenho forças para perguntar como ele leu sem uma tradução.

– Ele está morto.

– Como você sabe?

– Eu vi.

Ele parece chocado por um momento, e percebo que estava enganada sobre ele compreender. Ele acha que sou louca. Ele passa o braço ao redor da minha cintura.

– Vou levar você até a enfermaria.

– Não! – protesto afastando-me. – Só me dá um minuto. – Volto a deitar na grama, ainda me sentindo muito mal. A visão do Ghalib – e outros – não sai da minha cabeça. Matt foi o primeiro, mas houve muitos outros desde então. Eu sou sempre a primeira pessoa a saber quando um amigo da família ou um antigo professor – alguém que eu tenha conhecido – morre. São os rostos deles que seguem a luz na minha cabeça. Sempre mortos.

Luc vai comigo à sala do professor Snyder, onde escrevo uma carta para o Ghalib. Se eu soubesse como achá-lo por telefone, eu ligaria, mas sei que isso é inútil. A data na carta é de uma semana atrás. O professor Snyder parece preocupado, mas promete traduzir a carta e mandá-la hoje à noite.

Pelo resto do dia na escola, o Luc não sai do meu lado. Normalmente eu teria problema com toda essa coisa de proteção, mas parece estar ajudando tê-lo ao meu lado e, na hora em que entramos em seu carro depois das aulas, começo a me sentir um pouco melhor.

CAPÍTULO 11

O DIABO ME OBRIGOU A FAZER

Luc

Eu me sinto elétrico. Totalmente pilhado. Eu queria saber por que o Inferno queria tanto a Frannie e agora sei. *Premonição.*

Ela entra no carro, recosta-se na porta e fecha os olhos. Eu a deixo quieta durante a maior parte da viagem, mas não consigo mais suportar. Tenho de saber.

– Frannie?

– Sim.

– O que aconteceu no pátio hoje cedo, o que você viu... isso acontece sempre?

Sua expressão torna-se hostil.

– Eu não sou louca – ela rosna.

– Não disse que você é. Só estou preocupado. – E curioso, penso.

Ela olha pela janela.

– Sempre não... às vezes.

– Durante toda a sua vida?

– Desde que o meu... desde que tenho sete anos.

– O que você vê? Coisas que vão acontecer?

Ela se vira, olha para mim e uma lágrima escapa de seus olhos atentos.

– Pessoas mortas. Eu os vejo mortos antes de eles morrerem. – Ela abaixa o olhar para as mãos. – Mas eu nunca pude impedir que acontecesse nada.

Posso imaginar como isso seria útil no mundo subterrâneo. Se nós soubéssemos que eles estão seguindo para a morte... se conseguíssemos marcá-los antes de irem para o limbo... isso certamente melhoraria nossos números.

Tento manter a empolgação distante da minha expressão e da minha voz.

– Isso é duro. Você vai ficar bem?

– Sim, eu acho – ela diz.

Chegamos ao meu condomínio e seus olhos atentos miram todo o lugar enquanto entramos no estacionamento. Não é o que ela esperava, tenho certeza.

– É aqui o lugar em que você vive?

– Sim. Algum problema? – pergunto, lutando para não dar uma risada.

– Não – ela respondeu rápido.

Estaciono em uma vaga perto da entrada do prédio, entre o Impala azul enferrujado e uma *pick-up* Ford amassada, e de soslaio observo como ela repara nisso.

O dia cinzento acentua a atmosfera cinzenta neste lado da cidade. Os quatro edifícios de cimento de dois andares já foram brancos, mas agora estão com cor de fuligem de décadas de sujeira, fumaça e ferrugem das calhas. A maior parte das janelas está intacta, mas aqui e ali papelão e fita adesiva substituem o vidro. Uma sacola plástica de supermercado rola pelo chão sujo com a sutil brisa da primavera e se prende nos galhos de um arbusto ressequido perto da entrada do prédio.

Ela olha para mim e faz uma cara corajosa enquanto empurra a porta do carro e sai.

– Vamos.

– Seu desejo é uma ordem – digo, enquanto sigo em direção ao prédio. Eu seguro a porta aberta para ela e, timidamente, ela entra. Frannie me segue pelas escadas imundas até o segundo andar e espera no corredor mal iluminado eu pegar a chave e abrir a fechadura.

– Seus pais estão no trabalho? – ela pergunta enquanto passo pela porta e acendo a luz.

– Provavelmente.

Ela me segue.

– Quando eles vão chegar? – Será que percebi tremor na sua voz?

– Não sei dizer.

– Quando eles *costumam* chegar em casa?

– Não sei dizer – falo novamente. Ela apenas me olha. – Nunca conheci meus pais. – Não é mentira. Demônios não são os melhores nessa coisa de cuidar com carinho.

– Ah, desculpe. – Seus olhos desviam para o piso cinzento onde alegres margaridas amarelas estampadas no linóleo estão se esforçando por permanecer após anos de sujeira. – Com quem você mora, então?

– Com ninguém.

Seus olhos saltam em direção aos meus.

– Você mora aqui sozinho? – Um aroma de *grapefruit* permeia o ar. É o medo da Frannie. Hum...

– Sim.

Ela olha imediatamente para a porta, talvez planejando escapar.

– Se você preferir ir para a sua casa, tudo bem – eu digo com uma voz muito tranquila.

– Hum... – Ela claramente não está pronta para caminhar sobre brasas novamente. – Está tudo bem.

Eu vou até a geladeira e a abro.

– Ótimo. Você quer uma cerveja? – Fecho a porta da geladeira enquanto duas cervejas geladas se materializam na minha mão.

– Talvez seja melhor a gente terminar nosso trabalho primeiro.

Abro as duas cervejas e entrego uma a ela.

– Eu trabalho melhor quando fico relaxado – digo, dando um longo gole. Ela olha para a cerveja em sua mão e tenta tomar um golinho. Depois olha em volta.

Sou um demônio, não um porco, então mantenho o lugar em que vivo relativamente limpo. A cozinha está limpa – não tem louça suja ou restos de comida – até porque eu não como. E, por essa mesma razão, não há mesa. Ou cadeiras. Os armários são pintados de preto e as paredes um dia foram brancas, agora estão mais para cinza, descascando e mostrando o gesso em alguns lugares.

O apartamento é pequeno; além da cozinha no canto esquerdo e o banheiro logo a seguir – que está sempre limpo porque eu não preciso fazer *aquilo* também –, há uma cama enorme em cima de um tapete preto, grosso e grande, com lençóis pretos, uma colcha preta e várias almofadas pretas que ocupam a maior parte da sala.

– É uma cama bem grande – ela diz olhando para a massa negra no meio da sala. Ela olha para mim e fica vermelha.

– Hum. – Eu concordo. – É confortável também.

Ela olha para o chão, então dá uma olhada para mim antes de reparar no resto do apartamento, com cuidado, evitando a cama. Ela caminha pelo local, parando para olhar três pinturas de Doré perto da cozinha, retratando diferentes fases do *Inferno* de Dante, e uma cópia de *A tentação de Eva*, de William Blake, o ponto alto da carreira do Rei Lúcifer.

Na volta ela passa pelo banheiro e não perco seu olhar furtivo para mim no espelho de corpo inteiro do banheiro atrás da porta. Ela continua em direção às estantes que vão do chão ao teto em frente à cama, parando para pegar um antigo e desgastado volume I de *Purgatório*, de Dante, que deixei aberto no chão. Sou parcial com Dante, tendo sido sua musa. Ela faz um sinal de ok com o polegar e ergue as sobrancelhas. – Esse está em espanhol.

– Italiano – eu corrijo.

– Você fala italiano? – ela pergunta incrédula.

– Sì.

– Diga alguma coisa.

– *Essere la mia schiava d'amore* – eu murmuro.

Ela faz uma cara desconfiada.

– O que você disse?

Dou um sorriso brincalhão.

– Eu *nunca* vou contar. – De qualquer modo, acho que ela não concordaria em ser minha escrava de amor.

Por um momento, ela me olha fixamente com os olhos arregalados, depois deixa Dante no chão. Ela pega outro volume da estante – Proust – e o abre.

– Francês? – ela pergunta, com uma incredulidade colérica.

– *Oui.*

Ela faz uma careta.

– Você tá de brincadeira... Quantas línguas você fala?

Todas elas.

– Algumas.

Ela se afasta de mim, colocando Proust de volta na prateleira e passa pela minha janela, com vista para o estacionamento, e dá uma olhada para fora. Quando se vira para a sala e percebe o quão perto está da cama, ela se afasta assustada. Inclina-se para a parede entre o armário do aparelho de som, com as torres de alto-falantes, e o armário do chão ao teto, com todo tipo de CD já lançado, mas seus olhos perscrutam a parede atrás da minha cabeceira trabalhada em ferro. Está coberta com um mural do chão ao teto – a região menos habitada e mais distante do Poço do Abismo, onde o Lago de Fogo encontra os altos muros de pedra do Inferno.

Por fim, o desenho no mural supera o medo da cama e ela se aproxima do canto em que está a pilha de material de pintura e pega um pincel.

– Quem está pintando a sua parede?

– Eu.

Ela se vira e me olha.

– Fala sério!

Não pude conter um sorriso enquanto ela se vira para o mural e passa o dedo ao longo do contorno da chama azul emanando da superfície vermelha derretida do Lago de Fogo.

– Isso é mesmo sombrio... Assustador, mas legal. O que é isso?

– O Inferno.

Ela se afasta da parede e fica parada diante de mim com o coração batendo rápido.

– Então, onde você quer fazer o trabalho? – ela finalmente pergunta, olhando em volta.

Dou uma olhada para a cama e sorrio.

Ela estremece, embora esteja longe de estar frio aqui, e dá um longo gole na sua cerveja. Ela abre sua mochila, puxa o caderno de resumos e senta-se no tapete ao lado da cama, tomando outro gole.

Vou até o aparelho de som, detono um Linkin Park e aumento o volume o suficiente para sentir a vibração nos meus ossos.

– Onde está a TV? – ela pergunta.

Eu me sento no tapete ao lado dela.

– Eu não tenho.

– Então onde você assiste tanto ao History Channel?

Eu preciso ser mais cuidadoso.

– Tenho uma, mas está quebrada.

– Ah – ela diz, puxando *As vinhas de ira* da mochila. – Bem, o que você acha que vai acontecer com o Tom?

– Vai direto para a cadeia e, no final das contas, para o Inferno –, não chega onde quer chegar e não ganha duzentos dólares.

Ela está nervosa e termina de beber a cerveja. Eu me levanto do chão, vou até a geladeira e volto com mais duas. Quando estalo a tampa das garrafas e entrego uma a ela, eu "acidentalmente" acaricio com meus dedos a parte de trás do seu pulso. Ela arregala os olhos por um instante e sua respiração fica paralisada. Uma reação ao calor do meu toque? Ou é mais que isso? Gengibre... Hum...

Sim, isso é muito melhor – a abordagem direta. Porque minha última estratégia – a abordagem indireta – foi uma porcaria. Eu tive de corrigir isso, então pressionei um pouquinho de poder sobre ela depois da aula de Inglês. E aqui está ela. Comigo.

Sozinha.

Um ímpeto de calor e eletricidade corre debaixo da minha pele enquanto imagino as possibilidades. Ela me olha e toma outro gole da cerveja.

– Por que você é tão duro com o Tom? Afinal, o que ele fez a você?

Eu rio. Se ele não fosse personagem de ficção, provavelmente seríamos amigos.

– Bem, deixe eu ver... para mim, ele não fez nada. Mas para outros, roubou e assassinou. Nada de mais, eu acho.

Ela me olha incrédula.

– Você realmente leu o livro? Porque ele tinha boas razões para fazer o que fez.

Hum, como eu adoro esse fogo.

– Ah, então existem boas razões para cometer assassinato... Eu não sabia disso. Desculpe.

– Às vezes. Até mesmo o nosso sistema judicial deixa pessoas livres se houver circunstâncias atenuantes.

– Hum, sim, nosso infalível sistema judicial.

– E a Igreja também. Eles perdoam as pessoas que mataram por não ter escolha.

– Ok, não vou nem começar a falar da Igreja.

– Você é a pessoa mais cínica que já conheci.

– Sou apenas realista.

– Talvez esse tenha sido o lance com os meus pais. Você falou essas merdas a eles?

Ela começa a falar engolindo palavras à medida que fica mais e mais agitada. Eu luto contra um sorriso que está ameaçando surgir nos meus lábios.

– Eu mal disse olá a eles.

– Porque os meus pais gostam de todo mundo, até da Taylor. Eu nunca os vi agirem daquele jeito antes.

Porque você nunca levou um demônio para casa antes.

– Não sei o que dizer. Às vezes as pessoas reagem a mim daquele jeito. – Ela fica vermelha. Mas sua reação me parece ser exatamente o oposto do rubor, o que é ótimo para mim. E a cerveja parece estar deixando-a um pouco mais solta.

Nós ficamos sentados por um longo tempo, ela me encarando e eu retribuindo. Finalmente digo:

– Seus pais gostam da Taylor, né?

Suas pálpebras parecem pesadas.

– Eles se divertem com ela e adoram o cabelo cor-de-rosa dela.

Eu me permito sorrir agora.

– Talvez o problema seja meu. Eu preciso de um cabelo cor-de-rosa.

Ela dá risada – uma profunda risada – e mexe com alguma coisa em mim, me fazendo sentir... vivo. Ela se inclina contra a cama, sua risada se torna mais uma risadinha e ela fecha os olhos. Bêbada com duas cervejas – muito fraca para bebidas.

– Hum... é. Só que não ia combinar com seus olhos vermelhos – ela diz, apagando.

Meus olhos vermelhos? Ela é observadora. Mas a verdade é que não consigo tirar os olhos de cima dela. Sua respiração se torna lenta e profunda enquanto começa a dormir, e eu ainda permaneço olhando para ela. Sinto luxúria novamente – que está se tornando uma velha amiga, muito familiar. Mas há mais que isso, alguma coisa mais profunda à margem da luxúria que não consigo reconhecer.

Eu poderia tomá-la agora se quisesse. Parte de mim está gritando por isso – para tomar a sua carne. Mas a outra parte, ligada a esse sentimento estranho, também está gritando. Está gritando por sua alma. Eu poderia *tomá-la* agora também. E, se eu fizesse isso, nós ficaríamos juntos – em todos os sentidos – por toda a eternidade.

Mas ela nem sequer foi marcada ainda. Ela precisa ganhar o seu lugar no Inferno. Além disso, não tenho nenhuma justificativa para trazer sua alma comigo agora – exceto por eu desejá-la. Sei que Ele a quer também, mas o Rei Lúcifer tem planos para ela no devido momento.

No entanto, não a machucaria se pudesse prová-la um pouquinho, não é? Ela não se lembraria e nunca precisaria saber. Eu me sento por alguns minutos, olhando para ela e me questionando. Mas, no fim, a curiosidade doentia me vence. Eu me inclino na cama ao lado dela e fecho os olhos, encolhendo-me. Acumulo essência e a sinto deixar o meu corpo e entrar no corpo da Frannie através de seus lábios entreabertos.

A primeira coisa que me toca é quão confortável isso é. Geralmente nas possessões sinto-me apertado e claustrofóbico, mas isso é... é muito agradável. Não, não diria agradável... é *gostoso*. Eu me concentro em direção à mente dela – não para controlá-la, apenas para dar uma olhadinha. Quero saber quais são suas esperanças, seus medos e os desejos mais profundos. Mas eu paro um segundo antes de conseguir, porque não parece ser uma coisa correta. É como invasão de privacidade.

Estou rindo comigo mesmo. Como se já não estivesse fazendo isso. Não é a possessão a última palavra em invasão de privacidade?

Em vez disso, busco sua essência – sua alma. Quando a encontro, minha respiração desaparece. Nunca havia experimentado nada parecido com sua beleza: um raio branco, translúcido e brilhante, cortado de verde, azul e prata, como madrepérola. Muito diferente da decadência e da escuridão da coleção de almas arrastadas para o Poço do Abismo. É picante e doce, cravo e groselha na minha língua e no nariz. Mas tem mais... o sentimento de profunda esperança e... mais alguma coisa. Minha essência obscura e pegajosa como óleo negro se entrelaça em um redemoinho com ela, e estou envergonhado pela minha sensação densamente oleosa comparada à suavidade dela. Mas, enquanto dançamos, meu coração de enxofre se eleva.

Eu me deixo estar com ela e sinto como se fosse bem-vindo ali... como se ela me desejasse. Eu me perco nela, explorando-a enquanto dançamos. Quando ela suspira e geme – de prazer? –, imagino que talvez esse seja o único lugar em que *realmente* podemos estar juntos. Deixei minha essência mais evidente e misturei-a com a dela. E nesse momento, enquanto o seu brilho branco mistura-se ao meu brilho obscuro, o que sinto é... *tudo*. Sinto uma corrida avassaladora de sensações sem nome, ao menos no reino demoníaco. Coisas que não consigo identificar ou descrever. Não posso sequer explicar a sensação, exceto que isso é uma coisa que nunca senti antes e essa coisa é *real*.

Ela geme novamente e sussurra "Luc...". Soa como música, mas também como um despertar. Preciso sair daqui antes que me meta em confusão. Mas é quase impossível me fazer ir embora. Quase contra a minha vontade, obrigo minha essência a voltar infiltrando-se por entre seus lábios, saboreando sua ternura enquanto me movo entre eles. Depois de retornar à minha forma humana, repentinamente percebo que está vazia e fria, apesar do calor demoníaco que trago comigo.

Respiro fundo, enchendo-me de ar, empurrando para fora toda a turbulência que há e lutando contra o desejo de saltar para dentro do seu corpo.

Satã, salve-me... o que foi aquilo?

Fico de pé, tento não olhar para ela e caminho até a janela, onde uma pequena aranha negra está furiosamente construindo uma teia atravessada em todo o canto superior. Olho por algum tempo enquanto ela se move rápido e suavemente em torno do círculo de sua toca, eficiente e meticulosa ao construir uma perfeita armadilha. Impecável.

Tento entender como isso ficou tão grande e fora de controle.

Eu não tenho ideia do que estou fazendo. Nenhuma Estratégia. A abordagem indireta não funciona e tudo o que faço é estar obcecado por ela e desejar tocá-la. Mas não tenho disciplina para lidar com uma abordagem direta – claramente. Não quero saber de abordagens.

Sento-me no chão ao lado da Frannie e fico algum tempo só olhando para ela. Então percebo que estou me inclinando na direção dela. E passo meus lábios ao longo dos lábios dela.

Frannie

No meu sonho, Luc e eu estamos dançando embaixo das estrelas. Estamos tão próximos que o sinto em toda parte, como se ele estivesse dentro de mim. Então, estamos fazendo mais do que dançar e seu toque parece o Céu. Eu me ouço gemer enquanto me lanço diretamente para ele.

Alguma coisa muito macia, mas também muito quente, roça os meus lábios, e quando meus olhos se abrem de repente eu o vejo recuando. Por reflexo – ou talvez pela cerveja –, levanto a mão, envolvo seu cabelo preto e sedoso na parte de trás da cabeça e puxo seu rosto para junto do meu. Ele se afasta um pouquinho e eu quase o deixo ir, mas seus lábios estão sobre os meus novamente, macios e ardentes.

A temperatura dele está em torno de mil graus, e é como se ele estivesse queimando minha mão e minha boca. Mas, ao mesmo tempo, é uma sensação muito boa. Eu me perco no seu toque, e juro que minha cabeça e meu coração, ambos, estão prestes a explodir.

Nunca me senti assim com nenhum outro beijo. É elétrico em sua intensidade, fazendo cada nervo estremecer. Seus lábios se dividem e saboreio seu sabor de canela, inalando-a, e é como se me enchesse, derramando uma parte dele dentro do meu corpo, envolvendo-me toda. Mas eu não fecho os olhos e ele também não. Enquanto o observo, seus olhos suavizam e o brilho vermelho do fogo está sempre presente atrás da escuridão de suas íris e ardem por um segundo.

Quando finalmente o deixo ir, ele volta e parece um tanto confuso e estupefato. Que é como me sinto. Ele me olha fixamente por um longo tempo e começo a achar que estraguei tudo. Até que seu semblante se torna preocupado e ele pergunta:

– Você está bem, Frannie? – Como se o seu beijo pudesse me machucar.

Estou bem? Não tenho certeza. Porque eu me sinto zonza e uma sensação que não consigo dizer o que é está rolando através de mim como ondas, me fazendo sentir um pouco mal. Estou esgotada, mas energizada ao mesmo tempo. Meu coração pula como um sapo dentro no meu peito e começo a ficar preocupada que ele nunca mais seja o mesmo. Eu olho para Luc, tentando recuperar minha respiração. Mas o que vejo naqueles poços negros não faz nada para me ajudar a tomar fôlego.

– Hã-hã. E você?

A preocupação não deixa seu olhar.

– Ótimo – ele diz, mas não soa "ótimo".

Lembro-me da Taylor e me sinto mal.

– Então... O que aconteceu com você e a Taylor na noite passada?

Ele parece surpreso.

– Nada. Achei que ela tivesse dito isso a você.

– Ela estava um pouco confusa sobre os detalhes.

Ele fica pensando sobre isso por um longo segundo.

– Ah é? Interessante – ele diz. Então ele me olha por mais outro longo tempo e contrai a mandíbula. Seus olhos desviam-se dos meus, ele examina as mãos e pergunta: – E você e o Gabriel?

– Nada. – A vertigem que sinto diante da revelação de que o Luc se importa mais do que aparenta é imediatamente esmagada pela dor no meu peito devido à minha mentira. Eu fecho os olhos e deixo minha cabeça cair sobre a cama.

Luc

Isso tudo me atinge como um raio vindo do Paraíso – um pouco de vertigem, sentimento furioso, estonteante em sua intensidade, me fazendo querer fugir. Fugir da Frannie. Ou para ela. Não sei qual dos dois.

E o que eu senti quando a beijei – não faço ideia do *que* foi aquilo. Alguma mudança no meu interior. Então, o que faço agora, maldição?

Meu trabalho. Ela precisa ser marcada. O que significa que devo continuar investindo na luxúria, que irá fazer com que a ira e a inveja brotem muito mais fácil... certo?

– Eu acho que a gente deveria voltar ao trabalho. – Ao menos *eu* deveria. Provavelmente não é impossível levá-la para a cama... Talvez outra cerveja, lançar um pouco de poder... apenas para sugerir.

Então capto o aroma quente de chocolate. Que sinal a psiquê da Frannie está dando agora? Um tipo que não reconheço.

– Sim – ela diz, sorrindo, e puxa seu caderno de resumos pelo tapete e o coloca sobre o colo.

Eu a olho fixamente, tentando lê-la. Não estou certo se isso é parte da minha estratégia ou não. Estou achando muito difícil olhar para qualquer outro lugar. E ela está me encarando de volta. Começo a alcançá-la novamente e parece que ela me quer, mas então eu puxo minha mão de volta como se um golpe me atingisse. Porque eu a desejo mais do que posso descrever – eu a desejo de *todas* as formas. Mas alguma coisa me impede de possuí-la.

Existe algo profundo, um nó latejando no meu peito – meu coração? *Você tá de brincadeira?* Enxofre não palpita. Olho para ela de novo, sorrindo para mim. Ela não estaria sorrindo se soubesse o que sou. Eu deveria contar a ela. Seria a coisa certa a fazer.

Ah, pelo amor de todas as coisas malditas. Isso é uma consciência? Que diabos está acontecendo comigo? Essa é alguma piada do meu chefe? Não – sádico como ele é, tenho certeza de que o Beherit não acharia nada disso engraçado.

Gabriel.

Isso só pode ser culpa dele, de alguma maneira. Vou derrubá-lo, arrancar suas penas e encher um travesseiro com elas.

Respiro profundamente e tento arejar a minha cabeça. Olho para a Frannie justamente quando um pequeno sorriso perverso surge no canto de seus lábios adoráveis. Não me lembro de desejar tanto uma coisa. Se eu não me conhecesse, diria que nasci da Cobiça, e não do Orgulho.

– Bem... capítulo 28... – digo, desviando o olhar e abrindo meu caderno de resumos.

CAPÍTULO 12

EXATAMENTE COMO O CÉU

Frannie

Taylor está do outro lado da mesa me encarando.

– Ele *beijou* você?

Um sorriso se abre nos meus lábios. Foi assim durante todo o dia, e meus lábios ainda estão fervilhando.

A garçonete aparece com nosso porco *mu shu*, frango com limão e camarão frito com arroz e bate os pratos na mesa. Ela joga um punhado de pauzinhos no meio da mesa, diz bruscamente alguma coisa em cantonês e sai.

Riley lança um olhar pesaroso para a mulher enquanto ela se afasta furiosamente da nossa mesa.

– Por que ela odeia a gente?

Dou de ombros e volto a minha atenção para a Taylor.

– Você está com inveja – falo triunfante, botando um montinho de arroz no meu prato. Tentei escapar da noite das garotas esta semana, por estar odiando a cara de pau da Taylor, mas a Riley veio com uma conversa que me fez sentir culpada, e aqui estou. Então, estou aproveitando para esfregar isso na cara da Taylor.

– Então, ele fez mesmo? – Riley pergunta.

Meus olhos vagueiam para fora da janela. Passam pelo *neon* verde do sinal aberto para a calçada deserta e as janelas escuras das lojas vazias do outro lado da rua. Por um segundo, tenho a certeza de ver um Shelby Cobra preto passando por baixo do *neon* verde do sinal. Pensamento positivo, eu acho. Sorrio docemente para Taylor.

– Bem, acho que tive a prova do que um beijo é capaz. É ainda um pouco confuso.

– Tá vendo! É isso que eu tô dizendo. As coisas ficam confusas com ele. Mas ele disse que nada aconteceu com a gente...?

– Nada.

– E você acreditou nele? – Taylor agita os pauzinhos descontroladamente, respingando molho de limão por toda a mesa.

– Bem, ele não me pareceu estranho sobre isso ou qualquer outra coisa. Disse que ficou surpreso por você não ter me dito nada.

– Bem, então *tenho sorte* de ele não querer nada comigo – ela diz, e seu rosto reflete o desdém em sua voz. – Mas foi legal para *você* beijar o Luc?

Não consigo tirar o sorriso estúpido atravessado no meu rosto.

– Talvez eu estivesse errada – digo, esperando estar certa. Mesmo que eu não esteja e ele me ignore amanhã, só pela cara que a Taylor está fazendo já vale a pena.

Ela balança a cabeça.

– Você beijou o Luc.

– Sim.

– Foi uma pegação ou um beijo só?

– Um beijo só. – Um beijo que me afetou profundamente.

Os olhos de Riley estão arregalados e seu sorriso é triunfante.

– Vocês agora, tipo, estão namorando?

– Não tenho certeza... talvez.

– Como você não sabe se estão namorando? – Taylor zomba com a boca cheia de carne de porco e repolho.

– Da mesma maneira que você não sabe se dormiu com ele.

– Eu sei que *não dormi* com ele.

– Tanto faz. Não temos um compromisso real. Então, tecnicamente, tenho de dizer que não estamos namorando.

– Eu odeio você.

– Eu sei – digo, ainda me gabando. Mas isso não ajuda nada. É perda de tempo achar que a Taylor vai mudar.

Um sorrisinho irônico aparece nos seus lábios, então ela desvia o olhar e levanta as sobrancelhas com ar de surpresa.

– Mas isso é um tanto estranho – ela diz, olhando atrás de mim. – Você disse a ele que a gente ia estar aqui?

– Quem? – Viro-me e vejo o Luc parado na porta, embaixo do letreiro *Casa de Bambu do Ming – Ótima comida*. Ele caminha vagarosamente.

– Não quero me interromper em nada. – O mel quente na voz dele me derrete. Eu realmente quero me atirar sobre ele, mas não quero ser uma porcaria de amiga, ao menos, não para Riley. Desvio rapidamente meus olhos dele e olho para as duas, checando.

– Sente-se – Taylor diz, chutando uma cadeira ao meu lado.

Ele arqueia as sobrancelhas.

– Riley...?

– Temos uma tonelada de comida extra. E está muito boa, de acordo com elas. Coma – ela responde dando um sorriso. Talvez não esteja muito chateada.

Luc curva-se na cadeira ao meu lado e desliza sobre ela, inclinando-se para mim a ponto de seu ombro tocar o meu.

– Obrigado, mas estou sem fome.

– Então o que está fazendo em um restaurante chinês? – Taylor zomba.

– Só estava dando uma volta e vi vocês sentadas aqui.

– Tanto faz. – Taylor dispara um olhar vingativo na minha direção. – A gente estava justamente falando de você. – E agora entendi por que ela estava deixando o Luc invadir nossa noite das garotas. – Por que você está transando com a gente?

Eu a chuto por debaixo da mesa.

– Taylor!

Riley dá um pulo.

– O que ela quer dizer é que você não está transando só com a Frannie, não é?

Eu chuto a Riley por debaixo da mesa também.

– Riley!

Luc está tentando não cair na risada.

– Não, isso é bom. Diga o que você pensa disso, Riley.

– Bem, eu acho que você está a fim dela...

– E isso é algum problema para você?

– Acho que não, desde que você esteja sendo sincero. Porque a Taylor e eu vamos chutar o seu traseiro se você sacanear a Frannie.

Minhas bochechas estão ardendo.

– Riley, eu não preciso de ajuda para chutar o traseiro de ninguém.

Taylor lança um sorrisinho malvado.

– É, Luc. Você sabia? A Frannie é faixa laranja no judô.

Ele sorri para mim.

– É, eu percebi isso quando ela deu um golpe naquele cara e o jogou por cima de sua cabeça na casa dos Gallagher.

Debruço os cotovelos sobre a mesa e enfio meu rosto entre as mãos. Tudo o que a Taylor poderia dizer para me sabotar – nove anos de munição – passa voando pela minha cabeça. Em minha mente, peço a ela que pare com aquilo. *Por favor, por favor, por favor, Taylor, não destrua tudo.*

Mas, quando sinto a mão do Luc em torno da minha cintura, me dá um branco e meu coração começa a ultrapassar o sinal vermelho.

– Então, para responder à sua pergunta, Riley: Eu sou sério – ele diz e meu coração para a tempo de não ultrapassar o sinal.

– Acho que você vai levar a Frannie para casa – Riley diz.

– Se estiver tudo bem para você.

Eu levanto o rosto.

– Que Inferno! Ninguém quer saber o que *eu* quero?

Luc ergue uma sobrancelha e, achando graça, sorri com aqueles lábios. Eu estremeço, me lembrando de como foi bom beijá-los.

– Então...?

Respiro contra a vibração no meu peito, odiando o fato de ele saber o quanto eu o desejo. Abro a boca para dizer não:

– Tudo bem... eu acho.

Riley empurra a cadeira para trás e joga a bolsa no ombro, então agarra a Taylor, cuja expressão se suavizou.

– Vamos.

Taylor levanta-se da cadeira e sorri – um sorriso sincero, como eu não sei se já vi no rosto dela alguma vez. Mas, um segundo depois, o sorriso torna-se o de costume, lascivo, bem no canto dos lábios. Ela esfrega as mãos uma na outra e as levanta para perto dos ombros, como se estivesse se rendendo: "Eu tô fora". Ela dá um meio sorriso para mim e se vira para a porta.

– Não faça nada que eu não faria.

Que diabo é isso! A Taylor está desistindo? Eu devo estar sonhando.

– Em outras palavras – Riley diz, cutucando meu ombro –, mande ver. – Ela deixa uma gorjeta enorme na mesa quando segue para a porta, tentando mais uma vez conquistar a simpatia da nossa garçonete.

Eu volto a enterrar o rosto entre as mãos, envergonhada demais para olhar para o Luc, agora que estamos sozinhos.

Ele esbarra o ombro no meu.

– Ei.

Não tiro minhas mãos do rosto.

– Desculpe por isso – resmungo entre as palmas de minhas mãos.

– Acho encantador a Riley tomar conta de você.

Suspendo a cabeça e minhas bochechas ardem.

– Encantador? É humilhante.

Ele sorri seu sorriso malvado e meu coração quase para de bater. E quando ele se inclina para me beijar, tenho certeza de que é para isso mesmo.

Não consigo impedir minhas mãos de buscarem seu rosto. Eu o sinto estremecer em resposta ao meu gesto e entrelaçamos nossos olhares.

– Vamos dar o fora daqui – ele diz dentro dos meus lábios.

Um formigamento doloroso espalha-se através de mim enquanto sorrio de modo trêmulo.

– Eu conheço um lugar.

Luc

Isso é diferente de tudo o que já experimentei. E isso significa alguma coisa. Claro que provavelmente há muitas coisas a fazer com a Frannie. Ela parece ter esse efeito sobre mim – faz tudo parecer novidade.

– Você precisa fechar os olhos – ela diz. – Vai ser uma sensação e tanto. Tá pronto?

– Sim.

No ar pesado da noite, tão impregnado do aroma da floresta, os únicos sons são as melodias do coaxar das rãs e o cantar dos grilos – e a risada da Frannie, que é como uma música própria.

– Ok – ela diz suavemente, inclinando-se para um beijo. Mal meus lábios tocam os seus, o brilho em seus olhos se torna travesso e ela solta a corda.

Fecho os olhos enquanto flutuo sobre a água, sentindo o vento frio no meu rosto e no meu cabelo. Sinto como se estivesse flutuando na escuridão, e ela está certa, é uma sensação e tanto. Quase o mesmo que ser convocado pelo Rei Lúcifer – uma sensação de ser deslocado no espaço e no tempo. Exceto pelo cheiro de enxofre e o pavor no fundo do meu estômago. Sinto um formigamento por todo o meu corpo. Quando eu deslizo através do ar, de volta à margem, desço do balanço na beirada rochosa da pedreira, ao lado da Frannie. Ela ri de novo. Seu rosto brilha à luz prateada da lua e sinto o mesmo formigamento.

Ela sorri para mim.

– Então...? Muito legal, né? – Ela pressiona seu corpo contra o meu e me puxa para um beijo, me incendiando com o toque dos seus lábios. Hum... cravo e groselha na minha língua. Sua alma aqui e agora para ser tomada.

A face da Lua está baixa no Céu, criando sombras cintilantes através das árvores e lançando um brilho tênue na água da pedreira escura. Mas esse brilho não é suficiente para sobrepujar os milhares de pedras preciosas lapidadas refletidas na superfície da água. Nunca vi uma noite tão clara, com tantas estrelas. O verdadeiro show, no entanto, é o brilho do cosmos nos olhos da Frannie.

– Ok, é minha vez – ela diz, empurrando-me de lado e agarrando a corda. Seguro firme enquanto ela sobe no disco de madeira amarrado na parte inferior da corda.

– Tá pronta? – eu pergunto.

– Vai – ela ri e eu solto a corda.

Eu a observo enquanto ela balança para longe de mim, uma silhueta contra a água cintilante. A ponta da corda se arrasta sobre a superfície, criando uma ondulação e definindo o reflexo das estrelas em movimento. Ouvindo seu grito de alegria e sua risada, sinto minha própria risada borbulhar de algum lugar dentro de mim e entrar em erupção. Soa estranho para mim. Feliz.

Então ela grita:

– Ai, droga! – Há um barulho na água seguido por uma grande onda.

Minha risada é sufocada.

– Frannie! – grito, mergulhando depois dela. Enquanto volto à superfície para tentar ouvi-la, juro que ouço uma risada grosseira e abafada às margens da pedreira, que desaparece em meio ao som das folhas farfalhando na brisa.

– Frannie! – grito de novo.

Nenhuma resposta. Em pânico, nado a pleno vapor até o lugar onde a corda chega e mergulho. Uso meu poder e minha mão iluminada na água escura ao meu redor em um brilho vermelho enquanto nado lentamente de volta para as pedras. Um pouco antes de chegar à margem, uma mão surge das profundezas escuras. Eu a alcanço e puxo para a superfície. Frannie vem tossindo e com falta de ar.

– Algo... me pegou... – ela diz sem fôlego, e bate tanto os dentes que mal consigo entendê-la.

Sinto alívio quando a seguro pelo braço e a puxo para a margem da pedreira. Eu a conduzo à minha frente enquanto escalamos as pedras escorregadias e nos afastamos da água gelada.

– Você está bem?

– Hã-hã. Só... congelando – ela diz por entre os dentes, ainda ofegante.

Já posso ver o vapor subindo da minha roupa molhada enquanto estamos de pé no ar frio da noite, então envolvo o meu corpo no dela e puxo seu cabelo para trás e o torço. Eu a seguro enquanto meu corpo absorve seus calafrios violentos e, depois de alguns minutos, vejo o vapor começar a subir dela também.

– Hum... – ela murmura. – Meu Deus, você está tão quente.

Eu sorrio. Deus não tem nada a ver com isso.

– Foi como se alguma coisa agarrasse a minha perna – ela finalmente diz, enquanto seu tremor começa a passar.

– Seu pé deve ter ficado preso na raiz de uma árvore.

– Pode ser... mas sinto que não foi isso.

Eu a abraço enquanto seu tremor diminui ainda mais, e nos embalamos no ritmo do cricrilar dos grilos. A Lua forma um arco sobre a pedreira, sobre nós, e estou completamente perdido nela. Nada nunca me pareceu tão certo quanto isso – e tão errado também. Nós dançamos e há somente a música, ela e eu. Nenhuma Estratégia.

Frannie

Mesmo que minha roupa e meu cabelo estejam quase secos, passo toda a viagem de volta para casa tentando imaginar como vou explicar aos meus pais o que aconteceu quando eu chegar com o Luc e com essa aparência. Quando avistei a minha casa, ainda não tinha nenhuma ideia.

Ainda estou tentando entender o que acontece quando estou com o Luc – ou melhor, o que o Luc me faz sentir. É completamente diferente do que sinto quando estou com o Gabe, mas não menos assustador. Com o Gabe, o sentimento é intenso e profundo. Com o Luc, é selvagem e fora de controle. Eu não confio no Luc. Como poderia? Mas também não quero que esse sentimento desapareça.

Ele entra na garagem e desliga o motor. Permaneço sentada desejando poder ficar ali para sempre.

– Então... – ele diz.

– Então... – eu repito. Ele se aproxima de mim, movendo meu cabelo para trás e se inclinando para me beijar. Parece que me transformo em gelatina enquanto seus lábios se movem sobre os meus. Preciso lembrar que tenho de respirar. Depois de um longo tempo, mas não longo o suficiente, ele se afasta.

– Acho que deveria levar você até a porta.

Junto meu cabelo selvagem atrás da nuca e o amarro em um nó.

– Ah... talvez não seja uma boa ideia.

Ele sorri.

– Como se eles não estivessem olhando pela janela neste exato momento. Eles sabem que você está comigo.

Dou uma olhada para a casa e vejo a cortina balançar no lugar em que meus pais estavam espiando. A porta da frente se abre e minha mãe está parada lá, com seu vestido azul à moda de June Cleaver, salto alto, braços cruzados sobre o peito e olhos arregalados.

– E ela também sabe que você acabou de me beijar – ele completa, e dá aquele sorriso perverso.

Droga. Droga.

– Droga.

Luc ri, em seguida sai do carro e dá a volta para abrir a porta para mim. Bela sacada. Ele pega minha mão e me ajuda a descer do carro. Ele não vai embora e seguimos para a frente da casa. Adoro a sensação da sua mão queimando a minha. Isso é tudo o que posso fazer para não arrastá-lo de volta para o carro e dizer para me levar para algum lugar em que possamos ficar sozinhos.

– Boa noite, sra. Cavanaugh.

– Olá – ela diz secamente, o que, para a minha mãe, é como se o estivesse amaldiçoando. Então ela desvia o olhar para mim e, mesmo com a pouca iluminação da varanda, tenho certeza de que minha aparência está um desastre.

– O que aconteceu? - Ela lança um olhar desconfiado para o Luc.

Eu engulo o riso histérico que ameaça sair enquanto penso em dizer: *Luc acabou comigo no banco traseiro*. Aliás, pensando nisso, foi o que aconteceu no meu sonho da noite passada. Mas, em vez disso, engulo o meu orgulho e digo a verdade.

– Eu caí na pedreira. O Luc me salvou. – Por mais que eu odeie, tenho de admitir que toda essa coisa de moça em apuros possa render ponto de um *brownie* ou dois para ele.

– O que você estava fazendo *lá?* Aquela pedreira é perigosa – ela diz sem rodeios e olha para o Luc agora. – Você precisa de um banho quente. – Ela me puxa para dentro e bate a porta na cara do Luc.

– Foi minha culpa, mãe. O Luc pulou para me ajudar. É verdade.

Ela me arrasta escada acima.

– Graças a Deus você está bem. Eu disse para você não ficar andando com ele, Frannie. Nós pensamos que hoje à noite você estivesse com a Taylor e a Riley.

– Mãe, eu não sei o que aconteceu para você tratar o Luc dessa maneira, mas ele não é uma pessoa ruim. Verdade.

– Nós vamos discutir as consequências para você mais tarde – ela diz, me empurrando para o banheiro no topo das escadas. – Agora vá se lavar.

– As consequências para mim? Tipo... *punição*?

Ela me olha, pensativa, como se só agora percebesse que deveria ter conversado comigo há muito tempo sobre sexo e essas coisas.

– Vamos conversar mais tarde – ela repete e fecha a porta. *Maravilha*.

Eu espero até ouvir o ranger do degrau lá embaixo na escada, então abro a porta e corro até o meu quarto. Sigo apressada até a janela e me debruço nela.

O carro do Luc está na entrada da garagem, com a porta aberta, mas não o vejo em lugar nenhum.

– Luc! – chamo, em um sussurro áspero.

– Ei! – sua voz vem de debaixo da minha janela.

Aperto o meu rosto contra a tela e olho para baixo, enquanto ele sai de debaixo da janela, em direção à garagem.

– Ei, desculpe por isso. Minha mãe é um pouco estressada.

– Não tem problema – ele diz, olhando para mim e também para os galhos do carvalho ao lado da minha janela.

Eu sorrio.

– Você está pensando em subir nessa árvore?

Por um segundo seus olhos brilham ao contemplar a árvore, e então ele sorri para mim.

– Se eu subisse, você me deixaria entrar?

Sinto minhas bochechas arderem.

– Hoje não. Acho que por hoje já chega tudo o que aconteceu. Minha mãe não vai tolerar mais essa.

– Você tem certeza?

Não.

– Sim.

Ele parece um pouco desapontado quando diz:

– Ok. Então me faça um favor. Sua janela tem trinco?

– Tem.

– Feche e tranque, está bem?

Eu abro um sorriso.

– Por quê? Não posso confiar em você?

– Não, não sou eu. Não é comigo que estou preocupado neste momento. Apenas faça isso agora, ok? – A urgência na voz dele me assusta um pouco.

– O que foi?

– Nada. Só faça isso. Por favor – ele quase implora.

– Só se você me disser o que está acontecendo.

– Ah, pelos pecados de Satã... – ele começa, exasperado, então me encara. – Por favor, Frannie.

Eu o encaro de volta.

– Tudo bem – eu digo e bato a janela.

Ele fica parado lá por alguns minutos, olhando para cima, até que me dou conta de que está esperando eu trancar a janela. Eu tranco, a contragosto, e ele desliza para o seu Mustang. Ele sai da garagem e segue pela rua, e eu o observo até as lanternas traseiras desaparecerem por trás das árvores. Problema dele, se quer destruir minha noite perfeita se transformando num babaca.

Mas, antes de fechar as cortinas, olho em direção à escuridão, para a árvore ao lado da janela.

Perco a respiração enquanto me afasto da janela.

E digo para mim mesma que o par de olhos vermelhos flutuando entre os galhos é apenas um gato.

Um segundo depois, a porta se abre e a cabeça da Kate aparece.

– Você está bem?

– Sim. – Mas o tremor na voz denuncia minha inquietação.

– O que aconteceu?

– Quando?

– Agora mesmo. Você gritou.

– Eu gritei? – pergunto, pensando nos olhos vermelhos e estremecendo.

Ela entra e fecha a porta atrás de si.

– Sim, você gritou. Então, você está bem?

– Sim, desculpe. Alguma coisa me assustou.

– Tudo bem. – Ela se vira para a porta.

– Espere! – grito, olhando novamente pela janela. Estou um pouco assustada e não quero que ela vá embora.

– O que foi? – ela diz, virando-se de novo.

De repente, eu me sinto um pouco estranha.

– Então... o que tá pegando?

Ela apenas olha para mim.

– Você tem certeza de que está bem? Porque você tá meio esquisita.

– Estou bem. Só pensei que a gente pudesse... você sabe... conversar, eu acho.

Ela revira os olhos e se vira para a porta novamente, e de repente penso no que realmente *quero* perguntar a ela.

– Kate...

Ela mal me olha por cima dos ombros enquanto alcança a maçaneta.

– O que foi?

– Quando você e o Chase... você sabe. Quando vocês tiveram a primeira...

Ela gira na minha direção, irritada.

– O quê, Frannie?

– Fizeram sexo... quando você fez sexo pela primeira vez. Como você sabia que estava pronta?

Sua expressão se suaviza e ela sorri melancolicamente.

– Você simplesmente sabe. – Então uma ruga de preocupação aparece em seu rosto. – Não deixe ninguém pressionar você, Frannie. Se alguma parte de você está dizendo não, então é porque é não.

Mas e se todas as minhas partes estão dizendo sim? Eu penso no Luc e, mesmo que esteja chateada com ele, um formigamento começa na minha barriga.

– Obrigada, Kate.

Ela ainda parece preocupada quando se vira para sair. Kate fecha a porta e fico parada olhando pela janela por um longo tempo. Finalmente, pego o diário do Matt. Subo na cama, tentando organizar meus pensamentos, e começo a escrever.

Bem, Matt... algumas coisas estão acontecendo dentro de mim e não tenho nem palavras para descrever, sinto muito. Mas é meio assustador sentir isso. Fora de controle.

Eu olho para as paredes e minhas entranhas estão revirando.

Luc... é como um tipo de droga. Não consigo ter o suficiente dele. E se é assim que a droga faz as pessoas se sentirem, então posso compreender por que elas se tornam dependentes.

Sinto meu coração ser envolvido pelo medo, tiro a atenção do diário e esfrego os olhos, afastando a imagem do Luc da minha cabeça.

Não quero precisar de ninguém dessa maneira. Não vou me deixar viciar no Luc.

Fecho o diário do Matt e me sento encarando a parede enquanto tudo se torna claro como cristal na minha cabeça. Eu posso querê-lo fisicamente sem precisar ou depender dele.

Chamam isso de luxúria. Sem necessidade de apego emocional. É o que isso é – apenas físico. Tenho certeza disso.

O Gabe, por outro lado...

Enquanto meus pensamentos mudam para ele, o formigamento na minha barriga transforma-se em dor no peito. Porque estou começando a pensar que, seja o que for que sinto por ele, é mais profundo que a luxúria e muito mais perigoso.

Eu estava enganada. Luc é definitivamente a escolha mais segura. Sei no que estou me metendo e isso não vai se transformar em algo com que eu não saiba lidar.

Luc

Belias. Isso é ruim. Por que o Beherit mandaria o Belias? Por que ele mandaria *alguém*? Nunca fui vigiado nesses quatro mil anos. Mas não há dúvida de que era ele do lado de fora da janela da Frannie.

Eu dirijo devagar e presto atenção para ver se ele me segue. Quando vejo que não, percebo que é pior do que imaginava. Ele não está apenas me vigiando, verificando o meu trabalho. Ele está atrás da Frannie. Engolindo o pânico, dou a volta, encosto próximo a algumas casas e fico sentado por alguns segundos, avaliando a situação.

Belias trabalha na Coleta. Por que Beherit enviaria alguém da Coleta? Frannie precisa ser apenas marcada.

A não ser que as coisas tenham mudado. E se Belias a marcar, a alma dela estará vinculada à dele. Ela será *dele*. Algo primitivo arde em mim – alguma coisa profunda e territorialista. Ele não pode tê-la. Ela é *minha*. De repente, fico feliz pelo senhor Cavanaugh ter uma boa conexão com o Todo-Poderoso. Se eu, um demônio do primeiro escalão, não consegui ser aprovado na casa, Belias também não conseguirá.

Desço do carro e atravesso a rua. Como é que isso vai funcionar? Ele não virá comigo só porque eu vou pedir. Fico embaixo da árvore, me escondendo atrás do tronco, e o chamo com a minha mente. *Belias!* Sei que ele me ouve, assim como eu posso ouvi-lo. Nossa conexão psíquica nefasta nos une, gostando eu disso ou não.

Um ruído mínimo, não mais do que um esquilo faria se movendo entre os galhos, e Belias está de pé ao meu lado. Seu cabelo preto desgrenhado obscurece parcialmente o brilho vermelho em seus olhos, que iluminam um raio de dois metros; no entanto, suas maçãs do rosto afiadas provocam sombras em seu rosto. Ele sorri para mim.

– Lúcifer. Já faz muito tempo.

– Do que você está falando? Vi você há poucas semanas.

– Sim, e o chefe diz que você está levando muito tempo. Essas foram exatamente suas palavras.

– Só tem duas semanas. Não sabia que havia limite de tempo – minto.

– Bem, tem sim. Caso não saiba, o Gabriel está aqui. Se você esperar demais, será muito tarde.

– Você pode ir e dizer ao Beherit que tenho as coisas sob controle, obrigado.

– Hum... parecia que sim no caminho para a pedreira. Muito doce, Lúcifer. No entanto, como você pode chegar tão perto e não tomá-la – sua carne, quero dizer –, isso eu nunca vou entender.

Como eu não senti a presença dele lá? Estou ficando muito distraído. E o peso que as palavras dele têm sobre mim... – sinto uma pontada de pura raiva que me corta feito navalha.

Foi o Belias.

Cerro os punhos e quero matá-lo.

– Você não teria nada a ver com o pequeno incidente com a Frannie, não é? Porque afogá-la não parece ser a estratégia mais prudente antes de marcá-la. A alma da Frannie no limbo não traz nenhuma vantagem para nós.

Um sorriso malévolo cruza seu rosto e seus olhos ardem.

– Mas, veja, existe um problema, Lúcifer. Ela não deve *continuar* desmarcada. Você teve a oportunidade perfeita para tomar a carne dela – o primeiro passo para conquistar sua alma. Ela estava se oferecendo. Mesmo que você não percebesse seu aroma de gengibre. Mas você escolheu dar uma de galanteador em vez de terminar o serviço. Você está perdendo seu toque. Um fato que não passou desapercebido ao Beherit.

Uma combinação de medo e pânico me domina. A última coisa de que preciso é meu chefe estar observando.

– Eu não posso tomá-la, Belias. Para o caso de você ter esquecido, existem regras. – Mas a maneira como digo soa falsa; estou dando desculpas.

Seus olhos vermelhos brilham como relâmpago e seu sorriso se alarga.

– As regras estão mudando.

– Ah é? Não recebi nenhum memorando.

Seu sorriso torna-se uma careta.

– Isso é importante, Lúcifer. Não há espaço para erros. Não ponha tudo a perder.

A voz do Rei Lúcifer ecoa na minha cabeça. *Não me decepcione.*

– É por isso que estou fazendo as coisas no meu tempo. Sem erros. Agora vá. Tenho certeza de que Avaira está ficando gelada.

Ele dá um sorriso irônico.

– Eu poderia terminar esse serviço e voltar para o Inferno antes que Avaira esfriasse.

Criaturas da Luxúria são verdadeiramente repugnantes – e é por isso que não vou deixar esse nojento íncubo se aproximar da Frannie.

– Bem, eu poderia deixar isso para você – aponto para a janela da Frannie – e ir manter Avaira aquecida. – Estou blefando, mas ele olha com raiva para mim.

– O chefe está impaciente. Não demore mais. – Então ele se transforma em uma nuvem de enxofre e – *puf* – desaparece.

Por um longo tempo, ainda fico escondido atrás da árvore, decidindo o que fazer. Finalmente, eu me movo pelas sombras até o carro e fico lá pelo resto da noite – de guarda.

CAPÍTULO 13

UM DIA FRIO NO INFERNO

Frannie

Meu coração está acelerado enquanto aguardo no meu armário porque, depois da noite passada com o Luc, não tenho certeza do que esperar. Mantenho meu olhar perdido sobre os livros e caminho, um pé depois do outro, tentando aparentar naturalidade, mas não consigo. Então capto um ligeiro aroma de canela e sorrio enquanto ele coloca sua mão quente ao redor da minha cintura e me puxa ao encontro do seu corpo ardente.

– Ei, linda.

Sua voz me faz sentir um arrepio apesar do seu calor. Eu abro boca para argumentar sobre a coisa do “linda”, porém estou ocupada me derretendo toda e formando uma poça no chão para dizer qualquer coisa. Eu me viro em seus braços e ele me beija. E o corredor lotado de estudantes suados é a única coisa que me impede de me atirar sobre ele. Não há nada que eu possa fazer sobre aquele sorriso estúpido no meu rosto quando ele pega minha mão e me conduz pelo corredor até a sala 616.

Ele esbarra o ombro no meu enquanto lê em voz alta o final de *As vinhas da ira*, e eu pego o sorriso do professor Snyder quando ele nota.

– Excelente leitura, Cain – ele diz dando uma piscadela. – Não haverá exame final nesta turma, mas os resumos de conclusão sobre *As vinhas da ira* valerão vinte e cinco por cento da nota para o curso. Eu fiz algumas questões para ajudar em suas conclusões a respeito do livro. – Ele deixa cair uma pilha de papéis no final de cada fileira de alunos, e eles passam uns para os outros. – Vocês podem gastar algum tempo neste resumo, formulando seus pensamentos, antes de começar a composição. Utilizem os resumos de todos os capítulos para organizar este. Hoje é quinta-feira. Vocês têm até segunda-feira para preparar o resumo baseado na lista de perguntas. Os resumos deverão ser entregues na segunda-feira, o último dia de aula. Vocês têm um minuto para ler o questionário antes de o sinal tocar.

Luc dá uma boa olhada na página, então se vira para mim e abre um sorriso.

– Acho que vamos ter de passar todo o fim de semana no meu apartamento trabalhando nisso.

Eu me inclino sobre o seu ombro.

– Serei sua prisioneira ou estou livre para ir e vir?

Seu sorriso torna-se perverso.

– Você não *vai querer* ir a lugar nenhum.

O sinal toca e levo um susto que faz meu coração voltar ao ritmo normal.

Mas, quando seguimos juntos pelo corredor, eu me assusto de novo. Meu coração dispara a ponto de quase ter um troço. Gabe está encostado no meu armário, sorrindo para mim como uma espécie de anjo.

Deus, ele é lindo.

Meus pés se atrapalham e Luc passa o braço em torno da minha cintura para me firmar. Respiro fundo e me obrigo a seguir em frente.

Quando o Luc vê o Gabe, ele aperta sua mão em torno da minha cintura.

– Gabriel.

Não consigo olhar o Gabe nos olhos, mas ouço a decepção em sua voz e isso quase me parte ao meio.

– Vamos juntos para a aula de Física?

Dou uma olhada para o Luc e o afasto gentilmente.

– Claro.

Caminhamos silenciosamente pelo corredor lotado e sinto os olhos do Luc queimando atrás de mim. Eu mantenho meu olhar fixo no piso cinzento enquanto andamos.

Finalmente, pouco antes de chegarmos à sala de aula, Gabe para de andar e diz:

– Então, é isso o que você quer? *Quem* você quer?

Sinto que meu coração está prestes a explodir, porque eu não sei o que quero.

– Eu... talvez.

– Talvez… – ele repete.

Posso sentir o peso do seu olhar, então desvio o meu rosto. Começo a abrir a boca, mas não há palavras; sendo assim, fecho-a novamente.

Ele põe a mão em torno da minha nuca e se inclina para mim. Em princípio, acho que vai me beijar, e aquele formigamento doloroso explode no meu ventre enquanto me dou conta do quanto o desejo. Mas sua bochecha roça na minha e ele sussurra:

– Diga o que devo fazer para você mudar de ideia.

Isso.

Um grande branco e não consigo me lembrar de como formar as palavras. Ele tem um sorriso triste nos lábios quando toca as minhas costas e me guia até a aula de Física sem dizer mais nenhuma palavra.

Enquanto nos sentamos nos nossos bancos, a professora Billings despeja vários equipamentos de laboratório na minha frente. Eu me concentro na aula e tento esquecer tudo. Mas é impossível ignorar a comichão dentro de mim, a maneira como isso me tira o fôlego e de como quero tocar o Gabe toda vez que ele me olha.

No final da aula, sou um caso perdido. Sequer consigo lembrar sobre o que foi a aula no Laboratório. Mas, enquanto corro pelo corredor até meu armário, vejo a Riley e o Trevor escondidos em um cômodo perto do armário do zelador beijando-se, ardentemente, o que melhora o meu humor. Não posso deixar de dar uma risada alta. A Taylor vai ter um troço.

Quando chego ao meu armário, Luc está apoiado nele, aparentando estar mais furioso que o Inferno. Ele me encosta contra o armário e me beija, então abre o meu armário e troca os livros. Eu dei a ele a combinação? Não me lembro.

– Pronta para a farra Sanghetti?

– Pronta. – Sinto-me meio idiota porque, agora que estou com ele, não consigo tirar esse sorriso ridículo do meu rosto. Provavelmente devo estar parecendo uma doida durante todo o tempo que seguimos juntos para o prédio 2, e sua mão quente nas minhas costas é tudo o que me importa.

Depois da aula, atravessamos o corredor para ir almoçar, mas eu agarro seu braço.

– Então... não vamos ao refeitório hoje – digo, não totalmente preparada para encarar o Gabe estando com o Luc no mesmo local.

Ele sorri.

– Você tem alguma outra ideia em mente?

– Tenho algumas coisas para comer no meu armário. Está um belo dia. A gente pode simplesmente sair e sentar no gramado.

Ele desliza o braço ao meu redor e eu suspiro alto.

– Parece legal.

Pegamos alguns doces e biscoitos recheados no meu armário, alguns refrigerantes na máquina e saímos para o pátio.

É quando me lembro de que o Reefer e os caras da banda ensaiam na hora do almoço. Ele nos observa perto da porta.

Luc percebe e me abraça apertado pela cintura.

– A gente pode ir para qualquer outro lugar, se você quiser.

Dou uma olhada para o Reefer e aceno.

– Não. Aqui está bom.

Eu escolho um lugar do outro lado do canteiro no meio do pátio e me sento recostada nele. Enquanto o Luc corre até o carro para buscar um cobertor, inclino minha cabeça para trás e aproveito o calor do sol, escutando o Reefer e a banda tocando. Eu canto tranquilamente sozinha e tento não pensar em nada importante. Depois de um tempo, quando percebo que o

Luc ainda não voltou, abro os olhos e o vejo sentado na grama, na minha frente, sorrindo.

– Você não me disse que sabia cantar.

Olho para o chão e sinto minhas bochechas queimarem.

– Já não canto mais.

Ele se levanta e estende o cobertor na grama. Nós nos acomodamos sobre ele e me deito para olhar para o Céu. Quando levanto minha cabeça e olho para o Luc, ele continua me olhando e um leve sorriso aparece em seus lábios. De repente, eu quero beijá-lo.

– Tenho a sensação de que há mais sobre você do que os seus olhos dizem, Mary Francis Cavanaugh.

Eu desvio o olhar e respiro fundo.

– Não é verdade. Então... por que você insiste em pegar no pé do professor Sanghetti? – eu digo isso para mudar de assunto, me lembrando de como eles discutiram durante toda a aula – *de novo.*

– Só estou fazendo o meu trabalho.

– É mesmo? – Mordo um biscoito recheado. – E o que seria isso exatamente?

– Conduzindo ele à mentira, ao engano... o que for preciso.

– O que for preciso para quê?

– Mandá-lo para o Inferno. – Ele me olha nos olhos, esperando a minha reação.

Eu apenas sorrio, porque eu já tinha sacado isso no Luc há muito tempo.

– Por que ele? Por que não o professor Snyder ou a professora Felch?

– Porque eles não me irritam.

– Eu irrito você?

Ele sorri.

– Você está tão entranhada na minha pele... que essa coceira chata não quer parar.

– Bem, eu já vou para o Inferno mesmo, então você está atrasado.

– Você acha mesmo? – ele pergunta, dando um enorme sorriso.

Eu solto o nó no meu cabelo e me viro para deitar a cabeça na sua coxa, como se fosse um travesseiro.

– Sim. – Abro ao meio o biscoito recheado e raspo o recheio com os dentes. – E você vai estar lá também, pode apostar – murmuro isso com a boca besuntada de açúcar.

– Sem dúvida – ele diz, alisando o meu cabelo com os dedos.

Quando os biscoitos acabaram, puxamos o cobertor e cobrimos nossas cabeças. A Taylor está perto da porta e nos ataca.

– Sentimos a sua falta. Um almoço romântico privado? – ela diz com as sobrancelhas arqueadas.

– Semiprivado. Reefer e a banda estão fazendo uma serenata para a gente.

Ela dá uma risada.

– Que poético.

Gabe está atrás dela e olha para mim, ignorando o Luc.

– Podemos nos falar?

O sorriso da Taylor torna-se malicioso enquanto o Gabe e eu saímos para o pátio. Ele apoia as costas contra a parede, demonstrando naturalidade, mas a expressão em seu rosto é intensa.

– Frannie... – Ele solta um suspiro e olha para o Céu claro e azul por algum tempo enquanto meu sangue corre acelerado nas veias. Finalmente ele olha de novo para mim. – É que eu preciso que você saiba que não importa o que aconteça com ele... com qualquer um dos... estou aqui por você. – Sua mão acaricia meu rosto e seu polegar desliza suavemente sobre o contorno dos meus lábios, deixando-os ardentes. – Mas, por favor, pense nisso. Lúcifer é... perigoso.

Eu me afasto dele.

– Você também!

Fico boquiaberta. *Acabei de dizer isso em voz alta?*

Pelo sorriso triste no rosto do Gabe, fica claro que eu disse.

Ó, Deus. Que diabos está acontecendo comigo?

– Eu quero dizer... – mas as palavras desaparecem, porque eu não faço ideia do que quero dizer.

Eu me viro e caminho de volta para o prédio, meu rosto em chamas, e encontro o Luc e a Taylor, ambos me esperando do lado de dentro. Luc olha com raiva para o Gabe, enquanto a Taylor ergue as sobrancelhas com um olhar questionador.

Sigo furiosa pelo corredor até o meu armário, deixando-os para trás e evitando-os como quem evita uma urticária, pelo resto do dia. Mas o Luc senta-se na cadeira ao meu lado na última aula.

– Você está livre depois da escola?

Sei que deveria dizer não, mas não digo, então ele caminha comigo até o armário depois da aula e carrega meus livros. Seguimos para o estacionamento, e estou totalmente consciente do braço do Luc ao redor da minha cintura, sem ter certeza se quero que ele esteja ali ou não. Finalmente decido que quero, mas, quando alcançamos o final do corredor, dou uma olhada ao redor e vejo a Angelique Preston me encarando. Está de braços cruzados sobre o peito, quase empurrando seus peitos para fora da blusa.

Dou a ela o meu melhor sorriso falso.

Enquanto caminhamos, ela olha para o Luc como se eles compartilhassem um segredo.

De repente, o meu chão se abre.

Olho para o Luc. Eu sei que não posso confiar nele. Então, por que estou confiando? Mesmo que eu só quisesse o seu corpo, não fico entusiasmada em compartilhá-lo com a Angelique. Enquanto entramos no carro, começo a imaginar se voltar à casa dele para estudar é mesmo uma boa ideia. Quase sugiro irmos para a minha casa ao invés da dele, mas não quero confusão com os meus pais alienígenas.

Olho fixamente para ele enquanto saímos do estacionamento, e um sorriso satisfeito surge nos cantos de seus lábios.

– Então, o que está acontecendo com a gente?

Seu sorriso se alarga.

– O que você gostaria que estivesse acontecendo com a gente?

Não estou com humor para joguinhos.

– Corta esse papo-furado e responde logo à minha pergunta.

Luc

– Uau. Ok...

Enquanto penso na pergunta da Frannie, não tenho certeza do que responder. Não tenho certeza do que a assustaria mais: "Eu quero muito levar você para a cama", ou "Estou tentando marcar a sua alma para o Inferno". Ambas as afirmativas são verdadeiras. Mas, em tudo isso, existe mais – algo profundo que revira o meu interior e torna difícil pensar durante o tempo em que estou com ela. Uma coisa que eu nem sequer consigo definir ou explicar.

O que ela quer me dizer? Começo a ficar preocupado e por um segundo desvio a atenção da estrada para olhar o seu rosto.

– Bem, não tenho certeza. Eu gosto muito de você. – A piada do milênio. – Então, a gente pode ver aonde isso tudo vai nos levar? Tipo, para o Inferno, quem sabe?

Ela respira fundo.

– É, eu acho que isso é justo. – Então ela parece um pouco insegura e acrescenta: – Mas estou meio que curiosa. Por que eu?

– Por que você o quê?

– Angelique, Cassidy, Taylor... metade das garotas da escola está se atirando para cima de você. Por que você quer sair comigo?

– Vamos apenas dizer que eu já estive por perto desses tipos algumas vezes, mas nunca conheci ninguém como você, Frannie. Você é única. – Tudo verdade, mas também você é quem eu devo marcar.

Subimos as escadas para o meu apartamento e quando empurro a porta para abri-la me dou conta de que é tarde demais, que eu deveria ter sido mais cuidadoso. Há uma bela mulher, magra, de cabelos negros e sedosos, olhar sensual e algumas curvas sinuosas, deitada na minha cama, vestindo... bem... não está vestindo muita coisa.

– Avaira – digo surpreso.

Os olhos de Frannie são pura fúria e ela ergue os braços.

– Eu sabia – ela diz, já se virando para descer as escadas. – Você é um idiota – ela acrescenta sem me olhar. Eu sinto o aroma apimentado da sua raiva. Hum...

Fica claro que existe uma falha no meu radar. Primeiro foi com Belias na pedreira e agora com a Avaira na minha cama. Eu deveria saber que ela estava lá antes de abrir a porta. Isso é mais do que uma distração por causa da Frannie. Minha conexão psíquica com o nefasto parece estar com sérios problemas.

Belias e Avaira – a dupla dinâmica. De repente esse lugar está cheio de demônios. O que significa que a Frannie não está segura. E então dou uma risada – a Frannie não está segura desde que eu cheguei aqui.

Bato a porta e a sigo pelo corredor.

– Frannie, espere! – Mas ela sequer diminuiu o ritmo. – Não é o que você pensa. Ela é minha... prima – eu grito, enquanto corro tentando alcançá-la.

Quase no fim da escada ela se vira para mim enquanto me aproximo e diz:

– Você é tão cheio de merda!

Sorrio, tentando abrandar a situação.

– Eu já menti para você antes?

Ela me olha furiosa.

– Sim.

Talvez não tenha sido a melhor tática.

– Bem… – E eu começo a dizer que não estou mentindo agora, mas estou, de modo que isso se transforma em uma mentira.

– Quer saber? Pode ficar com a sua "prima" e vá para o Inferno – ela diz, virando-se e descendo rápido o restante da escada.

– Aonde você vai?

Ela não diz nada – de forma muito, muito eloquente.

– Deixe pelo menos eu levar você até em casa.

Nada ainda.

Desço atrás dela e atravesso a porta para o estacionamento, tentando não sorrir. Ela não faz ideia de como adoro quando ela está furiosa.

– Ótimo. Vou caminhando com você para casa.

Ela não me olha.

– Inferno! Vê se me deixa sozinha.

Mas a questão é: o Inferno não vai deixá-la sozinha. Isso é óbvio.

Eu recuo e a deixo ir – ou quase isso. Mas não vou deixá-la fora da minha mira porque, onde Avaira está, Belias também está. Eu ativo o meu sexto sentido para detectá-lo. Nada. Mas ele está aqui, tenho certeza disso. Pois é bastante claro que Avaira foi usada como uma distração para mim, ou pelo menos uma maneira de Belias ganhar tempo para ir atrás da Frannie. Criaturas da Luxúria acham que todos são obcecados como eles.

Nós não estamos nem a um quarteirão do meu apartamento, estou voltando, e então capto um fio de pensamento de Belias. Raiva. Não posso dizer se ele está com raiva de mim por interferir ou por Avaira não conseguir desviar a minha atenção. De qualquer maneira, caminho mais rápido e diminuo a distância entre mim e Frannie, minha protegida.

Justamente quando estou a ponto de chamar seu nome um Charger branco sobe na calçada ao lado dela. Aparentemente não sou o único a vigiá-la. E pela primeira vez fico feliz de ela ter um anjo que a guarda.

Frannie

– Ei – Gabe diz quando entro no carro.

– Ei. Obrigada – digo, aliviada.

– Você está com uma cara péssima.

Olho furiosa para ele.

– Obrigada!

– Você está bem?

– Digamos que sim.

– O quê? – ele diz com as sobrancelhas arqueadas.

– Eu avisei. Tenho certeza de que você está morrendo de vontade de dizer isso. Basta dizer e aí eu não tenho de ficar aqui sentada como uma idiota esperando.

– Tá certo. Eu avisei.

– Eu devo estar cega ou coisa parecida – admito, olhando pela janela traseira do carro para ver o Luc desaparecendo conforme o carro avança.

Ele abre um sorriso iluminado.

– Você não está, não. Você viu a luz, certo?

Tento sorrir de volta.

– É, acho que sim.

– Você está em uma posição muito particular e precisa ter muito cuidado com o que deseja.

O quê?

– O quê?

Ele olha para fora através do para-brisa.

– Alguma vez você já reparou que quando deseja muito uma coisa, geralmente consegue?

– Não. – Eu posso pensar em uma porrada de coisas que quero e que não tenho, começando por ter o meu irmão de volta. Mas, por um segundo, percebo, porque eu quero o Luc – coisa estúpida – e eu o tenho, de certa forma. E Taylor. Ela nunca desistiu de um cara antes. Mas, na noite passada... eu balanço a cabeça.

– Não – digo novamente com mais convicção.

Ele dá de ombros e relaxa, entrelaçando os dedos nos meus. Capto aquele aroma de novo, como neve no verão.

– Você gostaria de passar lá em casa?

– Sim. A gente poderia trabalhar nas coisas de Física.

– Claro – ele diz, sorrindo.

A casa do Gabe não é longe da minha e se parece com todas as outras casas de nosso bairro: dois andares com revestimento branco, persianas pretas e uma longa varanda na frente. A varanda tem um enorme vaso com cactos em um canto e um balanço perto da porta. O caminho da entrada é trilhado por uma faixa cinza que corta o gramado verde ladeado por pequenos arbustos aparados. Eu o sigo até a entrada e entro na casa.

Nós atravessamos a porta da frente e entramos na sala. Ela se estende por toda a frente da casa, com janelas em cada lado da porta dando vista para a varanda. A escada começa do lado direito da sala e do lado esquerdo fica um batente em forma de arco que dá para a cozinha. As paredes e os carpetes são todos brancos. O sofá fica ao longo da parede do fundo e há duas cadeiras de encosto alto debaixo da janela. Não há TV, mas tem alto-falantes brancos sobre as estantes que ficam nos cantos.

– Você ainda está arrumando a mudança? – pergunto, reparando nas paredes vazias.

Ele sorri e dá de ombros.

– Assim está muito bom. Não precisamos de muita coisa.

– Sim, mas... – engasgo com as palavras, não sei o que dizer. Acho estranho não ter fotos de família ou bugigangas.

Minha mãe tem fotos e bugigangas espalhadas por todo canto. Mas, quando me sento no sofá, percebo que, apesar da aparência austera, sinto-me confortável e acolhida.

– Eu tenho a cura para todos os males – Gabe diz e desaparece na cozinha. Reviro a mochila e pego nosso manual do Laboratório de Física. Um minuto depois ele volta com uma enorme taça de sorvete, duas colheres e senta-se ao meu lado. Ele aperta o *play* no iPod branco que está sobre uma mesinha branca. E é como se houvesse música por todo o lugar.

– Está tudo bem para você se a gente dividir? – ele pergunta.

– Claro. – Agarro a colher e a levo a boca. – É o meu favorito.

Ele abre outro sorriso iluminado e passa a mão com os dedos abertos pelo cabelo:

– Parece que está tentando me enganar.

Sorrio de volta porque ele está certo. Eu não sei se é ele ou o sorvete, mas não conseguiria me importar menos caso o Luc esteja transando agora ou não com a Garota Misteriosa.

Ok, quando penso no assunto vejo que é mentira, mas só quero matá-lo um pouquinho agora – e de um jeito mais humano, tipo com uma arma ou uma faca, nem tanto assim com minhas próprias mãos.

Terminamos o sorvete e me reclino no sofá. Estou completamente sem vontade de abrir meu manual de Física e tento me convencer de que isso é uma boa ideia, mas está difícil acreditar.

Gabe recosta-se no sofá e passa o braço sobre os meus ombros.

– Você está bem?

– Sim – respondo, descansando minha cabeça sobre seu ombro e me perguntando como é que eu ainda quero tanto o Luc.

Como se lesse minha mente, ele coloca a mão fria na minha bochecha e vira o meu rosto para ele.

– Esqueça o Luc. Ele é um idiota. – Ele me olha nos olhos da mesma maneira que o Luc faz, como se estivesse vendo a minha alma.

De repente, sinto uma precipitação intensa de emoção e quero chorar. Fecho os olhos, concentro-me na música, afasto as lágrimas. Mas o que vejo é o rosto do Luc. Ele é um idiota, eu repito para mim mesma com os olhos ainda fechados, tentando me convencer disso.

Como as asas de uma borboleta, sinto os lábios macios do Gabe na minha testa. E, antes de me dar conta, minhas mãos estão no seu rosto e meus lábios nos dele. Ouço sua respiração e ele hesita, até que me abraça e me aperta de encontro ao seu corpo e seus lábios se movem sobre os meus. E é como se fosse um sol de inverno.

No beijo do Gabe existe paz como eu nunca conheci. Uma paz tão profunda que sequer me lembro de ódio, raiva ou dor. Só há amor, sem limites, incondicional. Ele aprofunda o beijo e eu só quero viver ali para sempre.

Então a sua mão em meu rosto me empurra suavemente e ele se afasta. Eu o encaro em seus insondáveis olhos azuis, perdida lá, enquanto seu polegar acaricia meus lábios. Quando me dou conta de que estou na sala de novo, me pergunto por quanto tempo nos beijamos. Parece a eternidade em um piscar de olhos. Até que ele me conduz gentilmente até o sofá e percebo que, na minha necessidade de ficar perto dele, eu me atiraria direto nos seus braços.

Gabe finalmente fecha os olhos, liberando-me, e inclina sua testa contra a minha.

– Preciso levar você para casa – ele diz quase em um sussurro. Quando abre os olhos, eu vejo tristeza. Sem olhar para mim, ele se levanta e caminha até a porta.

A paz vai embora e é como se nunca houvesse felicidade e eu sinto frustração e raiva me inundando. Salto do sofá e jogo minha mochila sobre o ombro.

– Eu sou repulsiva?

– Não, eu sou. – Ele se vira e sai.

CAPÍTULO 14

O DIABO PEGA O QUE É SEU

Luc

Depois do que aconteceu ontem com Avaira, este foi o dia mais confuso de toda a minha existência patética. Sentar perto da Frannie na aula de Inglês – querendo dizer alguma coisa para poder tocá-la – era tão torturante quanto as chamas do Lago de Fogo. Pelo resto do dia ela me evitou, e com razão. Mas, quando o último sinal tocou, ela me olhou... e seu olhar quase me matou.

A noite passada foi um verdadeiro Inferno. Pensando nela. Precisando vê-la. Segui o Gabriel quando ele a deixou em casa e passei toda a noite lá, no meu carro, como de costume. Por pouco não subi na árvore e empurrei sua janela. Fiquei lá, de um lado para o outro, durante todo o dia, pois ainda não tenho ideia do que estou fazendo. A única coisa que *sei* é que preciso protegê-la do Belias – por vários motivos.

Quem pensaria nisso? Eu, o grande protetor. É quase engraçado.

Mas não posso deixar o Belias tê-la. Frannie é minha missão, e além de *não* querer queimar no Lago de Fogo, meu orgulho não me deixará falhar. Se ela é tão importante, eu quero o crédito por sua alma. Minha grande preocupação, no entanto, é que eu sei a maneira como o Belias trabalha, e não posso suportar a ideia de ele a tocando, sua alma vinculada à dele – isso é um pesadelo imundo.

A angústia me faz estremecer enquanto minha mente revela o que não quero ver – a imagem dela, com ele, *dessa* maneira.

Não!

Isso não vai acontecer. Prefiro que o Gabriel vença.

Porque eu a amo.

Deve ser isso o que estou sentindo – a vertigem que me atravessa quando olho para ela, a maneira como as minhas entranhas gritam quando penso em Belias possuindo-a, a insaciável vontade que tenho de estar com ela.

Como isso é possível? Não há choradeira no beisebol e não há amor no Inferno. São as regras. Pode-se dizer que é contra a nossa religião, mais ou menos isso. Vai contra tudo aquilo que somos.

Mas lá está, e é real, e não há nada que eu possa fazer a respeito. O que significa que preciso protegê-la de mim também. Se eu levá-la para o caminho que quero, ela pertencerá ao Inferno, mas não a *mim*. Ela está na mira. O Rei Lúcifer vai usá-la até sua alma não passar de uma casca vazia, então irá livrar-se dela com o resto das Sombras. Vi isso acontecer várias vezes. Ela estará morta em todos os sentidos: corpo e alma.

Nunca questionei um trabalho antes. Não é o meu costume. A maioria dos mortais merece o que recebe. Mas a Frannie é diferente. Eu não estava mentindo quando disse que nunca tinha conhecido ninguém como ela. Ela não merece esse destino.

Eu a observo examinar cuidadosamente o material do último período de aula sobre o governo, e uma grande parte de mim quer persegui-la, envolvê-la nos meus braços e fazer com que tudo fique bem. Mas a verdade é que não há jeito de fazer isso, porque eu *sou* aquilo que não é bom – eu e meus irmãos. Então colo o meu traseiro na cadeira e a vejo sair pela porta.

Dez minutos depois ainda estou sentado ali, olhando fixamente para a porta, quando o treinador Runyon sinuosamente se aproxima de mim, seus ombros enchendo a jaqueta. Ele esfrega a mão rudemente sobre o rosto barbeado.

– Luc, você precisa de algo? Porque eu tenho um treino de beisebol.

– Não – digo, colocando-me de pé. – Desculpe, estou só pensando.

– Sim, eu percebi. – Seus olhos castanhos faíscam enquanto um sorriso aparece em seu rosto redondo, mostrando os dentes tortos. Ele me dá um aceno esperto, como se tivesse entendido que eu estava enrolado em alguma situação com uma garota. Gostaria que fosse só isso, mas é a situação no Inferno que me preocupa neste momento.

– Você joga alguma coisa? – ele pergunta enquanto seguimos para a porta. – Você tem físico para isso. Nós podíamos ter um batedor com músculos.

– Não jogo há muito tempo – confesso. Mas, enquanto atravessamos a porta, minha dor no coração desce ao meu estômago enquanto meu sexto sentido faísca. *Belias!* No que estou pensando? Ele está esperando uma oportunidade e eu acabei de dar uma a ele. Eu deveria ter seguido a Frannie até o estacionamento para ter certeza de que ela chegará bem em casa. Maldição! Como pude ser tão descuidado?

– Pense nisso! – o treinador grita para mim enquanto me viro e corro pelo corredor até o armário da Frannie.

Quando chego ao armário, não consigo vê-la. Lutando para controlar o pânico, eu me sento no chão com as mãos na cabeça, encosto no meu armário e tento pensar. Ela está bem. Ela tem de estar bem. Preciso encontrar a Taylor e a Riley.

Dando um pulo no chão, corro pelo corredor e as alcanço enquanto seguem para o estacionamento.

– Ei, garotas, vocês viram a Frannie? – pergunto, sem conseguir esconder meu estado de pânico.

– Você tem muita *sorte* de a gente não chutar o seu traseiro – Taylor rosna com ódio em seu olhar.

– Tá, ok... entendi. Você pode chutar meu traseiro depois, mas eu realmente preciso saber onde a Frannie está.

Riley percebe a minha aflição.

– O que aconteceu?

– Nada. Eu só preciso falar com ela.

– Por quê? – Seus olhos estão desconfiados.

– Só preciso saber se ela está bem.

Seu semblante se suaviza e ela começa a abrir a boca para dizer alguma coisa, mas, antes que ela consiga, Taylor deixa escapar:

– Você deveria ter pensado nisso antes de decidir se divertir com a sua prima.

– Você não sabe mesmo onde ela está?

– Não faço ideia. Talvez transando com o Gabe – Taylor zomba.

Olho para a Riley, cuja expressão está inconsolável. Ela sacode a cabeça.

Minha cabeça despenca, baixando a guarda para a confusão que está se formando.

– Tudo bem. Obrigado.

Enquanto corro até o carro, meu sexto sentido arde. E se o Belias estiver com ela? Com essa vantagem de dez minutos que acabei dando a ele já será tarde demais. Um gemido escapa da minha garganta enquanto imagino o que ele estaria fazendo com ela agora, e sinto meu peito pulsar de novo. *Dane-se tudo!* Se esse é o destino que eu deixei para ela, então vou queimar feliz no Lago de Fogo.

Belias não está com ela. Eu não posso acreditar que ele esteja com ela. Eu envio essa mensagem para o Universo enquanto entro no carro e me sento, analisando as possibilidades. Se ela não está com a Taylor e a Riley, nem comigo, só restam poucas pessoas com que poderia estar. Eu nunca pensei que desejaria que a Frannie estivesse com o Gabriel. Mas agora estou torcendo muito para que ela esteja com ele. Estou rezando por isso. Rezando!

Estou pensando em ir até a casa dela, mas, se for preciso agarrar a Frannie, vou precisar do carro. Cruzo a cidade em alta velocidade, ignorando os sinais vermelhos e os limites de velocidade, tentando conectar o Gabriel, focando bastante em sua casa. Com o seu campo celestial de defesa contra as forças infernais ao redor da casa, não posso dizer se a Frannie está lá ou não. Dou uma volta no quarteirão, passo por mais algumas casas rua acima e permaneço atrás dos arbustos da casa do Gabriel. Eu espero, com a esperança de vê-la pela janela.

E se eu estiver perdendo tempo e ela não estiver aqui? E se Belias estiver com ela – e se ela já estiver marcada, ou pior? O pânico toma conta de mim, e me lanço cuidadosamente no vento. Em passos largos subo as escadas de dois em dois degraus e bato na porta.

Frannie

O Gabe não vai olhar para mim, o que é bom, porque eu não consigo olhar para ele. Mas eu não consigo parar de pensar como me senti quando ele me beijou ontem e como quero sentir aquilo novamente.

Eu me sento à sua mesa de cozinha branca, em um silêncio embaraçoso, com uma montanha de sorvete bem na minha frente. A única razão para eu estar aqui é que eu saí do colégio quando o sinal tocou, evitando até o meu armário, e ele me achou escondida atrás de um pilar perto do estacionamento enquanto me escondia do Luc.

– Então, você quer trabalhar no nosso dever de Física? – ele finalmente diz.

– Sim, pode ser, porque eu esqueci o meu livro.

Na verdade não foi exatamente um esquecimento. Eu realmente não o esqueci. Digamos que eu o abandonei no armário, com o resto das minhas coisas.

Ele pega o livro da mochila e o joga em cima da mesa justamente quando alguém bate na porta. Ele franze o cenho enquanto se levanta da sua cadeira.

– Um segundo – ele diz, colocando a mão no meu ombro. Em seguida ele desaparece pela porta da cozinha em direção à sala até a varanda, fechando a porta atrás de si.

Eu puxo o livro de Física do Gabe que está aberto e tento encontrar a página certa, mas estou com problema para pensar com clareza. Enquanto pego o lápis, ouço um burburinho vindo da varanda que tento ignorar – até que eu reconheço a voz alterada do Luc.

– Ela está aqui ou não?

Eu me levanto e percorro a sala até a janela, com raiva de mim mesma por estar me importando. Eu me obrigo a sentar e ignorá-lo. Mas, claro, isso não vai acontecer porque sou obcecada, e também estúpida e possivelmente insana – sendo assim, espio pela janela da varanda. Luc está lá, aparentemente enlouquecido, olhos ardentes e boca escancarada, deixando os dentes à mostra, em uma espécie de careta.

– Calma. Ela está aqui. – A voz do Gabe é baixa e tenho de me esforçar para ouvi-lo.

Eu percebo que o Luc dá um enorme suspiro de alívio e o pânico em seu rosto desaparece. Ele abaixa a cabeça e diz:

– Ela está segura... ok.

Gabe sorri.

– Cara, você sabe que estragou tudo desta vez.

Meu coração afunda enquanto Luc responde:

– Bom. – Ele balança a cabeça afirmativamente, então olha aliviado para o Gabe: – Você pode garantir que ela vai chegar bem em casa?

Gabe analisa o rosto de Luc.

– O que está acontecendo?

Luc se afasta em direção à escada.

– Basta ter certeza de que ela chegará bem em casa e que trancará a porta – ele diz, e em rápidas passadas se afasta, voltando para o carro.

Enquanto ele segue em direção ao carro, o máximo que posso fazer é não correr atrás dele. Porque eu quero matá-lo. Mas também quero beijá-lo. Só de pensar em não estar com ele – não tocá-lo novamente – é como engolir cacos de vidro, deixando o meu interior sangrando em carne viva devido à frustração de toda essa confusão. Por mais difícil que seja admitir para mim mesma, o que sinto pelo Luc é mais que uma atração física. Não é amor, mas é alguma coisa.

Como eu posso querer os dois?

Corro de volta para a cozinha enquanto a porta da frente se abre.

– Quem era? – pergunto bancando a inocente, mas o tremor na minha voz não deixa.

Obviamente o Gabe não está com um humor muito bom.

– Ninguém importante – ele diz, mas seus olhos azuis estão levemente sombrios e rugas de preocupação aparecem em seu rosto enquanto ele se inclina-se sobre o balcão.

– O que aconteceu?

Seu sorriso é completamente falso, como se estivesse tentando me convencer.

– Nada com que você tenha de se preocupar. Tá tudo legal.

Não posso suportar isso. Eu tenho de saber.

– Eu sei que era o Luc. O que ele queria? – pergunto.

Ele me olha desconfiado.

– Você, pelo que parece.

Observo minha mão virar as páginas do livro do Gabe. Minhas pernas estão agitadas debaixo da mesa, doidas para pular da cadeira e correr atrás do Luc. Eu tento manter minha voz equilibrada.

– Por quê?

– Você precisa perguntar a ele – Gabe diz com uma ponta de frustração. Ele solta um suspiro e senta-se na cadeira ao meu lado, chamando a minha atenção. Ele me olha nos olhos. –

Então... sobre ontem... – ele diz suavemente, trazendo à tona a questão que até então evitamos.

Suspiro e volto a olhar para as minhas mãos. Não tenho ideia do que dizer – sobre o que estou sentindo.

Ele fica calado durante um minuto constrangedor e então diz:

– Eu sinto muito por isso... você sabe.

É claro que ele sente. Por que iria querer estar comigo?

Eu quero ficar com ele?

– Mas eu preciso saber se o que senti... – Ele hesita e eu não consigo respirar. – Você realmente me queria?

Eu me sinto atordoada, como cego em tiroteio. Nada que eu diga parecerá correto. Suspendo a cabeça e olho para ele. Ele apenas me encara por mais alguns minutos, então seu olhar volta-se para o chão.

– Bem... quando você me beijou... – Ele me olha e eu desvio o olhar. Empurro minha cadeira, precisando de espaço, e caminho para a sala, onde me largo no sofá.

Gabe entra pela porta.

– Bem, acho que isso responde – diz com um sorriso tenso.

– Não responde nada – enfio o rosto entre as mãos. – Estou tão confusa. Não consigo parar de pensar no Luc. Mas não posso confiar nele. E você... – Não sei como concluir este pensamento.

– Você tem razão. Não pode confiar nele. – Ele se senta ao meu lado no sofá e coloca o braço ao redor dos meus ombros.

E, pela reação do meu corpo – do jeito que todo o meu interior se agita –, fica claro que não sou confiável também.

Quando olho para o Gabe, prendo a respiração. Posso ver tudo o que quero no fundo dos seus olhos azuis.

Mas percebo que ele luta consigo mesmo também. Eu o alcanço e toco o seu rosto e ele me puxa para o seu colo. Quando ele me beija, é menos afoito que da última vez. É tão suave, macio e delicado que me desperta o desejo por toda parte. Eu pressiono com força meu corpo contra o dele, querendo-o mais perto, e estou revestida por seu amor e paz.

Ó, Deus, eu o amo?

Eu o abraço apertado enquanto as lágrimas deslizam dos meus olhos, e desta vez ele não me empurra para longe. Ele me puxa para perto. Apesar do calor pulsante que atravessa meu corpo, eu tremo.

Depois de muito tempo, quando o afasto e o observo, eu me pergunto como pude querer qualquer outra coisa. E eu quase podia acreditar no amor. Porque está bem ali, em seu rosto.

Ele enxuga as lágrimas do meu rosto com o polegar.

– Desculpe – digo, sem saber pelo que estou me desculpando desta vez. Por tudo, eu acho.

Ele coloca um dedo nos meus lábios.

– Não peça desculpas. – Ele me puxa para perto e repousa o rosto sobre o meu cabelo. E eu percebo que ele está tremendo também.

Eu afasto meu rosto do seu ombro e olho para ele.

– Tá tudo bem com a gente?

Ele sorri, mas seu sorriso é tenso e seus olhos estão cheios de dúvidas.

Eu me sinto revirar cruelmente por dentro, porque estou sendo muito desleal. Eu não presto. Meu queixo despenca sobre o meu peito.

– Estou tão mal.

– Você não pode evitar o que sente, Frannie.

– Sim, eu posso. – Ao menos, sempre pude.

– Não, você não pode, mas precisa ter cuidado com o que você *quer*.

Apesar do seu aroma de neve no verão, minha frustração é maior. Está claro na minha voz.

– Você fica o tempo todo dizendo isso. O que isso significa?

– Significa que você tem muito mais controle sobre o seu mundo do que imagina. – Seu olhar é intenso e ele me encara assustadoramente.

Eu o empurro para longe e saio do sofá.

– Acho que você não sabe o que está dizendo, Gabe. Eu não tenho controle sobre absolutamente nada.

– Você vai ver, na hora certa.

– Ver o quê?

– Tudo – ele diz.

Eu sinto um arrepio percorrendo meu corpo.

Ele se levanta e me toma em seus braços.

– Tudo vai ficar bem, Frannie – ele finalmente diz.

Mas não parece ter certeza do que diz. Longe disso.

Luc

Arrgghhhh!

O dia mais atribulado da minha existência é agora oficialmente o dia mais infernal da minha existência. E isso quer dizer alguma coisa.

Dou uma volta pelo bairro tentando acalmar meus nervos e colocar meus pensamentos em ordem. Tenho uma prioridade: o meu trabalho. O mesmo que eu venho fazendo nos últimos cinco mil anos. Não é como construir foguetes ou operar cérebros – apesar de que tanto com um quanto com outro eu poderia lidar melhor do que com a Frannie. Trata-se apenas de marcar uma única alma para o Inferno. Brincadeira de criança. Então por que eu não consigo fazer isso?

Uma questão retórica. Não importa o porquê de eu não conseguir fazer isso. A questão é que eu não consigo – o que é dolorosamente óbvio.

Frannie está com o Gabriel. Ela está a salvo, do Belias e de mim.

Ligo o som e dirijo até a casa do Gabriel novamente; uma, duas, três vezes. Passo devagar, desesperado para ver, ainda que rapidamente, a Frannie pela janela. Circulo pelo bairro, passo pela casa da Frannie e pela da Taylor várias vezes, tentando descobrir o que aconteceu comigo – revivendo as últimas três semanas da minha existência.

Estou mais quente que o Lago de Fogo, mas, ao mesmo tempo, me afogando em uma torrente de emoções que os demônios não sentem.

Como fazer isso parar?

Não consigo respirar. Então me dou conta de que eu não preciso respirar. Mas o buraco no meu peito ainda dói.

Concentre-se. E agora?

Já na décima volta pelo bairro, sei o que vai acontecer. Por mais que pensar sobre isso me rasgue ao meio, preciso ir embora e deixar o Belias cuidar disso. Eu me deixei envolver demais.

Passo mais uma vez pela casa do Gabriel e sinto uma dor profunda no peito enquanto me viro para oeste, em direção ao meu apartamento. Quando chego lá, estou disposto a voltar para o Inferno e sair da vida da Frannie.

Pretendo passar pelos altos muros do Inferno, ignorando o portão – uma regalia de ser um demônio de primeiro nível –, porque eu realmente estou sem vontade de lidar com o porteiro. Mas, quando os meus pés tocam o chão, acho que estou indiscutivelmente *fora* dos muros de pedra e do portão. Isso não é um bom sinal. Privilégios foram revogados. Enquanto me aproximo do portão, Minos, o porteiro, perscruta-me com um sangrento olhar oblíquo no meio de sua longa e estreita face de serpente. Ele curva o corpo lustroso coberto de escamas para poder olhar de mais perto.

– Perdeu alguns benefícios, não? – ele diz mostrando o brilho de seus dentes e um sorriso de autossatisfação. Sua voz aguda soa como ferroadas nos meus tímpanos, intensificando a dor na minha cabeça.

Muito abatido para discutir, eu me encosto nos portões de ferro.

– Tudo indica que sim.

Talvez ele vá proibir a minha entrada. Por mim, tudo bem. Mas o mau agouro mistura-se com a antecipação em seu rosto enquanto ele dá um passo para o lado, me deixando passar.

– Nós estivemos esperando por você. Mais tarde, estarei no Lago de Fogo para vê-lo ser expulso.

– Vamos dar uma festa. Você traz os balões – digo sobre os meus ombros, atravessando o portão sem olhar para trás.

Uma vez dentro, a primeira coisa em que reparo é que o Inferno parece mais quente do que me lembro. O que não faz sentido, porque só se passaram três semanas desde a última vez que estive aqui. E, além disso, qualquer coisa com algumas centenas de graus pairando perto da marca dos dois mil graus do Inferno faz sentir praticamente o mesmo: calor. Afinal de contas, talvez haja uma razão para todo esse aquecimento global, até mesmo aqui no centro.

A segunda coisa que noto é que parece que eu mantive a forma humana... que agora transpira. Não importa. Esse corpo pode ser desmembrado e jogado no Lago de Fogo tão simplesmente quanto foi o outro.

A terceira coisa em que reparo é a segurança *real*. Minos é só para exibição. Exceto alguns intrusos ocasionais, manter as pessoas fora do Inferno geralmente não é um problema. E, para falar a verdade, o que poderia ser mais engraçado do que um intruso? Não, a segurança real é formada por Rhenorian e seu pessoal, que mantêm os subordinados do lado de dentro. Ele apoia seu corpo sólido e gigantesco contra a parede, olhando-me fixamente do lado de dentro do portão. Seus olhos vermelhos se alargam no rosto cor de bronze, liso, de couro. Quando olho em sua direção, um sorriso ameaçador corta seu rosto, como se me desafiasse a tentar correr. Ele desliza sua língua bifurcada ao longo de impressionantes dentes afiados e gira nas mãos uma lança de três pontas. No Inferno, essa é a versão de metralhadora. É capaz de concentrar uma enorme quantidade de fogo destruidor em uma única explosão – várias e várias vezes. Não é capaz de matar uma criatura do Inferno, porque quase nada pode, mas faz você desejar que pudesse.

Passo para o Inferno, do lado de dentro dos portões. Gritos de agonia e apelos de misericórdia vêm dos corpos indistinguíveis que se contorcem nas chamas eternas: as almas dos condenados. Demônios gargalham com alegria enquanto cutucam ocasionalmente um membro ou uma cabeça saliente saindo das chamas ardentes. Só em ver isso, sinto-me quente e arrepiado. Sorrio para mim mesmo enquanto sinto o cheiro pungente e acre de carne queimada misturado com podridão, terra e enxofre, e deleito-me com a visão, os sons e os perfumes de casa. Por um momento, penso que nunca saí daqui. Como se as últimas três semanas não tivessem existido.

Por um momento.

Mas, enquanto sigo para o sul, contornando o Lago de Fogo a distância, meu humor se transforma. Os gritos que ecoam desses muros altos são de um tipo completamente diferente. Demônios que saíram da linha ou que falharam aos olhos da administração gritam das profundezas. E enquanto eu passo pelo Poço do Abismo, noto cada demônio, especialmente os da superfície, me olhando de soslaio. Nada melhor para o dia de um demônio como a morte e a destruição iminente.

Então vejo Marchosias movendo-se sorrateiramente do Poço do Abismo na minha direção, com sua pele bruxuleante manchada de vermelho e azul. Seus brilhantes olhos vermelhos ardem enquanto ele acaricia sua cauda, e suas garras arranham a rocha de lava enquanto ele se move na minha direção.

Meu instinto inicial é correr – não sei por quê –, mas fico onde estou. Marchosias é o barqueiro do Poço do Abismo, mas ele não pode me levar até que eu receba a convocação e a sentença seja pronunciada. Além disso, se um demônio tem amigos, o que é discutível, então Marchosias seria um deles. Parece que ele está na patrulha canina, porque tem um imenso cão do Inferno a reboque.

– Pensou que pudesse escorregar para o outro lado sem nenhuma parada? – ele diz com um sorriso em seu rosto achatado e atormentado. Involuntariamente, dou um passo para trás quando ele se aproxima. Poucos, exceto o Rei Lúcifer em pessoa, podem irradiar o mal tanto quanto o Marchosias.

– Tenho esperança.

O cão do Inferno senta-se ao lado de Marchosias, quase tão alto quanto eu, e o cheiro de carne podre permeia o forte cheiro de enxofre.

– Há quanto tempo você está aqui?

– Não muito tempo.

– Como você veio parar na minha lista?

– Não faço ideia.

– Hum... – Ele olha na direção da distante massa negra do Pandemônio, suas altas muralhas e torres irregulares pairando acima de todo o Inferno. – A única razão pela qual você durou tanto tempo é porque o Beherit está preocupado tentando salvar a própria pele.

Eu estremeço, mas seria um erro mostrar fraqueza.

– O que está acontecendo?

– Só evite o Pandemônio. O Rei Lúcifer está em reunião com o conselho e haverá um banho de sangue lá. – Os olhos de Marchosias brilham com malícia e seus dentes brancos reluzem através do sorriso sinistro. – A questão é: seu chefe está cortando cabeças. Alguma coisa grande está sendo tramada pelas principais autoridades e o Beherit não terminou o trabalho. – Ele sorri e me olha de soslaio. – Você não sabe nada sobre isso...?

– Não – minto, porque é isso que os demônios fazem, mas também porque de repente sinto um desespero avassalador de que esta seja a minha existência. Isso é tudo o que existe no meu mundo. Nossa única fonte de alegria, se os demônios forem capazes de sentir essa emoção, é a dor, o sofrimento, a morte e a destruição dos outros. – Diga o que você ouviu.

– Há um mortal que o Rei Lúcifer quer, e o pessoal do Beherit – ele me olha de soslaio – está fracassando no trabalho.

– O que é tão importante nesse mortal?

– A questão é que essa pessoa é excepcionalmente talentosa.

Frannie é excepcionalmente talentosa? Tenho certeza de que há outros que nos interessariam mais.

– Talentosa como?

O mal em estado bruto em seu sorriso me dá esperança de que *estejamos* falando de outra pessoa, não da Frannie.

– Poder de influenciar – ele sibila.

A força dessa única palavra me atinge como uma bola de ferro, atordoando os meus sentidos. *Não pode ser a Frannie*. Frannie tem Premonição. Não quero nem pensar no que aconteceria com um mortal com a capacidade de influenciar as emoções e os pensamentos dos outros aqui no Inferno. Houve somente dois outros, e as coisas não terminaram bem para aquele que pertencia ao Inferno. Ainda atordoado, eu me viro para continuar andando, mas Marchosias me agarra pelo braço e suas garras quase perfuram minha carne humana.

– Então, vejo você mais tarde. – Seus olhos ardem num calor vermelho e um sorriso melancólico surge inesperadamente na sua boca quando suas presas reluzem.

– Com certeza. Tente não se divertir muito – eu digo, seguindo meu caminho.

Finalmente meus pensamentos começam a clarear e chego ao meu santuário: uma lasca do Inferno do meu mural. Ando ao longo das margens do precipício do Lago de Fogo até o ponto mais ao sul, onde o lago chega às Muralhas do Inferno e o rio Styx flui para dentro, vindo do sul. Aqui, os gritos distantes dos condenados e os risos de alegria infernal se misturam e ecoam pelos muros como um coro dissonante. Esta é a minha catedral.

Sentado em uma fossa com lavas que brotam ao longo do Lago de Fogo, deixo a música do Inferno me dar as boas-vindas pela última vez. Olho a distância o brilho negro do Pandemônio, que se move pesadamente acima do Inferno, na Ilha das Chamas. Admiro o laranja e o vermelho perturbando o Lago de Fogo derretido, girando em torno de grandes penhascos de enxofre, apontando para o Céu como um dedo acusador. A cena acompanha um show de luzes – reluzindo o escarlate e o índigo no azul e branco das chamas da erupção, elas são como fogos de artifício do Inferno. E quando as nuvens de gás sulfúrico emanam dessas erupções, eu as trago para perto e aspiro o ar, saboreando o cheiro do enxofre com o meu nariz humano. É fácil esquecer como nosso lar é bonito, ao menos para nós, demônios.

Mas então me lembro da alma da Frannie – como isso me tira o fôlego! A verdadeira beleza. Nada parecido com nenhuma alma que eu já tenha visto no Inferno antes. Será que terá a mesma aparência quando estiver com o Belias?

Afasto esse pensamento junto com a dor no meu coração. Fecho os olhos e me deito sobre as afiadas rochas de lavas. Mas tudo o que vejo, sinto, saboreio e aspiro tão vividamente quanto se estivesse aqui é ela – a essência da garota – que me fez questionar tudo o que sou. Se eu não soubesse o que era, juraria que estava sentindo uma gota de umidade evaporar no canto do meu olho. O que tenho certeza de *sentir* é meu coração de enxofre se partindo enquanto me deito e espero pela convocação. Porque não há segunda chance no Inferno.

Frannie

Eu fico olhando para o para-brisa enquanto o Gabe me leva para casa, perdido em seus pensamentos. Eu debruço minha cabeça na janela enquanto passamos pela casa da Taylor, e, do nada, sinto um raio atingir a minha cabeça.

De novo não.

E, com certeza, enquanto resmungo e fecho os olhos por causa da dor, vejo o pai da Taylor deitado na cama... sem respirar. Minha cabeça gira. Estou me sentido mal.

– Pare o carro! – grito e abro os olhos para ver que ele já parou. Empurro a porta aberta e vomito na calçada. Quando me viro para o Gabe, ele não está assustado ou preocupado. Está totalmente calmo. Salto do carro e corro para a casa da Taylor, batendo os punhos, um na porta e outro na campainha, até a porta se abrir.

Taylor torce o rosto em uma careta.

– Fee... o que tá pegando?

– Onde está o seu pai? – pergunto ofegante.

– Dormindo... Por quê? O que está acontecendo?

– Você precisar ver se ele está bem. Agora!

– Ah, isso não é uma boa ideia. Sério, Fee. O que tá pegando?

Empurro a Taylor, passo por ela e começo a subir a escada para o quarto de seus pais. Ela me alcança na metade da escada, agarra minha camisa por trás e me puxa, mas eu me seguro firme no corrimão e continuo seguindo em frente, com ela agarrada atrás de mim.

– Você não pode ir até lá, Fee. Pare com essa maluquice!

Eu a arrasto pelo resto da escada e empurro a porta aberta do quarto. E lá está ele, exatamente como eu vi – e consigo ver seu peito subir e descer. Ele está apenas dormindo.

– Oh, Deus – eu me viro para a Taylor, que já está me puxando para fora da porta. – Desculpe... eu pensei... – Mas, enquanto olho para ele, vejo um frasco de pílulas vazio sobre o carpete. Empurro a Taylor e entro no quarto. Há mais três frascos na cabeceira – todos vazios.

– Taylor – digo, me livrando dela. – Ligue para a emergência. – Corro para o lado da cama. – Sr. Stevens, acorde! – Eu o chacoalho. – Pode me ouvir?

Nada.

Taylor fica parada. Dou um passo em direção ao telefone sobre o criado-mudo e disco 9-1-1. Enquanto explico a emergência, Gabe entra no quarto e coloca seu braço ao redor da Taylor. Ela mal parece perceber, com os pés presos no chão, olhando para o pai, seus olhos arregalados.

A ambulância chega cinco minutos depois e, enquanto eles colocam o pai de Taylor para dentro, ela se vira para mim. Não diz nada, mas a pergunta é óbvia em seus olhos. É uma pergunta a que eu não posso responder. Apenas estremeço. Taylor sobe na ambulância junto do pai, e, enquanto eles partem, as sirenes gritam. Começo a chorar inesperadamente. Gabe me puxa para ele e caminha comigo para o carro.

– Você fez uma coisa boa, Frannie. – Ele não perguntou como eu sabia. Não perguntou nada. Apenas me abraçou.

– A culpa é minha – eu digo, soluçando.

Ele ergue meu queixo com o dedo e me olha nos olhos. Então seus lábios se movem até a minha testa, desce para a minha têmpora, cruza a minha bochecha e roça nos meus lábios.

– Você precisa parar de se culpar por tudo de ruim que acontece – ele diz em voz baixa.

Eu o afasto.

– Eu estava indo falar com o papai. Ia pedir para a Igreja ajudá-los. – Mas fiquei tão envolvida no meu próprio drama que me esqueci disso. Uma onda de culpa me atinge e abandono essa ideia. Quero me sentir como lixo. É o mínimo que mereço.

Paramos na entrada da minha garagem e o Gabe olha em volta com atenção, me lembrando de que o Luc fez a mesma coisa na noite passada. Enquanto o Gabe me conduz, ponho meus óculos escuros para que a mamãe não veja meus olhos avermelhados.

– Você vai ficar bem? – A voz do Gabe é suave e reconfortante. Quase me faz chorar de novo. Eu engulo o nó na garganta.

– Sim.

– Ok... Então você não vai a mais nenhum lugar?

– Não que eu saiba.

– Ótimo. Tranque a porta quando passar. – Ele me dá um abraço e seus olhos continuam atentos à nossa volta.

– Por que todo mundo quer que eu tranque alguma coisa? O que há de errado?

Afastando-se de mim, ele desvia os olhos, reparando nos arbustos perto da varanda.

– Nada, nada mesmo. Hoje em dia é melhor prevenir do que remediar.

– Você é um péssimo mentiroso – eu digo, empurrando-o para mais longe.

Ele me puxa de volta e, quando me beija, eu me agarro ao seu corpo rígido. Deslizo minhas mãos ao longo do seu peito até sua cintura.

– Venha comigo – eu digo, pois de repente não quero ficar sozinha.

Ele suspira e depois dá um sorrisinho torto inesperado.

– Eu adoraria, mas preciso ter uma conversa com o Lúcifer. Prometa que vai trancar a porta e ficar em casa.

– Tudo bem – eu digo, sentindo-me desapontada e cansada, e me perguntando se tenho força suficiente para subir as escadas. – Você vai voltar?

– Quando eu puder. – Ele se afasta e me olha nos olhos. – Você tem certeza de que está bem?

– Eu vou ficar bem.

– Descanse um pouco. – Ele se inclina e me beija, depois abre a porta e me empurra para dentro de casa gentilmente. – Eu vou voltar – ele diz. Sorri, mas seus olhos continuam nublados e atentos.

Fecho a porta e chamo por alguém, mas a casa está estranhamente silenciosa. Nenhuma resposta. Uau. Já que não tem ninguém em casa, faço o que o Gabe me pediu e tranco a porta.

Subo só até o terceiro degrau da escada, mas minhas pernas trêmulas decidem não me levar para lugar nenhum. Eu me viro e sento abraçando minhas pernas, comprimindo os joelhos contra o peito. Como eu podia ter me esquecido de falar com o papai? A única coisa que eu podia fazer para ajudar a Taylor e eu ferro com tudo. A depressão se abate sobre mim. Eu me viro no degrau, esticando-me por toda a escada de madeira, e me questiono a merda de pessoa que eu sou.

Mas eu consegui evitar.

Isso já é alguma coisa, eu acho. É a primeira vez que tenho uma visão e sou capaz de mudá-la. Esse pensamento me conforta um pouco.

Depois de um tempão, eu me arrasto pelo resto dos degraus acima. Quando chego ao meu quarto, ligo o som e me atiro na cama, olhando para o teto. Quando fecho os olhos, Luc está lá. E não é só a imagem dele: consigo sentir sua energia pesada, o aroma de canela. Fico com raiva de mim mesma quando sinto lágrimas escorrerem pelos cantos dos olhos. Não vou chorar – não por ele.

Eu me levanto, caminho até a janela e suspendo a cortina. Gabe já foi, mas eu juro ter visto através das árvores o sol batendo no para-brisa de um Shelby Cobra GT 1968.

Luc?

Eu me imagino correndo até lá e me atirando sobre ele. Porém me lembro da Garota Misteriosa deitada na cama do Luc e penso em chamar a polícia. Denunciá-lo como um perseguidor.

Espio de novo. Ainda está lá, estacionado a duas casas abaixo, do outro lado da rua. Em frente aos Brewster. No mesmo lugar em que ele ficou estacionado na noite em que voltei andando da casa da Taylor. Que diabos ele quer de mim?

Em uma repentina explosão de raiva, puxo minha porta aberta e voo escada abaixo em direção à porta da frente. A grama está fria sob meus pés descalços enquanto caminho furiosa pelo jardim. Atravesso a rua até o carro do Luc, ouço a música alta vibrando e balançando o asfalto sob meus pés. O brilho do sol na janela dificulta vê-lo dentro do carro, mas ele está lá, sentado nas sombras. O volume da música diminui enquanto ele desce o vidro da janela. Eu apoio minhas mãos na porta do carro e estou prestes a esmurrá-lo quando perco a respiração e recuo.

Não é o Luc. Mas eu juro que podia ser o irmão dele.

– Ah, desculpe – eu digo quando me dou conta. – Pensei que você fosse outra pessoa.

O estranho sorri para mim, os olhos brilhando.

– Posso ser quem você quiser – ele murmura. Sua voz é aveludada e existe algo de fascinante nisso. Seu intenso olhar negro não quer me soltar.

Olho fixamente para seus olhos enquanto o ritmo assombroso de *Love Hurts* toca no carro, perguntando-me se há um feitiço que não me deixa ver a realidade.

– Você se parece muito com um... amigo meu – digo, mas minha voz soa para mim como um eco distante.

Ele sorri o sorriso perverso do Luc.

– Espero que ele seja um amigo próximo.

Sinto meus pensamentos escorregarem para uma névoa negra.

– Hã... próximo... sim... – E minha mente fica totalmente vazia enquanto dou a volta no carro e abro da porta do lado do passageiro.

CAPÍTULO 15

O INFERNO ESTÁ À SOLTA

Luc

Agarro o braço da Frannie justamente quando ela entra no carro de Belias. Ele lança a mão bruscamente e segura com força seu outro pulso, enquanto dá um solavanco com o carro para a frente, puxando a Frannie, e depois para.

Estou perfeitamente ciente de que se Belias e eu ficarmos nesse cabo de guerra com a Frannie, ela vai se despedaçar – literalmente. Mas estou ciente também de que se eu deixá-la ir, ela será dele e eu não a terei de volta. Deixo meu poder fluir, ponderando os riscos. Se eu atingir o

Belias enquanto ele segura a Frannie, isso poderia matá-la. E mesmo que não a matasse, qualquer retaliação por parte dele o faria. Minha única esperança é que ele faça o Inferno perder, de qualquer maneira. Porque, até agora, Frannie ainda não foi marcada. Se ela morrer aqui, nas nossas mãos, não há muito o que questionar a respeito da sua alma ir em outra direção – o que significa desmembramento e o Poço do Abismo para nós dois.

Olho para a bola de fogo que ilumina meu punho direito, em seguida olho para Belias com uma expressão clara de ameaça.

– Belias, seja razoável. Estamos do mesmo lado e ela é minha tarefa. Só me deixe tomar conta disso.

Seus olhos brilham uma luz vermelha, e o cheiro de enxofre permeia o ar quente da primavera.

– Você teve sua chance. O Rei Lúcifer está muito desapontado. Ele me disse pessoalmente quando me ofereceu o cargo de Beherit.

– Ah, é? Bem, então entre na fila – digo, ponderando minhas opções. Transcender gradualmente a Frannie é impossível. Seu corpo mortal não sobreviveria à mudança. Sendo assim, só existe uma escolha.

Tudo dentro de mim grita enquanto forço meus dedos a se abrirem e soltarem o braço dela.

Belias dá um sorriso que faria qualquer mortal se borrar nas calças.

– Sábia escolha – ele diz, liberando o pulso da Frannie e alcançando a porta para fechá-la.

Por um segundo, invoco meu poder infernal – mais do que eu poderia suportar – em um nível que explode em Belias. Uma faixa vermelha de luz infernal dispara do meu pulso, iluminando o carro e atingindo-o em cheio no rosto, jogando-o contra a porta. Cerrando meus dentes por causa da dor de tanta energia correndo pelo meu corpo, eu me inclino e arranco a Frannie do assento. Enquanto ela cai nos meus braços, balança a cabeça e olha para mim, atordoada, mas está bem.

Saio correndo pela rua com a Frannie em meus braços, mas Belias surge na nossa frente, com o rosto sombrio e ardente – literalmente.

– Belo truque – ele diz, rangendo os dentes. – Mas você se esqueceu de uma coisa. – Ele ergue o punho direito, brilhando uma luz vermelha e quente, e o aponta para mim. – Eu também posso fazer isso.

Olho para Frannie, embalada nos meus braços.

– Não seja estúpido, Belias. Você a mataria, e isso vai fazer você ganhar uma viagem só de ida para o Poço do Abismo. Nenhuma glória, nenhum crédito, nenhuma promoção. Eles não vão esconder o que aconteceu. O Rei Lúcifer ficará sabendo antes que você volte para contar.

Seu sorriso vacila levemente enquanto ele abaixa o punho. Mas então flagro o seu olhar sobre o meu ombro e chamo meu poder de volta, lançando um campo de defesa sobre a Frannie, justamente quando um golpe de Avaira me atinge pelas costas. E, *porra*, isso dói!

Eu cambaleio, mas consigo ficar de pé. Deixando a dor para trás, olho para o rosto da Frannie. Suas pálpebras vibram e sua respiração é fraca. Um terror soturno arrasta-se no meu peito.

Como eu pude deixar isso acontecer?

Com Frannie nos meus braços, transmito-lhe um pouco de calor. Apenas o suficiente para fazer sua pele ser revigorada e induzir a transpiração. Sem tirar os olhos de Belias, a maior ameaça, digo com indiferença:

– Bom trabalho. Vocês dois *são* realmente idiotas. Sempre suspeitei disso pelo fato de você nunca ter chegado ao primeiro nível, Belias. Não é esperto o suficiente. Dá uma olhada no que a sua namorada fez. – Eu giro a Frannie levemente em meus braços para que ele possa ver os olhos dela e o suor que começa a brotar da sua testa, enquanto emano discretamente um vapor para dar mais efeito. – Você a matou. Ela está torrada. – E a questão é: espero que realmente esteja blefando, mas não tenho certeza, porque o aroma de cravo e groselha é inconfundível – sua alma está na superfície, esperando um anjo para buscá-la.

A expressão de Belias transforma-se em raiva, mas não direcionada a mim. Ele olha sobre os meus ombros diretamente para Avaira.

– Maldição, Avaira. Não era esse o plano!

– Sinto muito. – Posso ouvir o sorriso provocante em sua voz. – É que foi muito fácil. Eu não achei que tivesse atingido ele tão forte.

– Sua puta estúpida. Agora estamos todos condenados ao Poço. No que você estava pensando? – Em sua ira, ele se vislumbra em sua verdadeira forma perigosamente perto demais da superfície, espreitando através da sua casca humana.

O humor desaparece da voz de Avaira, substituído por um alarme.

– Foi um acidente. Nós não vamos para o Poço.

Belias emite um rugido e desaparece em uma nuvem de enxofre. Um segundo depois, seu Shelby, que ainda está em marcha lenta no meio-fio, ronca o motor e canta os pneus. Eu me viro e Avaira desapareceu também.

Em toda a minha existência, não me lembro de estar tão assustado. Olho para Frannie e desativo o calor. Ela olha para mim com os pensamentos desobstruídos, agora que o Belias se foi. Nenhum anjo apareceu para pegá-la ainda, então talvez ela esteja bem. Abraço-a apertado contra o meu peito, sem ter certeza se sou eu ou ela que treme tanto. Mergulho meu rosto em meio aos seus cabelos e respiro neles.

– Eu não podia deixá-lo ter você – murmuro sem pensar.

Ela olha para mim, com os olhos semicerrados.

– Não podia fazer o *quê*? O que está acontecendo? – A voz dela é fraca e pesada, a fala está confusa.

Como vou responder? Digo a verdade? Bem, eu quase deixei o Belias, um íncubo, seduzi-la e sugar sua alma.

Não.

Dou um sorriso forçado e tento manter minha voz a mesma de sempre.

– Você estava no carro de um estranho, Frannie. Por acaso sua mãe nunca avisou sobre falar com estranhos?

Ela franze o cenho enquanto luta para se lembrar de alguma coisa, mas não responde.

A saída ruidosa de Belias atraiu a atenção de alguns vizinhos. Felizmente estamos em plena luz do dia, ou Avaira teria causado uma explosão vermelha que teria iluminado o bairro. No entanto, vejo uma cortina ser levantada em uma casa do outro lado da rua, em frente à casa da Frannie, então eu me apresso em levá-la para dentro. Passo pelo meu Shelby carregando-a no colo e subo as escadas até seu quarto, onde a deito na cama e verifico como ela está passando. Ainda está quente, mas sua respiração e seu batimento cardíaco estão melhores. Minha cabeça despenca devido à enorme onda de alívio que cai sobre mim.

Ela está bem.

Começo a me mover até a janela para checar o Belias, mas ela agarra a minha mão.

– Ei – digo. – Você precisa descansar um pouco.

– Fique. – Sua voz é fraca, porém determinada.

Ela aperta a minha mão e eu me sento na beirada da cama, afastando com meus dedos alguns fios do seu cabelo loiro grudados à testa suada.

– Acho mesmo que tenho de ir, Frannie. Não será uma boa seus pais chegarem em casa e me encontrarem aqui no seu quarto. Estarei do lado de fora. Eu prometo.

Sua voz é forte e seus olhos imploram.

– Fique.

Respiro fundo, resistindo ao desejo de beijá-la. Sou completamente incapaz de dizer não a ela.

– Como queira.

Sento-me na cama por um longo tempo e observo sua respiração ficar cada vez mais profunda e regular conforme ela cai no sono. *Que diabos estou fazendo?* Eu fui capaz de sair do Poço do Abismo porque fui lançado no meu próprio abismo – eu não tinha sido convocado –, mas é apenas uma questão de tempo. E, quando chegar a convocação, tudo estará acabado. Tenho ainda alguns dias? Horas? Tanto faz, não é o suficiente. E não importa o resultado, se eu marcá-la ou não, não poderei ficar com ela. Meu peito bate forte com a possibilidade de deixar a Frannie de novo.

Eu me inclino para beijar sua testa e em seguida solto sua mão. Ou pelo menos tento. Mas seus olhos se movem e ela segura ainda mais apertado.

– Aonde você pensa que vai? – Ela está sonolenta, mas o pânico em sua voz é inegável.

Não há como lutar contra isso. Se ela precisa de mim aqui, não há nada que eu possa fazer. Sorrio para ela.

– Para lugar nenhum, se você não quiser.

Em princípio seu sorriso volta, mas sua expressão muda. Seus olhos de safira estão confusos e também todo o seu lindo rosto, como se ela se lembrasse que me odeia.

– Não posso confiar em você. Você é Jekyll e Hyde em pessoa – ela diz, ainda segurando firme a minha mão.

Eu apenas balanço a cabeça enquanto sinto meu coração de enxofre partir. O jogo acabou e estou claramente perdido – de todas as formas possíveis. Porque eu a amo. Mas não posso tê-la.

Fico de pé, precisando me afastar dela antes que eu a machuque ainda mais. Dessa vez ela me deixa ir.

– Você está certa – eu digo. – Não pode confiar em mim.

Frannie

Levanto-me para sentar na beirada da cama, sentindo-me frágil. Vejo o Luc sair pela porta e sei que devo deixá-lo ir. Mas meus últimos resquícios de bom-senso e juízo vão para o espaço por causa dessa necessidade incontrolável que tenho de estar com ele.

– Espere! Não vá.

Ele se vira na porta.

– Frannie, você está cometendo um grande erro. Você precisa me deixar ir.

Ainda estou tremendo enquanto pequenas lembranças vêm à tona. Eu me lembro de sair para brigar com o Luc... mas não era ele. Depois disso, tudo é um borrão. Olho para baixo por algum tempo e o questiono seriamente.

– Quem era aquele cara?

Ele se apoia no batente da porta, de frente para mim.

– Seu nome é Belias. Ele é perigoso.

– Por que ele estava aqui? O que ele queria?

Luc apenas me encara e balança a cabeça.

– Ele se parece tanto com você – eu finalmente digo quando fica claro que ele não vai responder.

– Sim. Acho que isso é por causa do lugar de onde nós viemos. Tendemos a ser parecidos.

Ergo meu olhar e olho fixamente para os seus olhos.

– E onde fica esse lugar, exatamente? Você sempre muda de assunto quando pergunto.

Ele me olha durante um bom tempo enquanto decide o que responder.

Finalmente, reviro os olhos.

– Se você precisa pensar tanto tempo antes de responder é porque vai me enrolar. Então, esqueça!

Ele se vira para sair pela porta novamente.

– Desculpe, mas você não acreditaria em mim se eu contasse – ele diz do corredor, sobre seu ombro.

– Eu gostaria que você tentasse.

Ele retorna e passa devagar pela porta com o mesmo olhar perdido que eu já tinha visto antes. Sua boca se abre para dizer alguma coisa, mas em seguida se fecha de novo. Ele sacode a cabeça. Olho fixamente para ele, com a certeza de que a resposta está lá, debaixo da superfície, e que conseguirei vê-la se olhar o suficiente. Ele abre a boca de novo, olha para o chão e seus ombros caem.

– Eu preciso mesmo ir.

Meu coração dispara. Sei que devo deixá-lo ir, mas há alguma coisa mais que eu preciso saber.

– E aquela garota? A que estava na sua cama? Ela é tipo sua namorada, de onde você veio?

Ele ergue o olhar e me observa com cuidado enquanto responde:

– Não. Na verdade ela é namorada do Belias. Chama-se Avaira.

Não consigo controlar o ciúme no fundo da minha voz.

– Hum... tudo bem para ele dividir.

– Não é bem isso, Frannie – Ele desabafa. – Eles estão aqui para - e para abruptamente de falar, seus olhos sondam os meus. – Ela não é ninguém.

Ele abaixa a cabeça e a balança de novo, e temo que vá embora.

A próxima observação que estala na minha cabeça tem a ver com o sutiã da Garota Misteriosa ser maior do que o seu QI.

– Então, se não é *bem isso*, como é então? Ela estava no seu apartamento – na sua *cama*. Ela tem a chave?

Ele fica apenas me olhando por muito tempo, com uma tempestade em seus olhos, então anda por todo o quarto e se joga na minha cadeira, encarando o carpete.

– Não. Ela não tem a chave. Não existe nenhuma fechadura que a impeça de entrar em minha casa.

– O que isso quer dizer? Ela está te seguindo ou algo parecido?

– Pode-se dizer que sim. – Ele olha para mim e, se eu não o conhecesse, acharia que estava tremendo. – Há coisas sobre mim que você não sabe.

Eu me aproximo rápido dele na beirada da cama.

– Tenho certeza. Então me conte.

Ele fica me olhando por mais uma eternidade, então apoia os cotovelos sobre os joelhos e alisa os cabelos pretos com os dedos, olhando para o chão novamente.

– Eu não sou quem você pensa sou.

– Eu não penso que você é nada.

Ele levanta a cabeça e quase sorri.

Eu lamento.

– Não quis dizer isso. Eu quero dizer que não me importa quem você seja, eu acho. Ou coisa parecida. Então, o que eu não sei?

Ele se levanta e pega a minha mão, puxando-me para fora da cama, direto para os seus braços. Quero me afastar, mas não o faço.

Ele suspira entre os meus cabelos e geme.

Ergo o rosto para olhá-lo.

– Você pode me dizer.

Mas, em vez disso, ele me fita, com todos os tipos de promessas em seus olhos. Mesmo que eu saiba o quanto isso é estúpido, pois sei sem sombra de dúvida que isso vai me machucar de novo, eu me inclino para o seu beijo.

Quando olho de volta para ele, seus olhos ainda são tempestuosos.

– Não tenho sido completamente honesto com você – ele diz. Então ele se afasta e fica olhando pela janela. – Satã, me salve. Não tenho sido honesto com você em *nada*.

– Diga – eu repito, indo na direção dele.

Ele dá outro suspiro e se curva sobre a minha cadeira, como se fosse muito difícil para ele se manter erguido. Em seguida olha para mim, parece sombrio, mas determinado.

– Belias, Avaira, eu... – ele diz devagar, como se cada palavra o ferisse. – Nós todos viemos do...

– Frannie? – A voz da minha mãe chama lá de baixo. Sinto um pavor terrível. Como eu não a ouvi chegar?

Pulo e dou um passo para trás do Luc.

– Sim, mãe.

– É o carro do... Luc aí na frente? – É como se ela tivesse problemas em dizer o nome dele.

Um esgar de nervoso surge no rosto do Luc.

– Sim, mãe.

Sua voz se eleva e escuto seus passos apressados na escada.

– Ele está aí em cima?

– Sim – eu digo agarrando sua mão e o puxando para a porta.

Ela está no topo da escada e arregala os olhos quando aparecemos no corredor.

– Ei. A gente só estava fazendo o nosso dever de casa de Cálculo – eu digo, largando sua mão e ficando pálida.

– Ah. – Ela não faz outra coisa senão olhar para o Luc. – Vocês não teriam mais espaço na mesa da cozinha?

Logo a porta dos fundos bate e a voz arenosa do vovô enche toda a casa.

– Ei! De quem é o Shelby estacionado aí na frente?

Meu coração decola.

– Vovô! – grito assim que ele aparece lá embaixo na escada. Seus olhos azuis sorriem para nós.

– Deve ser o meu – Luc diz.

– Restaurado ou original?

– Tudo original.

Mamãe dá um passo para o lado e deixa o Luc passar por ela. Ele acena e sorri enquanto passa por ela – um sorriso tranquilo e reconfortante.

– Quem faz a sua manutenção? – Vovô pergunta enquanto o Luc desce as escadas.

– Eu.

– Ele é uma beleza – vovô diz, dando um tapinha nas costas do Luc. – Você se importa se eu der uma olhada debaixo do capô?

– Claro que não. – Luc dispara um olhar preocupado para o topo da escada e então sai pela porta da frente com o vovô.

– Por que ele está aqui? – minha mãe chia. – Nós fomos claros. Você não deve vê-lo, principalmente sozinha.

– Mãe, por favor. Você nunca disse que eu não podia vê-lo. Eu não sei o que você tem contra o Luc, mas gostaria que você desse uma folga a ele.

– Frannie, nós temos discutido isso. Estou sendo perfeitamente clara. Você não vai namorar esse garoto.

Isso é inacreditável.

– Você está sendo tão ridícula.

E você chegou tarde demais.

Eu ando até a janela e olho para fora enquanto Luc suspende o capô do Shelby e ele e o vovô desaparecem atrás dele. O que ele queria dizer? *Belias, Avaira e eu... Nós todos viemos do...*? O quê? O que poderia ser tão ruim? Todos nós saíamos da prisão? De um hospício?

O quê?

De outro planeta? Do futuro?

Eu apoio os cotovelos no peitoril da janela e o observo com o vovô. Será que ele poderia dizer alguma coisa que mudaria o que sinto quando estou com ele? Acho que não. E, além disso, ele não é o único que tem segredos. Deus sabe que eu tenho alguns.

Como o Gabe. Que eu beijei. E que devo beijar de novo.

Dou um gemidinho e apoio minha testa na mão. *Que diabos estou fazendo?*

Tiro a testa da minha mão e descanso o queixo sobre ela. Luc olha da rua para mim e me arrepio toda.

Belias, Avaira e eu... Nós todos viemos do...

Não sei nada sobre ele ou sobre o Gabe. Eles dois chegaram do nada e viraram totalmente a minha cabeça. Por que eu não consigo parar de pensar neles?

Belias, Avaira e eu... Nós todos viemos do...

Não vou dormir bem esta noite. Já posso dizer.

Luc

– Você está me matando. Isso é um clássico. Quantos quilômetros?

– Só uns trinta mil – respondo.

Ele se inclina para olhar melhor.

– Santo Deus. Essa belezinha deve valer uma grana séria. Tudo original – e parece quase novo. Há quanto tempo você tem esse carro?

– Eu o comprei novo.

Ele tira os olhos do motor e dá uma risada alta.

– Ele foi feito antes de você nascer, filho.

Ah, é.

– Quero dizer, o meu avô. Ele comprou em 68.

Ele aponta para o conversível, ano 65, na garagem.

– Frannie pode ajudar você na manutenção. Ela é a melhor entendedora de mecânica de Mustangs que eu conheço.

Olho para a janela e sorrio quando a vejo, o cotovelo apoiado no peitoril e o rosto descansando nas mãos, nos observando. A vontade de ser a mão dela para tocar o seu rosto quase me derruba. Satã, me salve, eu não suporto ficar longe dela. Eu me esforço para desviar os olhos dela e me volto para o vovô.

– Sério? Esse é um segredinho que ela não compartilha com ninguém!

Ele olha para mim e todo o seu bom humor desaparece.

– Espero que isso não seja o único *segredinho* que ela não compartilha.

Respiro fundo e olho direto nos olhos dele.

– Frannie *é* especial. Não estou me aproveitando dela. – Exceto quase deixar o Belias sugar sua alma e tentar arrastá-la para o Inferno. Fora isso...

– Ela é mesmo especial. Boa demais para qualquer um de vocês – ele diz, apontando vagamente na minha direção. E ele não faz ideia de como está certo. – Trate bem dela. – Seus olhos saltam até a janela e voltam.

– O senhor está certo. Ela é boa demais para mim. Venho tentando dizer isso a ela.

Ele sorri.

– Mas ela não vai ouvir. Ela é teimosa. Igualzinha à avó.

– Não vou deixar nada acontecer com ela – eu digo.

Ele me encara.

– Conto com você para isso. E, se alguma coisa acontecer, você sabe atrás de quem eu vou!

– Sim, senhor.

Então ele me surpreende completamente.

– Você a ama?

Fico olhando para ele por um longo segundo. Alguma coisa se contorce dentro de mim, e eu olho para a Frannie na janela. Por mais que eu tente negar isso, ou ao menos me convencer de que não importa, isso é tão certo quanto eu estar indo para o Poço do Abismo justamente por esse motivo.

– Sim, senhor.

– Já disse a ela?

– Não, senhor.

– Quando você está pensando em fazer isso?

– Logo – eu digo com um sorriso.

Ele sorri de volta.

– Bom.

CAPÍTULO 16

O DIABO QUE VOCÊ CONHECE

Frannie

Não me lembro de uma vez sequer em toda a minha vida odiar tanto um fim de semana. Mas este fim de semana foi o Inferno. Havia pesadelos sobre alienígenas invasores de corpos condenados a usar ganchos no lugar das mãos. Tive sonhos com o Luc e o Gabe, que só de pensar fico vermelha. E por duas vezes tenho certeza de ter visto um Shelby preto ano 68 passando pela minha casa.

Belias, Avaira e eu... Nós todos viemos do...

E durante todo o dia na escola senti como se estivesse oscilando em algum tipo de possessão, para cima e para baixo com o Gabe e o Luc. Mas, depois da aula, não perdi tempo e agarrei o braço do Luc e o arrastei até o estacionamento. Entramos no seu carro e, assim que as portas se fecham, seus lábios estão queimando sobre os meus. É tão incrível que não consigo afastá-lo de mim.

– Diga – peço entre seus lábios.

– O quê? – ele pergunta entre os meus.

Eu me esforço para afastá-lo de mim.

– O que você ia dizer na sexta-feira, no meu quarto, antes de a minha mãe aparecer.

Ele se chega a mim.

– Eu não me lembro.

Eu o empurro com força.

– Belias, Avaira e eu... Nós todos viemos do... – repito, refrescando a sua memória.

Por um segundo, ele contrai o rosto.

– Mais tarde.

– Agora.

Seu olhar escuro endurece.

– Não é nada.

– Não era o que parecia na sexta-feira.

Ele se recosta no seu assento, fecha os olhos e suspira.

– Você não vai querer saber.

– Eu quero *mesmo* saber.

Ele suspende a cabeça do apoio no assento e me olha angustiado.

– Tenho feito algumas coisas horríveis.

Sinto tudo dentro de mim revirar.

– E daí, quem nunca fez?

– Eu falo sério, Frannie.

Mas tudo o que penso é que não há nada que ele possa ter feito que se aproxime do que eu fiz. De repente, minha garganta está se fechando e meu peito se comprime. E não há oxigênio no carro. Empurro a porta e tenho uma espécie de vertigem na calçada.

Luc aparece em um piscar de olhos. Ele me puxa para si, evitando que eu caia.

– Frannie, o que foi?

Segredos.

Eu me inclino para ele por um longo tempo, recuperando o ar, então o afasto de mim. Odeio o fato de ele estar aqui, vendo isso. E odeio mais ainda o fato de ele pensar que preciso de ajuda.

– Estou bem – eu minto.

Não posso afirmar que ele acreditou em mim e nem me importo. Mas quando ele põe seus braços ao meu redor, eu deixo. Ele me senta no banco do carro enquanto minha respiração volta ao normal.

– Sinto muito – digo olhando para ele.

– O que aconteceu?

– Nada. – Giro minhas pernas para dentro do carro e agarro a maçaneta da porta. – Vamos embora.

Ele dá um passo para trás e eu fecho a porta.

Ele está certo. Realmente não quero saber seus segredos. Os que eu já conheço são suficientes.

Nossos corpos se movem juntos com o ritmo de *Personal Jesus*, do Depeche Mode. Por mais difícil que seja, empurro o corpo ardente do Luc para longe do meu e me sento na sua grande cama preta, tentando recuperar o fôlego.

– Acho que o professor Snyder não vai aceitar "a gente estava muito ocupado se pegando" como desculpa por não ter feito nossos resumos.

Luc agarra meus quadris e me puxa para perto dele.

– A gente pode tentar "meu cachorro comeu" – ele diz esperançoso, me abraçando de novo. Olho fixamente para ele por um segundo antes de ele gemer e dizer: – Em quanto tempo podemos deixar essa coisa pronta?

Eu deslizo e me apoio contra a pilha de travesseiros na cabeceira da cama.

– A gente tem só algumas questões. É coisa rápida.

Ele pega seu caderno de resumos do chão e se senta ao meu lado, contra a cabeceira, mas não está escrevendo. Ele está me encarando.

– Você vai ter de colocar sua camisa ou não vou conseguir me concentrar nisso – ele diz depois de um minuto. – Esse sutiã vermelho é muito excitante. Acho que o papa não permite que boas garotas católicas usem sutiãs vermelhos.

– Eu não sou uma boa garota católica, lembra? Eu fui chutada da escola católica.

– Eu lembro – ele diz, e seu sorriso faz meu coração pular.

Enquanto o Depeche Mode me impele a "alcançar e tocar minha fé", eu delineio a curvatura da serpente negra tatuada ao redor de seus braços e devoro com os olhos seu peito nu.

– Ok, então... Steinbeck... – digo, tentando me distrair daquele sorriso, e daquele corpo. Respiro fundo e passo a minha camisa pela cabeça. Olhando para a apostila do professor Snyder, leio: – O que ele está dizendo a respeito do caráter do homem?

– Que qualquer um pode se justificar a respeito de qualquer coisa, não importa o que tenha feito.

Eu ergo uma sobrancelha.

– Mesmo? Porque não entendi dessa maneira. Parece que a principal conclusão é que as circunstâncias exigiram certas atitudes.

– Quer dizer o mesmo.

– Não acho. Pense só. Por todo o livro, Tom fez várias coisas... fez escolhas baseado no que ele e sua família precisavam naquele momento. Não é como se ele tivesse acordado um dia e dissesse: "Pô, estou pensando em matar alguém hoje."

– Ok, mas então ele *mata* alguém e foge; ele não pode ajudar sua família porque não pode trabalhar, e eles podem se machucar se forem pegos ajudando-o. Então você não pode dizer que ele só tomou algumas atitudes para o bem da sua família. Pessoas fazem coisas, e elas se envolvem com essas escolhas agarrando-se a todo tipo de causa nobre, mas no fim das contas é tudo por interesse próprio.

Coloco a apostila de lado.

– Uau... então as pessoas são todas mentirosas, manipuladoras, egoístas, um saco de bosta.

– Sim, bastante.

– Sem qualquer qualidade redentora?

– Parece que sim.

– Isso é triste – eu digo, balançando a cabeça.

– Triste, mas verdadeiro.

– Ok, então o que dizer da Rosa de Sharon no final? Ela perde seu bebê, mas depois dá de mamar a um homem morrendo de fome. O que há de egoísmo nisso?

Ele me olha por um minuto e então sorri.

– Sinto muito, você me confundiu no "dar de mamar" – ele diz, olhando para mim.

Dou uma cotovelada nele.

– Você é tão cafajeste.

Ele sorri.

– Eu não sou cafajeste, sou um sujeito legal. O que, pensando bem, na nossa conversa, é praticamente a mesma coisa. Sacou?

– Aposto que o seu coração é negro. Não me admiro você veja o mundo através das lentes do Inferno. – Eu abro meu caderno de resumos e viro na página intitulada: "Steinbeck, alguns apontamentos para o resumo de Frannie e Luc", e escrevo meus últimos apontamentos. Quando termino, entrego ao Luc e vejo sua cara se contorcer em uma careta.

– Bem, suas lentes são cor-de-rosa, porque essa lista é incrivelmente ingênua.

– Não é porque eu não escolho acreditar que todo mundo é mau que sou uma pessoa ingênua.

– Você é, sim. Mas isso tudo é bom para mim. Então, onde estávamos? – ele diz com um sorriso. Depois, joga no chão meu caderno de resumos e levanta minha camisa, passando pela cabeça, olhando fixamente para o meu sutiã vermelho.

– Vou mostrar a você quem é ingênua – eu digo.

Seus olhos brilham e juro que ele para de respirar quando sorrio meu sorriso malvado, alcanço minhas costas para soltar o sutiã e o jogo no chão em cima da minha camisa. Rolo para o lado dele na cama e sinto a minha pele derreter na dele. Luc beija o meu pescoço e minha orelha, seu hálito quente deslizando sobre minha pele arrepiada.

– Hum, você é tão bonita – ele sussurra no meu ouvido. Eu estremeço enquanto uma onda me atravessa violentamente. E a ele também.

Meu corpo todo está vivo e elétrico. Estou totalmente vibrante, cada extremidade nervosa está sobrecarregada. Com todos os outros, nunca houve qualquer dúvida de que eu ia parar. Eu nunca estive pronta. Mas nenhum deles me fez sentir da maneira que o Luc faz. Tudo a respeito dele está errado, mas nunca nada soou tão correto. A maneira como eu não consigo tirá-lo da minha cabeça, e de como meu coração só fica preenchido quando estamos juntos, como ele faz tudo parecer novo e excitante, a forma como me imagino com ele – contando-lhe tudo.

Ele me beija intensamente enquanto uma lágrima desliza pelo canto do meu olho. Sinto que estou sufocando, mas não posso afastá-lo. Eu o quero perto de mim.

Luc

Tudo o que eu sinto é o corpo dela junto ao meu. Tudo o que há é o corpo dela junto ao meu. O resto do Universo, o Céu e também o Inferno, desintegrou-se. Por tudo o que há de profano, eu vou tê-la por toda a eternidade. Eu não quero parar até ela ser minha... no Poço do Abismo... lugar ao qual ela não pertence.

Afasto meus pensamentos e me concentro na Frannie. Seus olhos estão fechados e ela está pressionando seu corpo ao meu, beijando-me. Eu sinto suas mãos sobre mim – por toda parte.

– Não para – ela sussurra no meu ouvido, mas não faz ideia do que está pedindo. Porque, apesar de pensar o contrário, ela *é* ingênua, sim. Eu conheço o que se esconde no coração do homem e no meu próprio coração de enxofre.

Tudo o que eu preciso fazer é possuí-la. Esse é o primeiro passo para levá-la ao Poço do Abismo. Ela quer isso, eu quero também... oh, como eu quero...

Eu aspiro seu chocolate e gengibre – saboreio o cravo e a groselha da sua alma. Sinto suas mãos sobre mim, tirando meus jeans. Seu beijo fica mais intenso e afoito. Não posso esperar mais. Eu preciso dela. Agora.

Estou quase terminando de tirar nossas roupas por meio de mágica, imaginando como será sentir sua pele contra a minha, nos imaginando juntos, quando ela se afasta e seu olhar penetra até o meu coração negro. Ela ergue a mão, acariciando meus lábios com a ponta do seu dedo trêmulo, e estou impregnado do aroma de chocolate quente.

Chocolate?

Isso pode ser... *amor*? Ela me ama?

Enquanto seus olhos se prendem aos meus novamente, tudo fica claro. Eu vou parar, porque de alguma maneira desenvolvi uma consciência humana, e essa consciência está me dizendo que não importa o quanto eu a queira para sempre, isso está errado. Ela precisa saber o que eu sou para ter uma escolha. Eu a beijo de novo, mais uma vez, como se minha vida dependesse disso – o que faz muito sentido, pois, se eu tomar essa direção, minha próxima parada será o fundo do Poço do Abismo.

– Não podemos fazer isso, Frannie. – Ela desvia o olhar enquanto eu me apoio por cima dela, sobre os meus cotovelos. – Olhe para mim – digo com mais firmeza. – Eu não sou quem você imagina.

E então eu faço o que tenho de fazer.

Eu me afasto por causa da sua inevitável reação, enquanto, com a minha mente, arranco minha forma humana e deixo que ela me veja em toda a minha glória infernal: a pele cor de cobre manchada, o cabelo preto desgrenhado, balançando sobre meus olhos de gato vermelho sangrento; um fio estreito de boca no meu rosto liso; e, é claro, os chifres pretos. Eu sinto o fogo sob minha pele enquanto começo a esquentar, e me afasto dela, pois é claro que vou queimá-la nesta forma.

Não sei por quê, mas pensei que não teria sentimentos por ela quando abandonasse minha forma humana. Eu estava errado. Acontece que tenho ainda mais sentimentos por ela – por ela e por mim, porque meu amor por ela provoca em mim repulsa e nojo. E o cheiro de enxofre, geralmente tão agradável, está me deixando enjoado. *Eu* estou me fazendo mal.

Espero por um grito e talvez o farfalhar das folhas enquanto ela corre da cama para longe de mim. Não ouço nada disso, mas posso sentir seu medo, doces laranjas suculentas penduradas no ar. Tenho medo até de olhar para ela, porque sei que vou ver meu próprio desgosto refletido nos seus olhos.

Mas, quando *olho* para ela, posso dizer que ela não está me vendo. Não de verdade. Porque o que vejo debaixo do fino véu do choque é a curiosidade. Seus olhos estão arregalados e sua respiração acelerada, enquanto se esforça para conseguir falar.

– Então... o que... quero dizer...

– Eu sou um demônio, Frannie – eu a interrompo, a raiva na minha voz reverberando dentro de mim. – Sou do Inferno.

Ela apenas me encara, levando tudo em consideração, e uma miríade de pensamentos passa pelos seus olhos azuis.

– ... o Inferno – ela repete com a voz trêmula.

– Do Inferno – digo suavemente, percebendo que cometi um erro terrível. O que eu estava pensando? Que ela vai me amar assim mesmo? *Você é um idiota, Luc.*

As molas da cama rangem enquanto ela abraça um travesseiro contra seu peito e se senta. Dúvidas nublam seus olhos e uma lágrima desliza pelos cílios, percorrendo um caminho tortuoso até a bochecha, enquanto ela se dá conta do que está vendo.

– Um demônio...

Em resposta, resmungo e deito meu rosto no travesseiro. Porque sei que em um minuto ela estará correndo. Quando o horror de toda a coisa bater nela – quando ela descobrir por que eu estou aqui –, ela vai correr do meu apartamento gritando, e eu não posso ver isso.

Mas o peso do seu silêncio está me matando. Eu rolo para fora da cama e vou até a janela, olhando cegamente para o estacionamento. Ela funga e eu me viro para olhá-la. Ela está apenas parada, me encarando com os olhos arregalados e assustados, e odeio estar assustando a Frannie. Sinto-me ser arrastado para cama para confortá-la.

Mas eu não posso voltar.

Eu nunca mais poderei voltar agora que ela sabe o que sou. Eu a perdi.

Sinto uma enorme aversão a mim mesmo, e espero que esse punho invisível esmagando o meu coração possa fazê-lo parar e me matar. Mas, em vez de direcionar minha fúria para o lugar ao qual pertence, ouço minha voz, baixa e sufocada, atacar severamente.

– *O que há de errado com você?* Você deveria ficar aterrorizada! Fuja!

Por um instante, ela me olha como se pudesse fazer isso. E eu realmente quero. Eu quero que ela corra rápido e não olhe para trás.

Mas Satã, salve-me, eu quero que ela fique mais.

É uma coisa boa o fato de eu não ter de respirar, porque tenho quase certeza de que não conseguiria. Encosto-me na parede de maneira desleixada e, olhando para o teto, com meus dedos sobre os meus chifres, e espero uma eternidade para ela fazer alguma coisa. Qualquer coisa. Finalmente, incapaz de ajudar a mim mesmo, estendo meu olhar de volta para ela.

Ela está pensativa e com a testa franzida. Sua voz é pesada, analítica. Ela abraça apertado o travesseiro.

– Isso não pode ser real. – Ela esfrega os olhos e olha para mim de novo.

Eu daria qualquer coisa para isso não ser real. Abaixo a cabeça.

– É real.

Por um minuto ela fica quieta e é quase possível escutar seus pensamentos.

– Eu sempre soube que havia alguma coisa... maligna... e algo perigoso em você – ela diz, finalmente.

Eu deslizo parede acima e fico de pé.

– Você está me ouvindo, Frannie? Sou mais do que "algo perigoso"!

Ela hesita um pouco, mas não se move da cama. Eu observo, esperando que o terror se abata sobre seu rosto a qualquer segundo, mas, em vez disso, sua expressão se torna furiosa e o aroma de pimenta-do-reino flui no quarto.

– Por que você não me contou?

– Estou contando agora.

– Eu digo... antes. Você me deixou... – ela gira para fora da cama e olha para mim, agarrando o travesseiro com tanta força que tenho certeza de que vai rasgá-lo. – Eu amo você – ela diz em tom de acusação.

Ela disse.

E lá está – o aroma de chocolate quente encoberto pela pimenta-do-reino em minhas narinas. Naquele instante, todo o meu interior torna-se pura energia, e sinto o meu coração de enxofre explodir.

Mas isso não importa, porque essa é a parte em que ela corre de mim.

Ela arregala os olhos quando se dá conta do que falou. Desliza pela cama e senta-se lá na ponta, por um longo tempo, um tempo de agonia, me encarando, boquiaberta, e a descrença estampada no seu rosto.

– Eu... eu não... – Ela desvia os olhos para os lençóis.

Não há nada que eu possa dizer. Não posso chegar até ela e dizer que a amo também. Então abaixo a cabeça e espero pela batida da porta quando ela sair.

Mas a porta não bate. Em vez disso, ela diz:

– Então, e agora? Você tem de voltar?

Suspendo o olhar e um riso sarcástico deixa a minha garganta. De todas as coisas que ela podia perguntar...

– No final, sim.

Ela apanha a camisa do chão, enfia pela cabeça e depois me olha.

– Eu sabia que você ia embora.

Meus lábios se esticam formando uma careta e balanço a cabeça.

– É com *isso* que você está preocupada? Pelos pecados de Satanás, Frannie, eu sou um demônio. Você devia estar *querendo* que eu fosse embora.

– Ótimo – ela diz, empurrando seu caderno de resumos para dentro da mochila. É quando percebo o tremor de suas mãos. – Vou poupar você de problemas – ela rosna.

Ela joga a mochila sobre o ombro e procura algo pelo chão enquanto meu interior é revirado.

– Droga! – ela grita, frustrada. – Onde estão meus malditos chinelos?

Eu me abaixo e os apanho, segurando-os para ela.

Ela avança furiosa e os arranca da minha mão. Então ela hesita, olhando para os meus chifres. Ela começa a levantar a mão enquanto seus olhos encontram os meus, a curiosidade volta.

– Eu posso... – Mas ela abaixa a mão e balança a cabeça, como se estivesse tentando ver as coisas com clareza.

– O quê? – Ouço a esperança na minha voz e me desprezo ainda mais por isso.

– Nada. – Ela gira e caminha em direção à porta. Mas, antes de alcançá-la, vira-se para mim de novo. Olha fixamente nos meus olhos por um longo tempo e depois respira profundamente. – Então, agora que eu sei quem você é, vou para o Inferno por estar apaixonada por você? – Um sorriso trêmulo surge nos cantos da sua boca enquanto ela enxuga uma lágrima da bochecha com as costas da mão.

De repente, o aroma de chocolate quente se sobrepõe ao de pimenta-do-reino. Por um segundo, o coração batendo no meu peito não parece de enxofre. Eu não acredito que mesmo ela sabendo o que eu sou – o meu eu de verdade – ainda assim me ame. Mas, por fim, a realidade da situação cai sobre mim.

– Frannie, não... isso não está certo – digo. Curvo meus joelhos e deslizo pela parede para me sentar, segurando minha cabeça com as mãos. Ela não deveria continuar me amando. Isso só pode terminar mal.

Ela caminha de volta para o centro do quarto, larga a mochila e senta-se no canto da cama.

– Você se importa comigo, afinal?

Ergo a cabeça de entre minhas mãos e olho para ela sentada na cama. Eu sei o que deveria dizer, e minha boca se abre para formar a palavra "não". Mas, em vez disso, o que eu escuto escapar suavemente dos meus lábios é "sim". E me ouvindo dizê-lo, isso me deixa alarmado. Dou um pulo, fico de pé e canalizo todo o gelo do meu moribundo coração de enxofre em palavras.

– Quero dizer, *não*. Eu só estava fazendo meu trabalho.

– Eu não acredito em você – ela diz, a incredulidade estampada em suas palavras e em seu rosto.

Ela deveria estar gritando. Correndo. Qualquer coisa, menos isso. Caminho ao redor do quarto e lanço um rosnado para o mundo – e vejo meu reflexo no espelho da porta do banheiro.

Que diabos está acontecendo?

Vou até o espelho e me encaro, enquanto me esforço para arrancar minha forma humana. Quando nada acontece, eu me viro para ela.

– Frannie. Olhe para mim e me diga *exatamente* o que você vê. O que está diferente?

– Bem... os chifres são novidade, e seus olhos estão um pouco mais brilhantes do que o normal. E eu odeio dizer isso, mas você fede. – Ela torce o rosto e tapa o nariz. – Você pode acabar com esse cheiro de ovo podre? O cheiro de canela era bem melhor.

– Isso é tudo?

– Por acaso é para ter mais?

Unhas... cascos... presas...

– Bem... sim.

– Tipo?

– Nada. – Eu pego minha camisa do chão. – Nós vamos dar uma volta.

CAPÍTULO 17

PELO AMOR DE DEUS

Frannie

Saímos correndo debaixo da chuva, de mãos dadas, e entramos no seu carro. Tenho receio de perguntar, mas pergunto assim mesmo:

– Aonde estamos indo?

– Só existe uma pessoa – e eu uso esse termo vagamente – que poderia saber que diabos está acontecendo – ele diz, ligando o carro.

Enquanto Luc dirige, começa uma tempestade e quando chegamos à casa do Gabriel está caindo um dilúvio, gotas grossas de chuva cobrem o para-brisa e batem no teto do carro como milhares de pequenos martelos. Por todo o caminho, tudo em que consigo pensar é que eu disse que o amo.

No que eu estava pensando?

Ele é um demônio. Eu ainda não consigo pensar direito sobre o que isso significa. Ele tem *chifres*.

E eu disse a ele que o amava.

Ah, Deus! De onde mesmo isso vem?

Eu não o amo, será que amo?

Não. O amor não existe.

Mas também demônios não existem.

Eu olho para o Luc enquanto ele desliga o carro e se vira para mim. Estou aterrorizada, mas, por mais estúpido que possa parecer, meu horror não tem nada a ver com o fato de ele não ser humano.

Ó, Deus. Eu o amo?

Ele me puxa para fora do carro e caminhamos até a varanda para tocar a campainha. Pelas janelas, dá para perceber que as luzes estão apagadas.

– Talvez ele não esteja em casa – eu digo, com esperança. Porque não estou pronta para passar pela mesma coisa com os dois.

– Ele está aqui – Luc responde pouco antes de a porta se abrir e a visão do Gabe tirar o meu fôlego.

Não posso ficar aqui com os dois. Não quando estou tão confusa. Porque três dias atrás eu estava apavorada com a possibilidade de amar o Gabe.

Eu me viro para o Luc.

– Isso é uma boa ideia?

– Ele deve saber o que está acontecendo.

– Acontecendo com quem? – Gabe pergunta, alcançado minha mão e me puxando para dentro.

– Comigo – Luc diz, entrando em seguida.

Gabe acende as luzes e olha para o Luc de cima a baixo.

– Então...? – ele pergunta, fechando a porta atrás da gente.

– Eu não posso mudar – Luc diz, com sua voz baixa e pesada.

Gabe parece chocado, como se ele realmente soubesse do que o Luc está falando e que isso significa alguma coisa.

– Mostre-me.

Luc dá um passo para longe de mim, fecha os olhos, respira fundo e pequenos chifres negros brotam em sua cabeça. Eu olho, fascinada, e resisto ao desejo de chegar até ele e tocá-los.

– Tente com mais força.

– É isso. É tudo o que consigo.

– E ele não está tão quente quanto antes – acrescento.

Luc olha para mim e há algo em seus olhos - esperança, talvez.

Uma expressão de compreensão aparece no semblante do Gabe.

– Eu estava me perguntando...

Os chifres de Luc desaparecem.

– Perguntando o quê?

– Você se lembra quando me contou que não queria que a Frannie se machucasse?

Luc desvia o olhar para mim.

– Sim.

– E eu disse a você que acreditava.

– Sim.

– Foi a partir daí. Seus pensamentos estavam ali, prontos para qualquer velho anjo ouvir. Eu não posso ouvir o que um demônio pensa.

Luc aperta os olhos.

– Você estava na minha cabeça? – ele murmura.

Gabe desabafa.

– Sim. E devo dizer que seu plano era uma droga. Você a amava, não importa se sabia ou não; o fato é que isso levou seus planos lamentáveis para o Inferno, por assim dizer.

Meus olhos miram o Luc.

Ele me ama também?

Luc olha fixamente para o Gabe e vira-se para olhar pela janela.

Minha mente está zonza, pensamentos, imagens e emoções, tudo voando ao redor aleatoriamente. Estou ouvindo e pensando em coisas que sei que são impossíveis - mas ao mesmo tempo sei que é tudo verdade. E lá está um pequeno pedaço no fundo do meu coração que se sente aliviado, como se ele soubesse que isso estava para acontecer.

Luc – Lúcifer – calor – chifres – demônio. De alguma forma parece mais real agora, com o Gabe na minha frente, em vez do que aconteceu no apartamento do Luc.

Gabe.

Ouço minha respiração ir para algum lugar distante enquanto as peças do quebra-cabeça se juntam na minha cabeça. Gabe – Gabriel – seu sorriso iluminado – e todos os seus avisos. E o que ele acabou de dizer... *para um velho anjo ouvir.*

Não.

Eu olho para o Gabe, incapaz de disfarçar minha cara de atordoada. *Anjo?*

Ele olha para mim, com os olhos atentos e responde minha pergunta sem que eu a faça em voz alta.

– Sim.

Não!

Por que isso é mais difícil de acertar do que o fato de o Luc ser um demônio?

Porque não existem anjos – Céu – ou Deus.

A sala gira, e eu me curvo abraçando meus joelhos, tentando puxar todo o ar para os meus pulmões em colapso. Mas minha garganta aperta mais enquanto penso em Matt, bloqueando totalmente meu ar.

Se Deus existe, por que ele levou meu irmão?

Minhas pernas bambeiam e a última coisa que sinto antes de desmaiar é o Gabe me embolando em seus braços.

Quando abro os olhos, a primeira coisa que vejo é a cara de preocupado do Luc. Ele está sentando na beirada do sofá, segurando a minha mão. Gabe caminha de um lado para o outro atrás dele. Respiro fundo e estremeço e tento me sentar, mas Luc me empurra gentilmente para deitar novamente no sofá, ajeitando os travesseiros atrás da minha cabeça.

– Não estou entendendo nada disso. – Minha voz está tão baixa quanto um sussurro.

Luc olha para mim, prometendo-me tudo com seus olhos.

– Pergunte o que quiser.

Meus pensamentos estão desesperados, confusos, e tudo o que vem à tona são palavras desconexas.

– Você está aqui... vocês dois... o que... por quê? – Eu finalmente consigo dizer com a boca seca e a voz trêmula.

A voz dele é macia, como se estivesse falando com uma criança assustada – com a qual, eu acho, ele está falando.

– Porque é onde *você* está.

– Eu... você está aqui por *minha* causa...? – Sinto o sangue parar de circular na minha cabeça novamente e estrelas dançam em frente aos meus olhos.

– Sim.

– Por quê? – suspiro.

Gabe dá um sorriso sarcástico enquanto se senta no braço do sofá, aos meus pés.

– Estou aqui para proteger você dele. – Ele aponta para o Luc.

Todo o meu corpo estremece e sinto como se fosse vomitar.

– Você... me proteger do... Luc?

Gabe vira-se para o Luc, com um ar de desdém estampado no rosto.

– Você não disse a ela? Você é um sujeito e tanto, sabia?

Luc parece atormentado enquanto se coloca de pé abruptamente e caminha até a janela. Ele aperta tão forte a moldura da janela que fico surpresa que a madeira não se quebre, então ele olha para o chão.

Gabe aproxima-se de mim tranquilamente no sofá. Ele me abraça e me acolhe nele.

– Ele está aqui para marcar sua alma para o Inferno.

– Marcar minha alma... – Sinto vertigem novamente enquanto estrelas pipocam nos meus olhos. Então minha garganta começa a se fechar quando penso que é porque eu pertenço ao Inferno.

– Por causa do... que aconteceu?

Gabe me abraça apertado.

– Não. Não tem nada a ver com aquilo.

Luc vira-se na janela e olha para mim e o Gabe com uma pergunta nos olhos. Eu desvio o olhar e me aproximo mais de Gabe.

– Então, por que eu?

Gabe fulmina Luc com um olhar de aço e, de repente, Luc parece inseguro.

– Eu nunca soube ao certo – ele finalmente diz. – Tudo o que eu sabia é que precisava marcá-la.

– Hum, então o Beherit deve ter muita confiança em você – Gabe diz, transbordando de sarcasmo.

Luc lança um olhar mortal para o Gabe.

– Cale essa boca. Não é minha obrigação saber. – Então ele olha para mim, envolvida nos braços do Gabe, e seu olhar despenca para as suas próprias mãos.

– Muito tocante, não é mesmo? – A expressão do Gabe se suaviza. – Você deve ter um bom palpite, suponho.

Luc confirma com a cabeça, mas não diz nada.

Gabe me puxa para mais perto.

– Você é especial, Frannie. Você tem habilidades... especiais. Certos dons que fariam os dois lados se matarem, literalmente, para ter em mãos.

– Os dois lados... como? Céu e Inferno?

Ele confirma.

– Eu não tenho nenhum dom.

– Você tem, sim. – Ele olha para o Luc. – Ela não tem?

Os olhos do Luc deslocam-se do chão para os meus.

– Você vê coisas, Frannie.

– Não sei do que você está falando.

– Você tem Premonição... visões. Ghalib, o pai da Taylor. Você sabia.

Minha garganta se aperta enquanto penso em meus pesadelos – coisas que vejo antes de acontecer. Os rostos aparecem como um *flash* na minha cabeça: Matt, vovó, Ghalib, o senhor Stevens e tantos outros.

Gabe se afasta e olha em meus olhos.

– Mas existe mais. Uma coisa ainda maior.

Olho de volta para o Luc e seu rosto fica pálido. Ele balança cabeça lentamente. Gabe olha para ele e comfirma com a cabeça.

– Poder de influenciar... – Luc sussurra, contraindo a testa como se tivesse uma súbita dor de cabeça. Ele abaixa a cabeça e aperta com os dedos a parte superior do nariz. – Maldição...

– O quê? – pergunto. Um arrepio percorre minha espinha e Gabe me puxa para perto novamente.

– Hitler, Moisés... o que eles tinham em comum?

Não estou com estado de espírito para desvendar um enigma.

– Diga logo o que está acontecendo. – Odeio que minha voz soe tão pequena e fraca.

– Você conhece a história de Moisés. Ele tinha a habilidade de fazer as pessoas o ouvirem: influenciar suas opiniões, seus pensamentos. Nunca houve ninguém como ele antes. Quando

Lúcifer viu o que ele podia fazer, como Deus trabalhava através dele, percebeu que estava perdido. A próxima vez que alguém demonstrasse o mesmo nível de influência, Lúcifer não ia se deixar derrotar. Ele jogou sujo, devo admitir – ele diz, olhando para o Luc –, e ganhou. Todos nós sabemos o que aconteceu na Alemanha nazista. Não houve outro com o mesmo poder, até agora. - Ele lança em olhar significativo para o Luc e depois para mim. – Você.

Olho para o Luc, que está de pé com os olhos arregalados e boquiaberto, horrorizado.

– Olhe, o negócio é o seguinte. *Se* eles pegarem você – Gabe apenas aponta para o Luc com o queixo –, e a influenciarem, você é Hitler, só que pior. Se você ficar com a gente, você é Moisés. Seu poder só vai ficar mais forte. – Ele contrai o maxilar e balança a cabeça. – E você não é ingênua a ponto de acreditar que as pessoas são intrinsecamente boas, Frannie.

Sinto-me tão pequena, todo o meu corpo entra em colapso enquanto tudo o que é real, tudo o que sempre soube, desaparece. Pedaços de centenas de perguntas me espreitam, mas não posso ordená-las de maneira que faça algum sentido - exceto uma.

– Por que agora? – escuto-me sussurrar.

– Você está se tornando independente agora. Quando você era mais jovem, nós podíamos protegê-la, mantê-la longe do radar deles. – Ele lança um olhar para o Luc. – Mas agora, não mais.

Minha voz continua em um sussurro áspero. É tudo o que eu posso controlar.

– O que você quer de mim?

Ele traça um dedo ao longo da gola da minha camisa até o meu peito e bate ali, no meu coração.

– Apenas siga o seu coração. Faça o que é certo.

Dou um riso melancólico que sequer soa como meu.

– Eu não sou uma santa.

– Nunca disse que você era. Mas, goste ou não, isso é o que você é. *Quem* você é. E meu trabalho é estar aqui para você – para tudo de que você precisar.

Luc

E, quando ele diz isso, eu sei que Gabriel está certo. É isso o que sinto em sua alma. É por isso que o Beherit me mandou procurá-la e esse é o porquê de o Rei Lúcifer querer tanto ganhá-la que está disposto a quebrar uma ou duas regras.

Ela parece atordoada – os olhos arregalados como um cervo no meio do trânsito.

– Vocês dois pegaram a irmã errada. Vocês devem ter me confundido com a Grace.

Gabriel aconchega o rosto no cabelo dela.

– Você já está causando oscilação no equilíbrio. Você, Frannie. Não a Mary ou a Kate ou a Grace ou a Maggie. Você. Só você tem o poder de transformar merda em cérebro. – Ele olha para mim. – Apenas imagine a diferença que você pode fazer no reino mortal. A diferença que você provavelmente *já* fez, mesmo sem saber.

Minhas costas batem contra a parede como se alguém me empurrasse e minhas pernas não aguentem mais. Eu deslizo pela parede e sento-me no chão.

Poder de influenciar.

Frannie tem o poder de influenciar. E se as colocações de Gabriel são verdadeiras, o poder dela não pode ser igualado a de nenhum outro mortal. Ele está dizendo que o poder dela é o que me mudou – uma criatura do Inferno. E não só a minha mente, mas meu ser físico também. *Como isso é possível?* Nem mesmo Moisés tinha influência no plano celestial ou infernal. E se isso é mesmo verdade, não são apenas as massas que ela pode influenciar. O poder dela está além até mesmo do Rei Lúcifer. Ela pode mudar a forma do Céu e do Inferno.

As palavras do Rei Lúcifer ecoam na minha cabeça: *É a minha vez. Essa é a minha chance. Finalmente não estarei abaixo d'Ele.* O Rei Lúcifer acha que pode manipular o Céu – talvez até mesmo o Todo-poderoso – através da Frannie.

– *Você... precisa ter muito cuidado com o que deseja* – ela sussurra, enquanto está tão perdida em seus próprios pensamentos quanto eu.

Existe tormento nos olhos do Gabriel enquanto ele olha para a Frannie.

– Seu poder está ficando mais forte a cada dia. Você precisa ver que está influenciando os pensamentos e as emoções das pessoas, e, assim, suas ações. – Ele olha na minha direção e depois para a mão dela, onde seus dedos estão entrelaçados aos dela. – E você não exerce esse efeito só em *pessoas*. Você sempre consegue o que quer desde que esteja sob o seu controle.

Frannie se afasta dele e de repente a raiva aparece. Pimenta-do-reino emana por toda a sala.

– Eu quero o meu irmão de volta. Eu *não* tenho isso – ela grita.

Gabe olha tristemente para ela.

– O único que tem o controle sobre isso é Deus.

Tudo o que posso fazer é observar sua expressão mudar de raiva para um estado de pânico.

– Isso está errado. Não sou uma santa ou um anjo. Nem uma boa pessoa eu sou. Estou indo para o Inferno. Eu já sei disso.

Por que ela acha isso? Eu olho para o Gabriel. Sua expressão é sofrida e repugnantemente simpática. Ele a puxa para o seu ombro e ela se derrete nele. Quando o aroma de chocolate quente de Frannie mistura-se ao fedor celestial dele, sinto algo frio e negro envolvendo meu coração e apertá-lo. Eu gostaria de matá-lo se não soubesse que a Frannie precisa dele.

– O que aconteceu, a razão para você pensar que está indo para o Inferno, não foi sua culpa – ele diz por entre seus cabelos.

– Você não passa de um idiota – ela esbraveja, afastando-se. – Eu matei meu irmão.

Sinto que meu estômago é revirado. O garoto na foto – isso explica sua expressão atormentada quando perguntei sobre ele. Tanta dor – a mesma dor profunda que percebi no primeiro dia em que nos conhecemos, quando perguntei o que ela gostaria de desfazer.

Gabriel ainda está olhando para ela, sacudindo a cabeça.

– Você não o matou, Frannie. Era a hora dele. Só isso.

É como ver um vulcão em erupção. As palavras jorram, da sua boca como lavas quentes.

– É. Continue dizendo isso se faz você se sentir melhor sobre o fato de roubar crianças das suas famílias.

Gabriel desliza no sofá para um pouco mais perto dela, mas ela troca de lugar.

– Ele *está* com sua família, Deus o chamou para casa.

– Bem, então o seu Deus é uma *porcaria*.

Eu cruzo a sala e me sento ao lado dela. Seguro sua mão, esperando – não, *precisando* – fazer alguma coisa para aliviar sua dor.

– Eu acho que o que Gabriel disse é verdade, Frannie. Se você o tivesse matado, já estaria marcada para o Inferno, e você não está.

– Bem, deveria – ela diz, afastando-se do meu toque.

Levanto o seu queixo com o dedo, olhando dentro de seus olhos de safira.

– Não, você não deveria – eu digo e me inclino para beijá-la. Pela terceira vez, lanço meu poder sobre a Frannie, para tirar toda a sua dor e sua raiva mal direcionada. Não é o suficiente, mas é tudo o que posso fazer.

Frannie

Eu hesito, mas então olho para aqueles olhos negros que podem ver minha alma. E quando seus lábios tocam os meus, sinto tudo mudar e toda a minha raiva se derreter. Quando seu olhar finalmente me liberta eu me sinto calma, a acidez e a dor no meu coração desaparecem.

Gabe respira fundo e me lança um olhar magoado, e minha culpa me esmaga. Preciso dos dois de maneira que nem sequer posso entender. Gabe se move pela sala e senta-se em uma cadeira debaixo da janela.

Abaixo a cabeça e fico olhando para meu colo. Luc me aperta.

– Então, voltando à minha pergunta original – continuo. – Que diabos está acontecendo comigo? No que exatamente estou me transformando? – Luc olha para o Gabe. – *Não* em um de vocês... Por favor, por todas as coisas profanas, me diga que não estou me tornando um idiota de um pau-mandado. Eu não poderia suportar isso.

Gabe olha de volta para mim.

– Não sei. Qualquer coisa é possível. Deixe eu ver se estão começando a brotar asas em você.

Eu olho para o Gabe:

– Ele pode se tornar como eu? Humano?

Luc me olha com a mesma expressão de esperança que vi antes. Gabe responde, resignado:

– É possível. Não há precedentes, ao menos que eu saiba. Não tenho ideia do que está acontecendo, exceto que é óbvio que está acontecendo, e isso é muito significativo. E você é a chave. Você vai mudar o mundo, Frannie. Isso é grandioso.

– Grandioso... – repito, imaginando o que isso quer dizer. – Então, estamos falando, tipo, tão grande quanto "trazê-lo para Jesus" – eu digo, acenando a cabeça na direção do Luc. – Ou tão grande quanto "a Virgem que dá à luz".

Luc faz uma careta, e um pequeno sorriso aparece no canto da boca do Gabe.

– Baseado naquilo que você é capaz de fazer, imagino que seja algo ainda maior do que a "Virgem que dá à luz". Mas, se você trouxer *esse* cara para Jesus, será muito grandioso também.

Luc dá um pulo do sofá, atravessa a sala rápido como um tiro e diz, com um olhar tempestuoso:

– Você não pode estar falando sério.

– Não seja idiota. Se não fosse grandioso, Ele me enviaria? O nome dela é Maria, além disso. Alguém sem o poder de influenciar convenceria as massas de que a Virgem deu à luz? A segunda vinda de Cristo? – Um sorriso muito maldoso para ser considerado angelical surge no rosto de Gabe. – O que foi, Luc? Você não quer ser José?

Luc gira os braços no ar e bate com eles na parede, dando um rugido que faz meu cabelo arrepiar.

– Maldição do Inferno! Isso não pode estar acontecendo. – Então ele se vira e me fita, com os olhos arregalados.

Eu me levanto do sofá e fico parada ali, sem saber o que estou sentindo. Penso no beijo do Gabe. Se aquilo foi o Céu, eu quero mais. Lembro-me de pensar que poderia viver ali, naquele amor e naquela paz. Mas não é isso o que ele está dizendo – nem o que ele está oferecendo. Suponho que tenho algum poder para alguma coisa, para salvar as pessoas. E enquanto eu penso nisso, entro em pânico, tendo um pouco de dificuldade para respirar.

Gabe acolhe-me a seu lado e me abraça. Dessa vez eu deixo, porque preciso dele. Eu me derreto nele enquanto seu aroma de neve no verão penetra delicadamente em mim e minha respiração começa a voltar ao normal.

Quando consigo ar suficiente, olho para ele.

– O que vai acontecer comigo?

Seus olhos estão a quilômetros de distância. Quero mergulhar neles.

– Bem, em primeiro lugar, isso. – Ele se inclina e beija minha bochecha bem perto da minha boca e meu coração dispara acelerado, apesar da sua calma. – Você sabe que eu sempre estarei aqui por você. Se precisar de qualquer coisa – ele olha para o Luc –, você sabe aonde vir. - A angústia arrasta-se no seu olhar. – Mas, depois disso, não tenho certeza.

Abraço o Gabe apertado enquanto o Luc nos olha da janela.

– Você está jogando um pouco rápido e meio atrevido com essas asas, não acha? – ele fala rispidamente para o Gabe.

Em resposta, o Gabe me puxa ainda mais forte contra seu corpo e dá um sorriso cínico para o Luc, mas vejo incerteza em seus olhos. Afundo-me nele e deixo o aroma de neve no verão penetrar em mim para que eu não tenha de pensar em nada.

CAPÍTULO 18

ANJOS E DEMÔNIOS

Frannie

Chega a ser cômico ver esses caras. Eles estão tão ocupados tentando odiar um ao outro que não veem quão parecidos são. Bem... parecidos, exceto que um é todo trevas e perigoso e o outro me cega com seu esplendor. Mas, além disso...

Estou começando a despertar minha mente para algumas coisas. Na semana em que o Luc e o Gabe me encheram de tantas coisas, eles recuaram para me dar espaço para pensar. E o Gabe recuou de outras maneiras. Nós quase nunca ficamos sozinhos juntos e ele dificilmente me toca. Não sei se fico feliz com isso. Eu não perguntei a ele o porquê, mas tenho certeza de que o comentário do Luc sobre ele perder suas asas tem a ver com isso.

Toda a brancura da cozinha do Gabe cria um grande brilho, e não tenho certeza se o Gabe não está exagerando nesse brilho. Ele brilha esplendoroso para o Luc, e o Luc o encara, desafiando-o.

– Está além da minha compreensão como, depois de tudo o que você viu, ainda poder ter essa atitude. A única razão para que o Todo-Poderoso não envie outro Dilúvio é que o primeiro foi inútil.

Gabe balança a cabeça.

– Pessoas fazem coisas todos os dias para provar que você está errado. Atos de completa abnegação e bondade.

– Eu discordo. Nada é altruísta. No fundo de cada boa ação existe um motivo egoísta.

– Cara, você precisa relaxar.

Eu reviro os olhos.

– Desista, Gabe. Ele é pessimista. – Abro o livro de Cálculo sobre a mesa da cozinha e afasto para o lado a tigela de sorvete. – Eu sei que vocês são gênios e tudo, mas amanhã começam as provas finais e eu tenho de estudar ou a Ucla vai mudar de ideia a meu respeito.

Luc olha para mim e sorri.

– Afinal, qual é esse lance de Ucla?

– O que você quer dizer?

– Só curioso para saber por que você se interessa em viajar três mil milhas só para estudar em uma faculdade.

– Bem... em parte porque está a três mil milhas de distância. Mas, na verdade, eles têm o melhor programa de Relações Internacionais do país, e estou pensando em me especializar em duas disciplinas principais: Ciência Política e Estudos do Oriente Médio.

Luc arqueia uma sobrancelha.

– E fazer o quê?

Sinto meu rosto esquentar.

– Acho que a maioria das merdas que acontecem no mundo é porque as pessoas não sabem como falar umas com as outras. Você sabe, por causa das diferenças culturais e religiosas. Coisas desse tipo. É por isso que eu comecei toda essa coisa de ter um amigo a distância. Eu queria tentar entender. Então... acho que estou pensando em fazer alguma coisa grande. Não tenho certeza do que e como...

Gabe sorri. Seu brilho está me cegando novamente.

– Metas grandiosas.

– Cale a boca – digo, envergonhada. Eu sei como isso parece uma idiotice, o que quero fazer, mas sempre quis. Sempre fui boa em falar com as pessoas, ajudando-as a entrar em acordo. Como agora, com o Luc e o Gabe - embora eu pense que a única coisa que eles têm em comum seja eu, acho que isso realmente não conta...

– E você acha que vai fazer diferença. – A expressão do Luc torna-se séria.

– Provavelmente não. Mas não custa tentar – respondo, olhando meus dedos girarem um lápis sobre meu livro de Cálculo.

– Você *vai* fazer diferença, Frannie. – Gabe, de repente, está tão sério quanto o Luc.

– Vou? Não sei se vou ter oportunidade.

Luc e Gabe trocam um olhar cauteloso. Eles sabem que estou certa. Então Luc olha firme para o Gabe e, atrás desse olhar, existe angústia.

– Marque-a.

– Você é mais burro do que aparenta ser – Gabe diz com um sorriso sarcástico e balança a cabeça.

– O que o impede?

O rosto de Gabe escurece enquanto ele desvia o olhar para mim.

– Frannie me impede.

Meu coração está saindo pela boca.

– Espere aí... Como vou ter uma vida se estou marcada para o Céu? Como isso pode ser melhor do que ser marcada para o Inferno?

Observo que o Luc estremece com a pergunta.

– O Todo-Poderoso... – Ele hesita e olha para o Gabe para confirmação. Gabe acena para que ele continue. – Ele não quer usar você para... o mal.

– Mas Ele ainda assim vai me usar. Não será mais a minha vida. – Raiva e ressentimento ameaçam me dominar. Eu empurro essa sensação para o buraco negro dentro de mim. – Não quero ser Moisés ou Hitler. Eu quero ser a Frannie.

Por fim, Gabe diz:

– Se você for marcada para o Céu, eu não posso protegê-la. Seria extraordinariamente difícil reverter sua marca e por fim eles parariam de tentar. Se você permanecer desmarcada, eles continuarão vindo atrás de você.

– Assim como você. – Sinto um peso no coração. Não há maneira de escapar disso. De repente eu me sinto sufocada – presa e aterrorizada. Deslizo o livro de Cálculo na minha frente com a mão trêmula. – Então, vocês entenderam as questões? – digo, precisando mudar de assunto.

O olhar preocupado do Luc perdura por mais alguns instantes, mas ele saca a minha intenção. Ele puxa meu livro para si:

– Qual delas você está fazendo?

Eu pinço minha folha de debaixo de seus dedos e ele retira a mão.

– *Uou!*

Gabe dá um sorriso.

– *Uou?* Você está brincando, certo?

Quando o Luc suspende a mão e a vira, uma pequena pérola de sangue carmesim está brotando na ponta do seu dedo médio. Um corte feito pelo papel.

– Bem, isso responde àquilo – Gabe diz.

Luc apenas olha boquiaberto a bola de sangue que cresce no seu dedo. Em seguida, vira-se para mim quase sorrindo quando passa a outra mão por trás do meu pescoço e me puxa para um beijo.

Quando finalmente ele me deixa, miro seus olhos sorridentes.

– O que foi? – pergunto, ofegante e totalmente confusa.

Ele sorri.

– Demônios não sangram.

O olhar de Gabe está atormentado enquanto Luc se afasta de mim e tento não me sentir culpada.

– E anjos também não – ele diz.

Luc

No caminho de volta para casa fico pensando em tudo o que isso pode significar, mas está sendo muito difícil. Sou um mortal? Estou me tornando humano? Penso no que isso deve significar para a Frannie e para mim enquanto ela está sentada ao meu lado no Shelby, com a cabeça sobre o meu ombro. Meu coração dispara – algo novo – enquanto penso em todas as possibilidades. Podemos ficar juntos? Juntos *mesmo*?

Mas uma desvantagem em se tornar humano é que o fio que me liga ao nefasto irá se romper. Bom e ruim. Bom porque eu me dei conta de que eles são um saco de bosta e realmente não quero estar em sintonia com isso nunca mais. Ruim porque não poderei dizer se eles estão aqui. Se não posso saber se estão aqui, não posso proteger a Frannie deles.

Tiro minha mão direita do volante para puxar uma pequena caixa no console entre os bancos e passo meu braço ao redor dos ombros dela, segurando a caixinha à sua frente.

– O que é isso?

– Bem, funciona assim: você pega a caixa da minha mão e abre – digo com um sorriso.

– Idiota – ela murmura, agarrando a caixa e abrindo-a. Ela puxa o crucifixo pendurado por um correntinha e olha para ele por um longo tempo.

– Ponha. A cruz é de ferro com as bordas de ouro e Jesus é de prata e platina.

Ela olha para mim com uma expressão cínica que quase mascara o brilho travesso em seu olhar.

– Estou sacando. Se você está tentando me seduzir e me levar para a cama com presentes, escolheu a maneira errada.

Não posso deixar de rir.

– Essa não era minha intenção, mas vou me lembrar disso no futuro.

– Então... isso é uma brincadeira? – ela pergunta, com desconfiança.

– Não. É uma arma.

– Achei que eram os vampiros é que tinham problemas com cruzes.

– Eles têm. Mas, neste caso, o outro lado fica dizendo "Jesus salva" e espero que eles estejam certos.

– Do que você está falando afinal?

– Todo demônio tem uma fraqueza, alguma coisa programada em nós pelo Rei Lúcifer na hora da nossa criação para que não nos tornemos muito poderosos. Um produto da sua imaginação, sem dúvida. O meu é o ouro. Eu não sei qual é a do Belias, ou da Avaira, mas esse crucifixo atinge a maioria das fraquezas mais comuns. Eu quero que você use isso e, se um deles chegar perto de você, atire o crucifixo sobre eles ou os arranhe com isso. Ao menos vai atrasá-los.

– Você acha mesmo que preciso disso?

Eu me afasto da estrada e olho dentro dos seus olhos.

– A gente precisa de toda a ajuda que conseguir. – Eu vejo que ela arregala os olhos, passa a corrente pelo pescoço e agarra o crucifixo.

– Por que isso está acontecendo? – ela pergunta tentando disfarçar o tom apreensivo.

Aperto o volante com força.

– Não sei.

Ela me lança um olhar longo e magoado.

– Seja lá o que o Gabe pense que eu deva fazer... eu não quero.

– Não acho que seja uma escolha. Seu poder de influenciar é algo que nasceu com você, como seus olhos azuis e seu cabelo loiro.

– Mas eu consigo mudar essas coisas, usando lentes de contato e pintando meu cabelo.

– Não é exatamente mudá-los, é só disfarçar a verdade. Seu poder de influenciar será cada vez mais difícil de esconder.

Ela afunda no banco, em desalento.

– Como posso fazer todos eles me deixarem em paz?

– Não acho que você possa. O Inferno não vai parar de vir atrás de você até vê-la marcada, de um modo ou de outro.

Ela geme e enfia o rosto entre as mãos.

– Eu só quero ser eu. Quero ter a minha vida.

Estendo minha mão e ela a segura. Eu a aperto.

– Nós dois *vamos* encontrar uma maneira de resolver isso, Frannie. Eu prometo. – Só não faço ideia de como. Olho pelo para-brisa, porque a única saída que vejo para ela é ser marcada por Gabriel. – Frannie?

– Sim.

Eu hesito.

– Você pode me falar sobre o seu irmão?

Ela levanta a cabeça e me olha cautelosamente.

– Por quê?

– Porque consigo perceber o quanto você está magoada.

Seu rosto torna-se sombrio e seus olhos assustados.

– O que você quer que eu diga? Eu o matei. Fim da história.

– Eu sei que isso não é verdade.

Ela puxa a mão da minha e cruza os braços sobre o peito.

– Sim, é.

– Me diga o que aconteceu.

Ela se vira para a janela.

– Não.

– Por favor, Frannie.

Estico minha mão para alcançar a dela novamente, mas ela se afasta bruscamente. Frannie se vira para mim e sua expressão é selvagem, um rosnado atormentado entre os dentes. O cheiro amargo de alho rola para fora dela, enchendo o carro.

– Saia da minha frente, Luc.

Respiro profundamente.

– Pode ajudar, se você falar sobre isso.

Meu simpático tom de voz serve apenas para irritá-la ainda mais.

– Nada vai ajudar. Ele está morto – ela esbraveja.

Aconchego meu ombro até ela, e ela alcança a maçaneta da porta. Seguro seu braço antes que ela possa abri-la.

Ela se contorce tentando escapar de mim. O aroma de alho e pimenta-do-reino alfineta o meu nariz.

– Você... me deixe em paz, seu cretino! – Lágrimas furiosas fluem livremente pelo seu rosto enquanto ela me olha.

– Frannie, me deixe ajudá-la, por favor...

Com uma força surpreendente, ela me empurra contra a porta.

– Eu... odeio você – ela diz. Mas não me convence. Ela parece vencida, exausta. Seu rosto desaba entre as mãos novamente enquanto toda a sua raiva se dissolve em lágrimas. Quando ela soluça lentamente, acaricio seu rosto úmido para remover dele todo o bloqueio e confusão. Ela me olha em silêncio enquanto as últimas lágrimas rolam por suas bochechas.

– Nós estávamos em uma árvore. – Sua voz se quebra em cada palavra. – Ele adorava subir em árvores... e... – Seu corpo é sacudido enquanto ela tenta abafar outro soluço. – Ele estava subindo tão rápido. Eu não conseguia acompanhar. – Ela afasta a cabeça de mim e se inclina para a porta. Emite um som como de um animal ferido, algo entre um gemido e um suspiro, e permanece assim por muito tempo.

– Ele caiu? – finalmente pergunto.

Ela suspira.

– Eu estava tão furiosa... – Antes que ela possa terminar seu pensamento, sua voz é sufocada e as lágrimas silenciosas aparecem outra vez.

Deslizo meu braço cautelosamente ao redor dela e a puxo para perto de mim. Ela se inclina e eu lhe dou um abraço e não digo nada até que esteja pronta para falar. Quando começa, suas palavras são quase inaudíveis.

– Eu odiava que Matt pudesse subir mais rápido, então eu... agarrei as pernas dele... – Ela faz uma pausa e eu a puxo para mim. – Eu corri para a mamãe, mas... – Sua voz é uma ferida em carne viva, percebida em sua garganta em cada palavra. – Ele era o meu... gêmeo... a minha outra metade. E eu o matei.

E lá se vai o meu coração de enxofre, quebrado em mil pedacinhos.

– Sinto muito – suspiro através do seu cabelo. – Mas você só tinha sete anos, Frannie. Não foi sua culpa. – Eu a puxo para perto e desejo que houvesse alguma maneira de consertar isso. Mas até mesmo minha mágica não pode banir seus demônios pessoais. Ela está cabisbaixa. Tudo o que posso fazer é abraçá-la enquanto chora.

Enquanto estou sentado aqui com a mão enterrada no seu cabelo, sentindo os soluços sufocarem seu corpo, eu me pergunto se o amor realmente não vence tudo, porque, se não for assim, apesar do que prometi a ela, acho que estamos ferrados.

Frannie

Quando voltamos para a casa do Luc, Taylor e Riley estão no estacionamento, sentadas no capô do carro da Riley, e tento me lembrar de quando disse a elas onde ele morava.

– Que diabos elas estão fazendo aqui?

– Se preparando para chutar o meu traseiro, sem dúvida – Luc diz.

– Bem, você merece mesmo.

Ele me olha com as sobrancelhas arqueadas, fazendo-me vibrar toda.

Paramos em uma vaga do estacionamento perto do prédio do Luc e tento me recompor enquanto elas saltam em nossa direção. Estou feliz em ver a Taylor aparentemente recuperada. Hoje foi seu primeiro dia na escola depois do que aconteceu com o seu pai, e ela tem estado muito abatida.

– A gente veio sequestrar você – Riley diz, passando os braços por trás de mim.

– Você vem com a gente. Noite das garotas – Taylor diz.

– Ainda não está de noite e não é quarta-feira. Qual é o lance?

– Cale a boca e obedeça. – Ela dá um sorriso irônico.

Dou um passo à frente e um abraço nela.

– Como você está segurando a onda?

Taylor parece um pouco confusa por um segundo e então diz:

– Bem.

– Seu pai vai para casa hoje?

Ela olha rapidamente para a Riley e se volta para mim.

– Sim.

– Ela está melhorando?

– Sim.

Espero para ver se ela vai falar mais sobre o pai, mas então imagino que não deve estar muito a fim disso.

– Então, o que está acontecendo?

– Você vem com a gente.

– Desculpe. Luc e eu estamos meio ocupados – digo.

Ele olha para mim e em seguida para o crucifixo debaixo da minha camisa.

– Não, está tudo bem... eu acho que você deve ir.

Olho para ele sem entender.

– Achei que tínhamos planos. – Ao menos, eu tinha. Planos envolvendo lençóis legais e corpos quentes.

– Vá nessa, Frannie. – Ele se afasta da gente, dando uma boa olhada no estacionamento e nos prédios com certa preocupação no rosto.

– Você está bem?

– Sim – ele quase murmura. – Pode ir.

Alguma coisa não está certa. Desvio o olhar do Luc e dou uma olhada ao redor do estacionamento, então me viro para a Taylor.

– Aonde vamos?

– É surpresa – ela diz com um brilho nos olhos.

Quando me viro para dar um beijo de despedida no Luc, seus olhos continuam sondando ao redor.

– O que foi? – sussurro no seu ouvido, enquanto ele se inclina.

–Nada. Vejo você mais tarde. – Ele me beija e me obriga a deixá-lo ir.

Deslizo para dentro do carro da Riley. Enquanto saímos do estacionamento, Riley fica me olhando pelo retrovisor.

– Então, é sério. O que a gente está fazendo? – pergunto.

– Você vai ver – ela diz pelo espelho.

– Como vocês me acharam, gente? Eu nunca disse a vocês onde o Luc morava.

Riley me olha através do espelho novamente.

– Sim, você disse. Lembra daquela vez no colégio?

– Na verdade, não. Então... – Olho para o condomínio do Luc, desaparecendo com a distância. – Isso é um pouco estranho, não acham?

Taylor se vira e olha para mim.

– Você tem descartado a gente por causa do Lúcifer. Deixou a gente sem escolha.

Lúcifer? De repente um alarme soa na minha cabeça. Tento ficar calma. Entrar em pânico não vai ajudar em nada. Sinto o peso do meu crucifixo contra o peito e respiro sobre ele.

– É, acho que sim. Desculpe. E a Riley e o Trevor? Eles também andam aprontando. – Eu falo e observo a reação da Taylor.

Elas trocam um rápido olhar, então a Taylor se volta para mim com um sorriso e diz:

– É... eu sequestrei ela também.

Reação errada. *Merda!* E enquanto olho para ela, percebo pela primeira vez o brilho vermelho em seus olhos. Apenas um pouquinho atrás da íris cinza, mas o suficiente para ser percebido na penumbra do carro.

Eu não sei o que está acontecendo, mas tenho certeza de que estou ferrada.

Procuro um lugar para me proteger, mas agora estamos fora da cidade e não há mais sinais de trânsito. Estamos indo para o meio do nada. Riley está dirigindo muito mais rápido que o habitual ou eu abriria a porta e pularia. Estou tentando não parecer assustada enquanto olho para fora, ao redor, e me dou conta de que estamos indo para a pedreira.

Estacionamos perto da trilha para o poço em que se costuma nadar, abro a porta e começo a me afastar do carro.

Taylor - ou seja lá o que isso seja - surge atrás de mim em um piscar de olhos.

– Ei, onde você está indo?

Essa é uma boa pergunta. Aonde *estou* indo? Olho para a estrada empoeirada. A estrada principal fica a pelo menos meio quilômetro dali e os bosques densos estão silenciosos. Muito cedo para um grupo de nadadores aparecer. Não há para onde correr.

– Para lugar nenhum. Então, o que a gente está fazendo aqui?

– Só dando um tempo. Quem sabe nadar sem roupa. Gosta da ideia?

É, parece ótima.

– Não estou muito a fim de nadar sem roupa. A água está gelada.

Taylor lança um olhar para Riley e seus olhos brilham em vermelho.

– Vamos ter de ficar bem juntas para manter o calor do corpo – ela diz com um sorriso lascivo.

Isso é ruim. Eu vejo a Riley enfiar a chave do carro no bolso da bermuda e tomar o caminho. Taylor está atrás de mim, esperando que eu vá primeiro. Eu sigo a Riley, tentando imaginar como pegar a chave.

Nós seguimos em direção à trilha arborizada e, quando chegamos à pedreira, Taylor caminha sem pressa à beira do precipício e se senta na pedra. Seus olhos brilham e um sorriso maligno surge no canto de sua boca.

– Acho que devemos tirar a roupa. A água parece ótima.

– Hum... parece ótimo – Riley diz, me olhando com aquele mesmo brilho. – Mas eu tenho de mijar. Volto logo. – Ela se esquiva para dentro da floresta. *Droga!* Lá se vai a chave...

Taylor se levanta e vem até mim.

– Você está tão tensa. Nossa – ela diz, segurando minha mão e me puxando para as rochas. Ela está quente como o Luc sempre foi. Ela me faz sentar e fica atrás de mim, esfregando meus ombros, então começa a tirar minha camisa pela minha cabeça.

Dou um puxão.

– Está muito frio para isso. Estou falando sério – insisto. Não me viro para olhá-la quando a ouço rosnar. Preciso pensar, mas meu coração está saltando pela boca, o que dificulta a concentração. Então ouço um pequeno sussurro na floresta. Eu olho para cima e consigo respirar finalmente enquanto ele sai do meio das árvores, com seu cabelo negro sedoso brilhando ao sol. *Graças a Deus.*

– Luc – digo, me afastando da Taylor e ficando de pé. Dou um passo à frente, mas então ele levanta a cabeça.

– Oi, Frannie – ele diz com um sorriso perverso e seus olhos brilhantes. – Eu sou Belias.

Olho para ele e agora eu deveria correr, mas meus pés parecem enraizados no chão, e de repente estou me sentindo um pouco zonza. De soslaio, vejo a Taylor passar por mim.

– Eu não consigo parar de pensar em você desde que nos conhecemos em frente à sua casa. – Sua voz é aveludada e sinto minhas pernas bambearem. Ele caminha devagar na minha direção até ficar diante de mim. Ele toca meu rosto e acaricia com ardor minhas bochechas. – Está tudo bem, Frannie. Vai ser ótimo. – Suas mãos quentes deslizam em volta da minha cintura e me puxam para perto do seu corpo em chamas.

A névoa negra permeia meu cérebro enquanto me derreto nele. Ele é como o Luc e não posso evitar, e me perco em seu toque. Quando seus lábios tocam os meus, mal posso respirar. Minhas mãos o envolvem e eu me pressiono contra a curva do seu corpo, mas algo no meu cérebro grita. *Não!* Eu respiro fundo e tento pensar. Quase instintivamente, minha mão gravita pela cruz pendurada no meu pescoço enquanto luto para manter um resquício de consciência. Com o que me resta de livre-arbítrio, eu me afasto de seu beijo, olho para ele e sorrio.

Então dou um puxão na cruz e a enfio no seu olho.

Um rugido bestial estremece a floresta enquanto ele cai de joelhos, arranhando seu rosto, que está borbulhando. Ele brilha por um segundo, quase como uma miragem, enquanto alguma coisa terrível espreita para fora, por debaixo de sua pele.

O cheiro de ovo podre instantaneamente clareia os meus pensamentos. Eu me viro e corro a toda a velocidade, sem olhar para trás. Não faço ideia do que vou fazer quando chegar ao carro. Existe um carro? A Riley e a Taylor estavam mesmo lá? Eu não sei o que é real.

Estou tentando não chorar, um esforço inútil, já que sou muito boa em chorar e tudo é um borrão verde enquanto sigo torpemente pelo caminho. Eu não vejo a Taylor deitada até tropeçar nela e cair de cara no chão sujo. Enquanto tento me erguer, escuto alguma coisa se movendo através das árvores em nossa direção. Belias. *Merda!*

Agarro a Taylor por baixo de seus braços e arrasto-a, mas nos movemos muito devagar e ele nos alcança. Eu a apoio contra uma árvore e dou um passo à frente, agachada em posição de judô, enquanto ele irrompe do meio das árvores na minha direção.

– Frannie! Graças a Deus! – Luc segura a Taylor e a coloca sobre seu ombro. – Vamos! – Ele me empurra à sua frente enquanto corremos caminho afora, e, quando chegamos à estrada, ele joga a Taylor no banco de trás do Shelby com a Riley, que já está lá deitada, inconsciente.

Entramos no carro e batemos as portas.

– Meu Deus, Luc! O que... – Então eu me lembro.

Belias! Ele estava em um Shelby Cobra preto 68 naquela noite. Esse não é o Luc.

Meu coração para.

– Oh, merda!

– O que foi Frannie? Você está bem? – O Shelby dá um arranco quando liga o motor, deixando uma nuvem de poeira atrás de nós.

Eu olho para Taylor e Riley no banco traseiro, e em seguida para Belias. O que eu faço? Respiro e tento pensar. Quando olho para a estrada, há uma garota alta de cabelos negros parada no meio dela. A garota que estava na cama do Luc.

– Oh, merda! – digo de novo.

Penso que Belias vai diminuir a velocidade, mas ele olha pelo para-brisa, determinado, e acelera. Levanto os braços, achando que ela vai bater no carro e quebrar o para-brisa, mas, em vez disso, ela evapora – *puf!* –, desaparece.

Quando chegamos perto da estrada principal, agarro o volante e dou um puxão. O carro desvia para a direita, quase bate em uma árvore, mas Belias gira o volante e leva o carro até a estrada de terra.

– Que diabos você está fazendo?

– Vá pro Inferno! – grito e tento agarrar o volante de novo, mas ele me empurra para longe.

– Frannie, por favor! Assim você vai nos matar!

Olho em seus olhos. Deus, ele se parece exatamente como o Luc. E então me dou conta... do que ele disse quando nos encontrou na trilha. Ele disse "Graças a Deus". O Belias diria isso? O Luc diria?

– Luc?

– Quem você estava esperando? – O ruído vindo do banco de trás me faz pular e o cheiro de ovo podre me sufoca.

Eu me viro para ver o verdadeiro Belias - acho. Mas ele não se parece mais com o Luc. Não há dúvida sobre o que ele é: a pele vermelha fervendo, o rosto comprido e achatado, e com chifres, com suas garras ao redor do pescoço de cada uma das minhas amigas. Mas o que o diferencia como Belias é o lodo negro pingando do seu olho esquerdo.

Luc cai em um buraco e quase deslizo para o chão do carro. Então ele se vira e mostra o punho brilhante para Belias.

– Você quer mesmo fazer isso? – Belias diz, sacudindo os corpos inertes de Taylor e Riley.

– Claro, se não fosse pela Frannie, tudo não teria saído dessa maneira, não é? Uma careta faz seus lábios de couro se abrirem em um sorriso, expondo a boca cheia de dentes. – Vá em frente. Dê um tiro.

Luc

– Luc? – Frannie diz me implorando com os olhos.

– Não posso – respondo, abaixando o meu pulso. – Ele está certo. Se ele não protegê-las, isso pode matá-las.

– Bom garoto – Belias sorri irônico.

– O que você quer? – pergunto.

Ele dá uma tossidinha.

– Você precisar perguntar? Achei que fosse mais esperto que isso, sendo do primeiro nível e tudo.

Maldição do Inferno.

Olho para Riley e Taylor. Posso sacrificá-las pela Frannie? Minha cabeça diz que sim, mas minha irritante nova consciência me diz que isso é errado. Além do mais, se sobrevivermos a isso, Frannie nunca vai me perdoar.

– Então, como isso deve funcionar? – pergunto com um nó na garganta.

– Frannie, saia do carro – Belias diz, apontando para o lado do carro, onde Avaira está parada agora, e ela está fazendo uma careta em seu rosto impecável. – Ela e eu temos uma pequena festa na floresta – ele conclui com um sorriso hediondo.

Olho para Frannie enquanto ela alcança a maçaneta da porta, o aroma cítrico picante do seu terror é substituído pelo aroma doce e apimentado de groselha e cravo em sua alma, pronta para ser tomada. Minha mão involuntariamente agarra seu pulso. Ela tenta se soltar, mas eu balanço minha cabeça, implorando com os olhos.

– Não existe saída, Luc – ela diz, com o semblante calmo e resignado.

Ela puxa o braço e eu a deixo ir, com minha cabeça a mil. Empurrando a porta aberta, ela olha para mim mais uma vez antes de sair e ficar em pé ao lado de Avaira. Em uma explosão de enxofre, Belias está parado ao lado dela também, batendo a porta do lado da Frannie.

Sigo lentamente para a frente e vejo pelo espelho retrovisor quando Belias pega a Frannie pelo pulso e começa a arrastá-la pela estrada, em direção ao bosque. Enquanto ele se move, percebo que ele está fraco. O crucifixo causou mais danos nele do que se podia imaginar. Ele provavelmente não precisa da Avaira, mas ela o está seguindo para o caso de um reforço, seu punho brilhante mirando a traseira do Shelby.

E então eu coloco o Shelby em marcha a ré, mandando a Riley e a Taylor para o chão do banco traseiro. Parto para cima enquanto Avaira bate contra a janela traseira. Belias solta o pulso de Frannie e suspende seu punho enquanto acelero a toda a velocidade. Ele vai cambaleando para o carro e pela estrada empoeirada na minha frente, mas não espero para ver se ele vai cair. Eu passo a primeira e empurro a porta do passageiro, e alcanço a Frannie. Ela se joga no banco e eu passo por cima dele, com a porta ainda aberta, atropelando Belias até a estrada principal.

Ela se ajeita no carro enquanto seguimos, bate a porta e olha pela janela quebrada o chão empoeirado – Belias. Avaira está fora do campo de visão.

– Ele está... morto?

– Infelizmente não, precisaria de muitos Shelby Cobra 1968 para matá-lo, mas isso o deterá por algum tempo. – Posso ouvir o tremor em minha voz. – A verdade é que o seu crucifixo no olho dele provavelmente causou um dano maior do que se esperava. Isso vai atrasá-lo um pouco. – Eu agarro a sua mão. – Você está bem?

– Acho que sim – ela diz conferindo a si mesma enquanto saímos para a estrada principal.

Eu a sinto estremecer enquanto envolvo meu braço ao redor dos seus ombros e a puxo para perto. Isso é o mais distante de mim que ela conseguirá chegar.

CAPÍTULO 19

DANÇANDO COM O DIABO

Luc

Frannie estica as pernas de Riley e senta-se na minha cama ao lado de suas amigas.

– Elas vão ficar bem?

– Sim. Vai demorar um pouquinho para elas despertarem. Possessão demoníaca é como se você fosse atingida pelo Inferno.

– Vocês podem entrar no corpo das pessoas sempre que quiserem?

Eu quase faço uma piada com isso, mas aí me lembro de quando estive dentro da Frannie – como foi incrível.

– Se as pessoas estão marcadas para o Céu, eles não podem entrar; caso contrário, eles podem, sim. Geralmente é muito desconfortável. É apertado... e meio pegajoso e nojento.

– Como isso funciona? Você está nos dois corpos ao mesmo tempo?

– Isso mesmo. É preciso ser um mortal muito forte para impedir que um demônio não o domine, então geralmente os mortais nem mesmo estão lá, embora continuem ocupando espaço. Mas não é sempre assim. – Imagino-me dançando com a Frannie de novo e sinto um formigamento através de mim, fazendo-me estremecer.

Ela olha para Taylor e Riley na cama.

– Elas vão se lembrar de alguma coisa sobre Belias e Avaira?

– Provavelmente não. Quando alguém é possuído, é como se estivesse adormecido. Elas não vão se lembrar, e melhor ainda se elas não souberem o que aconteceu.

Ela se levanta, serpenteia até mim e me abraça.

– Como você sabia?

Esse é o problema. Eu não sabia até ser quase tarde demais. Balanço a cabeça.

– Meu sexto sentido sofreu interferência de um zumbido quando saímos do carro. Nunca passou pela minha cabeça que o Belias e a Avaira poderiam recorrer à possessão. Eu percebi que, quando você saiu com a Taylor e a

Riley, Belias faria um movimento para seguir você e eu poderia derrubá-lo. Mas assim que vocês saíram do estacionamento, o zumbido parou. Estou sem jeito de dizer que se passaram alguns minutos para eu perceber isso, e, quando finalmente entendi, era quase tarde demais. Eu sabia para qual direção vocês tinham ido... e me lembrei da pedreira. Belias estava lá naquela noite.

– O que ele quer comigo?

– A mesma coisa que eu queria. – Meu coração dói. Eu sei o quanto é difícil para ela ouvir isso. Mas Frannie precisa entender que eles não vão desistir até ela ser marcada – de uma forma ou de outra. – Eles vão continuar vindo atrás de você.

Ela se enrijece.

– Eu odeio isso. Por que isso está acontecendo comigo?

Abraço-a apertado.

– Não sei – digo – Gostaria de saber.

Ela suspira e aperta o rosto no meu peito.

– Então vai ser sempre assim. – Uma lágrima desliza sobre seus cílios e eu a limpo imediatamente. – Quero uma vida normal.

Queria abraçá-la e dizer que tudo vai ficar bem, mas não vou mais mentir para Frannie.

– Eu acho que você está longe do normal desde que se apaixonou por um demônio. – *E talvez por um anjo.* Esse pensamento cai como uma pedra no meu coração, me empurrando para baixo. Eu beijo o topo da sua cabeça e suspiro. – Mas não os vejo parando até marcarem você.

– A gente não pode fazer nada?

– A gente pode tentar fugir, mas não tenho certeza se haverá um lugar em que eles não possam nos encontrar.

Sua expressão, de repente, está determinada.

– Vou *viver* a minha vida. Caso contrário, qual a razão de lutar? Eu posso muito bem deixá-los me marcar agora.

Eu a puxo para perto, desejando que pudesse ser assim tão simples.

– Existe o seu poder de influência, Frannie.

– O que isso significa?

– O seu poder. Se é forte o suficiente para me mudar, você deve ao menos conseguir usá-lo para se proteger.

– Como eu faria isso?

– É uma coisa que você precisa descobrir por si mesma, mas, quando aprender a controlá-lo, deverá se proteger de alguma forma.

Ela olha para mim e eu vejo o medo e a trepidação em seus olhos.

– O que Belias vai fazer?

– Belias é uma criatura da Luxúria, um pesadelo, então sua técnica envolve sedução e sucção da alma. Mas isso é só com mortais que já estão marcados, eu acho. – Eu me lembro da minha conversa debaixo da árvore da casa da Frannie. – Ele *disse* que as regras estão mudando... – Eu a sinto estremecer sob meus braços.

– Isso é péssimo – ela diz, olhando para Riley e Taylor na cama.

Então os olhos de Taylor se abrem. Taylor respira fundo e se senta-se.

– Que diabos...?

– Ei, Tay – Frannie diz, caminhado para se sentar ao lado dela. Riley geme e abre os olhos, aparentando estar grogue.

– Que está acontecendo? – Taylor verifica sua roupa e olha ao redor, desconfiada.

– Vamos levantar dessa cama – digo, dando um empurrãozinho.

Riley se senta, ainda atordoada.

– Ei, Ry. Como está se sentindo? – Frannie pergunta.

– Uma porcaria – ela responde.

Taylor circula ao redor e olha para mim.

– Onde diabos a gente tá?

– Bem-vinda à minha humilde morada – eu digo sorrindo, com outro empurrão. – Não se lembra de ter subido?

Ela tem um olhar catatônico.

– Talvez...

– Você quer outra cerveja? – Vou até a geladeira.

– Não! – Riley praticamente grita, esfregando a testa.

Nós colocamos a Taylor e a Riley no carro da Riley. Enquanto Frannie e eu voltamos para nos recuperar, vemos as duas indo embora. Olho em volta e suspiro aliviado, pensando em como essa foi por pouco – para todos nós. Passo meu braço ao redor da Frannie para protegê-la enquanto a conduzo até as escadas do meu apartamento. Quando entramos, ela trava todas as trancas e fechaduras, enquanto eu crio um campo de defesa e me entrego à minha própria dissuasão infernal. Então ela se joga sobre mim, e sinto meu coração disparar. Ela ainda está tremendo um pouco... ou sou eu que estou? Não tenho certeza.

– Você está bem? – sussurro em seu ouvido.

Ela pressiona o corpo contra o meu.

– Agora estou – ela diz. Então me olha com curiosidade. – Então, o que você disse mais cedo... sobre poder entrar no corpo de outras pessoas...

– Sim.

– Estava pensando, tipo... você podia... você sabe... fazer isso em mim?

Eu olho para o chão, me sentindo mais que culpado, e observo o bico da minha botina em uma das margaridas desenhadas no piso sujo.

– Eu já fiz...

Fico surpreso quando suspendo o olhar e a vejo sorrindo.

– Quando?

– Pouco antes de eu dar em você o primeiro beijo.

– Você quer dizer antes de *eu* dar em *você* o primeiro beijo.

Abro um largo sorriso.

– Na verdade, eu beijei você primeiro. Você estava adormecida.

Ela sorri.

– Você pode fazer de novo? Quero dizer, esse negócio de você entrar em mim. Prometo que vou ficar acordada.

Meu coração salta. Mas, enquanto fantasio sobre deslizar por entre os lábios da Frannie, estar lá de novo, percebo que talvez não seja mais capaz de fazer isso. As coisas estão mudando rápido.

– Não tenho certeza.

Ela se estica-se até a ponta dos pés e me beija. Então me olha profundamente e sussurra:

– Tente.

Eu a beijo de volta, puxando-a para mim o mais apertado que posso e, enquanto seus lábios se abrem, deixo minha essência fluir por entre eles. Estou surpreso novamente com a facilidade com que consigo fazer isso – porque ela está me convidando, tenho certeza. Eu tenho a mesma sensação avassaladora correndo em mim como tive na primeira vez, só que agora sei nomeá-la... Amor, é claro, mas também alegria, esperança e um assombro por sua absoluta beleza. Ela é mais bonita por dentro, e isso quer dizer alguma coisa. Nós ficamos dançando – e eu estou no Céu.

Deixo apenas um pouco de mim oculto para controlar meu corpo e, enquanto a abraço do lado exterior, acaricio seu interior, bebendo em seus suspiros e gemidos enquanto a exploro, por dentro e por fora. Eu sinto a reação física do seu corpo – sem mencionar o meu próprio corpo. Antes que eu perceba, estamos na cama, as camisas no chão, e preciso dar tudo de mim para fazer parar o processo. Meu coração dói quando reluto em puxar a minha essência de volta, e agora estou com a mesma sensação de estar vazio e abandonado em minha casca humana.

Ela se senta na cama e bufa:

– Por que você parou?

– Um ato deliberado de luxúria com um demônio garante a você uma passagem só de ida para o Poço do Abismo. Tenho certeza disso. Não podemos fazer isso até eu saber se é seguro para você.

– Eles... você... vocês estão tomando tudo. Minha vida... tudo. Isso é tudo o que eu quero. Apenas isso. Por favor? Você é quase humano.

– Não estou certo disso. Parece ser esta a direção que estou tomando... e eu realmente quero... é evidente. – Deus, como eu quero. – Mas só pelo fato de que ainda posso fazer... isso – eu me arrepio –, significa que não é seguro ainda.

Ela se atira para trás sobre os travesseiros e sopra irritada seus cachos sobre o rosto.

– Isso é um saco.

Eu me viro sobre meu cotovelo e a beijo.

– Você é a única que sabe quem eu sou, quem eu não sou, e quem eu quero ser. E de alguma forma você me ama mesmo assim. Eu não vou tirar nenhuma vantagem de você, Frannie.

Ela rola para o lado e me olha nos olhos. Um sorrisinho perverso aparece no canto dos seus lábios enquanto ela faz beicinho.

– Isso foi incrível – ela diz, traçando a linha da minha bochecha com a ponta do dedo indicador e me fazendo estremecer. Então seu sorriso se abre. – Provavelmente melhor do que sexo.

Eu sorrio de volta, morrendo de vontade de provar que ela está errada. Foi incrível, mesmo. Surpreendente, na verdade. Mas não consigo imaginar sexo com a Frannie sendo nada menos do que isso.

– O quanto você se lembra?

Seu sorriso se alarga e ela vai descendo o dedo pelo meu peito até o botão dos meus jeans.

– Tudo isso.

Não posso deter meu próprio sorriso.

– Interessante.

Seu dedo percorre ao longo da minha barriga até o cós do meu jeans, me deixando maluco, e estou quase mergulhando de volta, para dentro dela, quando ela diz:

– Onde é o Inferno, afinal?

Eu quase dou uma risada.

– No centro.

Ela olha para mim, surpresa.

– Da Terra?

– Sim.

– Então aquela história de cavar bem fundo para sair na China... quem fizer isso terá uma surpresa e tanto.

– Literalmente – eu rio.

– Como você chegou lá? Vocês geram descendentes? Alguém como você vem depois de você?

– Não. Eu sou uma criatura do Inferno. – Dou uma olhada para o lado para vê-la, sem saber como ela vai reagir a isso, mas ela só aparenta estar pensativa.

– O que você quer dizer?

– Demônios são criados no Inferno. Nunca fomos humanos.

– Não entendo como isso funciona.

– Nós nascemos do pecado. O meu pecado é o Orgulho, assim como o do original – o Rei Lúcifer. Meu nome é como o dele. Somente criaturas do Orgulho são arrogantes o suficiente para usar o nome dele.

Os olhos dela desviam para a sua mão no meu peito.

– Seria muito estranho se eu dissesse que eu meio que sabia disso o tempo todo?

Eu sorrio.

– Sim.

Ela olha para mim e depois para longe. Abre a boca para dizer alguma coisa e então a fecha novamente.

Meu sorriso se alarga. Levanto seu queixo com o dedo e fixo seu olhar no meu.

– O quê?

Ela cora e seu semblante se torna envergonhado.

– Nada – ela diz, baixando os cílios.

– É óbvio que é alguma coisa.

– Eu quero sentir seus chifres – ela desabafa, sem olhar para mim.

Faço uma careta.

– O quê?

Ela rola e fica de costas para mim.

– Esqueça. É idiotice.

Eu a viro de volta e me apoio em meus cotovelos, acima dela.

– Você não vai sair gritando pela sala?

Ela dirige seu olhar para o meu, então levanta a cabeça e me beija.

– Depois do que você falou? O que *você* acha?

Fecho os olhos e afasto a minha forma humana, e estremeço quando sinto os dedos da Frannie deslizando suavemente pelo meu cabelo. Existe um tremor em seu toque enquanto ela delineia ao redor da base do meu chifre esquerdo, e vai até a ponta e volta. Sinto suas mãos envolvendo-os enquanto ela me puxa para um beijo, e eles desaparecem enquanto me afundo nela.

Quando a afasto, olho fixamente naqueles olhos de safira procurando algum sinal de medo ou repulsa, mas tudo o que vejo é amor. Eu ainda não posso acreditar que aquele olhar é direcionado para mim.

– Eles vão tentar aquilo de novo... com a Taylor e a Riley, quero dizer.

Eu suspiro e passo meu dedo por seu nariz, seus lábios, queixo e ao longo do seu pescoço, parando perto daquele insano sutiã vermelho excitante.

– Provavelmente não. Eles sabem que vou estar de olho.

– O que vamos fazer?

Eu rolo para longe e balanço a cabeça.

– Eu não sei. Meu sexto sentido está oscilando. Isso é perigoso, Frannie. Não consigo vê-los chegando como conseguia antes. Não tenho certeza se posso protegê-la mais.

Ela sorri.

– Preciso de outra cruz e acho que você precisa de um talismã. Algo para afastar os maus espíritos.

– E exatamente onde eu consigo esse talismã?

Se eu não a conhecesse melhor, jurava que *seus* olhos estavam brilhando. Ela se senta e se vira de costas para mim, abrindo o fecho do sutiã e tirando-o. Enquanto olho, sinto coisas... excitantes... que estão me deixando quase fora de controle a ponto de pular nela neste instante. Ela puxa um travesseiro e o coloca à sua frente, e então se vira com o cabelo caído sobre um lado do rosto. Ela joga o sutiã para mim com um sorriso pecaminoso que faria qualquer demônio morrer de vergonha.

– Seu talismã – ela diz.

– Se você acha que isso vai afastar os maus espíritos – eu digo, segurando-o –, então você não sabe muita coisa sobre espíritos malignos. – Olho para ela e tento controlar a minha respiração. – Você não tem ideia do que está fazendo comigo. – A verdade é que eu também não faço ideia do que ela está fazendo comigo. Esse é um território completamente desconhecido para mim. Mas, seja lá o que for, acho que gosto disso.

Ainda sorrindo maliciosamente, ela diz:

– Eu não lamento.

Mas então eu vejo. A resposta. Hesito por um segundo, comendo a Frannie viva com os olhos, antes de pendurar seu sutiã na cabeceira e jogar sua camisa para ela.

– Por mais que me doa dizer isso, você tem de se vestir. Gabriel tem uma coisa de que a gente precisa.

Frannie

– Eu não vou deixar ele me marcar – declaro a caminho da casa do Gabriel.

– Eu gostaria que você deixasse. Isso seria a maneira mais segura. Mas deve haver outras coisas que também podem ser tão boas quanto isso.

– Como o quê?

– Por ser um Domínio, ele possui informações que eu não possuo. Ele também tem poderes que eu só posso sonhar em ter.

Penso no nosso beijo - como eu me senti -, suspendo minha mão até meus lábios e suspiro.

– O que está acontecendo com vocês dois? – A voz do Luc é suave, mas com certo incômodo.

– Nada. – Eu acho.

– Você é uma péssima mentirosa.

– Eu não estou... mentindo – eu começo a falar. Mas eu sou. Porque tem alguma coisa acontecendo. Só que não tenho certeza do que é. – Eu beijei o Gabriel.

Luc pisa nos freios, derrapando para fora da estrada.

– Você o *quê*?

– Eu beijei o Gabriel.

Ele me encara com ódio no olhar.

– Quando?

– Antes de a gente... na maioria das vezes – confesso.

– *Na maioria das vezes?* Como assim?

E sua fúria desencadeia a minha.

– Quer saber? Não é da sua conta. Ao menos ele não estava sem roupa na minha maldita cama! E eu ainda não estou convencida de que você não fosse transar com a Avaira!

Ele contrai o maxilar e cerra os olhos.

– Ele beijou você de volta?

Deslizo no banco e cruzo meus braços bem apertados sobre o peito, tentando me segurar para não bater nele.

– Eu já disse que não é da sua conta.

– Bem, isso é mesmo uma maravilha – ele diz com a voz ácida. – Você não está só derrubando demônios, mas também Domínios. – Ele volta para a estrada e fica olhando catatônico pelo para-brisa. – Então, você o quer? Porque seja lá o que queira, você pode muito bem ter, com toda essa coisa de poder de influenciar.

Olho firme para ele.

– Me leve para casa.

Mantenho os braços cruzados. A dor no meu peito ameaça se dissolver em lágrimas raivosas, mas eu me esforço para não chorar. Não quero dar-lhe esse prazer.

Ele puxa o carro para fora da estrada e fica simplesmente lá, sentado, olhando para a frente – por uma eternidade.

– Posso ir andando daqui – finalmente digo, alcançando a maçaneta.

– Pare. – Ele estica a mão rapidamente e segura meu pulso.

Puxo meu braço de volta.

– Me deixe! – Mas, quando me viro para ele, sua expressão é afável e seus olhos parecem sinceros.

– Frannie, por favor, tente se lembrar de que sou novo nisso. Ainda tenho sentimentos, emoções, que me deixam furioso por nem sequer saber identificá-los. Eu não sei o que devo fazer com eles. Eu não quis dizer o que disse. Sinto muito.

Luto contra as lágrimas de novo. Eu realmente quero ficar brava com ele. Quero odiá-lo, porque é mais seguro que amá-lo.

Eu puxo a maçaneta.

– Tarde demais. – Saio do carro, mas, antes de caminhar uns três metros, ele está lá, me abraçando por trás.

– Me largue!

Um carro que passa diminui e desvia para o acostamento ao mesmo tempo em que puxo o braço do Luc e o jogo por cima do meu ombro direto no chão. Um homem alto, magro, aparentando ter da idade do meu pai, sai e olha para mim com olhos espantados.

– Você precisa de ajuda, mocinha?

Olho para o Luc e por um segundo fico furiosa, porque ele está gargalhando.

– Você acha engraçado? – falo com desprezo. Mas então percebo o ridículo que estamos fazendo e não há jeito de fazer parar o sorriso estúpido que se abre nos meus lábios.

– Mocinha? – o sujeito diz, caminhando cuidadosamente em nossa direção.

Luc se levanta do chão enquanto caio em uma gargalhada incontrolável. Ele olha para o cara.

– Estamos bem... – seu olhar desvia para mim – Eu acho.

Não consigo parar de rir, mas faço um aceno, concordando.

O cara não parece estar convencido disso, então eu realmente me esforço para parar de rir.

– Obrigada, mas estou bem.

Ele olha atento para o Luc.

– Se você diz...

Eu pigarreio e tento parecer séria.

– Tenho certeza.

Enquanto ele volta ao carro e vai embora, sinto o braço do Luc me entrelaçar pela cintura e me puxar para junto dele.

– Você já terminou de me bater? – ele pergunta por entre meus cabelos e posso perceber o sorriso na sua voz.

– Talvez. – Giro em seus braços e limpo uma mancha de sujeira do seu rosto. – Você já terminou de me encher o saco?

Ele ri.

– Talvez.

Ele segura minha mão e me reboca de volta para o carro. Mas assim que pegamos a estrada, uma coisa que ele disse me toca profundamente, como um soco no estômago, e de repente me sinto mal.

– Você acha que eu me enganei?

Ele lança seu braço sobre meus ombros.

– O quê?

– Você disse que eu posso muito bem ter tudo o que quero. Eu fiz você me amar?

Ele se vira, olha em meus olhos e dá um sorriso confuso em seus lábios perfeitos.

– Você fez.

– Não, eu quero dizer que eu *fiz* você me amar. Como se você não quisesse realmente, mas... minha... influência, essa coisa de poder de influenciar, ou seja lá o que for que o Gabe acha que sou capaz de fazer, como... ter *modificado* você.

– Isso é irrelevante.

– Não para mim.

– Frannie, o que importa é que o que sinto é real e genuíno. Eu não gostaria de voltar a ser o que eu era. Como eu cheguei aqui, não importa. O que importa é que estou aqui.

– Isso é tão estúpido. É como dizer que eu o bati no pôquer porque tinha as cartas marcadas, mas você ficou feliz por eu ter tomado todo o seu dinheiro.

– Se você tomasse o meu dinheiro e me comprasse o paraíso com ele, eu *ficaria* feliz com isso. E foi isso o que você fez. – Ele se aproxima de mim e me atrai para o seu ombro. Eu o empurro para longe e olho pela janela enquanto ele sai da estrada. Eu sinto seus olhos sobre mim, mas não consigo olhá-lo, sabendo o que fiz. Eu dei a ele um significado novo para o termo "jogos mentais". Mas, em um cantinho da minha mente egoísta, eu odeio o fato de ele não ter se apaixonado por mim. Ele foi forçado a isso. Ele *não* me ama por eu *ser* quem sou. Ele me ama por não ter tido escolha.

Luc

Frannie está sentada no braço da cadeira, olhando pela janela, e Gabriel está sentado no sofá me olhando como se eu estivesse maluco.

– A blindagem só funciona para os anjos e para alguns mortais. Pelo que vi na última vez, cara, você não é nenhum anjo.

– Como assim, alguns mortais?

– Bem, Adão e Lilith foram os primeiros em que testamos, e você bem sabe que *fim* levaram... Mas houve outros em que funcionou. – Ele dá de ombros. – Tente imaginar.

– Você quer dizer Eva, Adão e *Eva* – Frannie diz olhando pela janela.

Gabriel abre um meio sorriso.

– Você está certa, não deu certo com Eva também, mas Lilith foi a primeira mulher de Adão.

Ela se vira e olha para Gabriel, depois para mim, enquanto espera que eu confirme que o Gabriel perdeu o juízo. Eu balanço a cabeça.

– Longa história. – Então me viro de volta para o Gabriel. – Por que a blindagem não funciona na Frannie?

Gabriel olha para mim.

– Funcionava. Até você aparecer.

– Oh.

– O que não funciona em mim? O que é essa blindagem?

Gabriel responde:

– Essencialmente é um escudo contra o mal. Esconde você de todas as criaturas do Inferno.

Faíscas de esperança brilham em seus olhos.

– Pode me esconder de anjos também?

Um sorriso triste cruza os lábios de Gabriel.

– Não.

Ela aparenta estar deprimida novamente e pergunta:

– Por que não funciona em mim?

– Eu não sei. Às vezes ela funciona parcialmente. Basta apenas que um demônio seja particularmente sensível a você, por algum motivo... – Ele me dá uma olhada.

Frannie olha para mim, com incerteza em seus olhos.

– Então você está dizendo que, mesmo com essa blindagem, o Luc me encontrou.

– Parece que sim – Gabriel diz, mas os olhos dela estão presos aos meus.

Eu aceno para ela de maneira tranquilizadora e sorrio. Ela está muito temerosa de ter me manipulado para fazer--me amá-la. Me magoa ela não perceber quanto mais existe entre nós agora. Como isso é *grande*. É possível que tenha sido o seu poder de influenciar que deu o pontapé inicial, mas o modo como me faz sentir... não é o seu poder de influenciar. É apenas ela.

Ela desvia o olhar para o Gabriel.

– Tente de novo em mim.

– Você ainda está sob a proteção da blindagem. Acho que é por isso que o Lúcifer é o único que a encontrou até agora.

Eu contraio o cenho.

– E Belias e Avaira.

Gabriel me olha.

– Sobre o que você está falando?

– O seu radar é uma porcaria. Eles estão aqui faz algumas semanas.

Sua surpresa se torna antipatia.

– Você deveria ter me contado, mas tenho certeza de que Belias encontrou você por ter fracassado. Você é como um para-raios infernal. Você ainda está ligado a eles e essa conexão psíquica será difícil de romper.

Acho que sei uma maneira de romper isso agora:

– O que traz de volta a minha questão principal.

Gabriel me olha cautelosamente.

– Eu nunca ouvi falar de alguém ter tentado isso em um demônio. Pensando bem, não parece ser uma boa ideia.

– Mas eu não sou mais um demônio, lembra?

– Fisicamente, você está se tornando um mortal, mas na essência você ainda é um deles, uma criatura do Inferno.

Eu sei que ele está certo, porque não poderia fazer o que fiz com a Frannie há algumas horas se ainda não fosse um deles.

– Se ninguém tentou em um demônio, como você pode ter certeza de que não vai funcionar em mim? Qual é o risco?

– O risco... bem, vejamos. Existe o risco de *morte*. Forças da luz, especialmente dessa magnitude, tendem a liquidar forças diabólicas. Mesmo se isso não matá-lo, poderia alterá-lo de maneira que eu não faço ideia.

Frannie fica de pé e vem na minha direção, com os olhos cheios de preocupação.

– Alguém vai me dizer o que está acontecendo?

Gabriel olha para ela com um sorriso irônico.

– Lúcifer está rogando por um milagre.

Ela revira os olhos.

– Não estamos todos? Mas, realmente...

Não consigo conter o sorriso.

– Ele está falando sério. É exatamente isso o que estou pedindo.

– Um milagre – ela repete, como se estivesse esperando pelo desfecho.

– Sim.

Evidente que essa não era a resposta que ela estava esperando.

– Ótimo.

Gabriel entrelaça seus dedos nos dela e olha fixamente para a palma da sua mão.

– A blindagem de luz torna os anjos invisíveis às forças diabólicas. Anjos podem proteger um mortal debaixo de blindagem quando isso não funciona diretamente no mortal. Esse é um dos motivos para eu estar aqui, proteger você. – Ele olha para Frannie, e ela sustenta seu olhar.

Chocolate.

O ciúme borbulhante me sufoca – por causa dela.

– Seu radar é uma porcaria e sua blindagem deve estar com defeito também. Eu senti o seu cheiro a quilômetros de distância – dou um sorrisinho falso.

O olhar de Gabriel está preso ao de Frannie.

– Eu deixei você me detectar, esperando assustá-lo.

Um sorriso curto escapa do meu peito.

– Até parece!

– Então, o que é essa blindagem? O que o Luc precisa fazer? – Frannie pergunta.

Gabriel desvia seus olhos da Frannie e me dá uma olhada cínica.

– Deixar crescer uma auréola.

Ela revira os olhos de novo.

– É sério.

Nós dois olhamos para ela, seriamente.

– Ótimo – ela diz.

Gabriel me olha ceticamente.

– Só vai funcionar em um coração puro, com intenções puras.

Frannie sorri.

– Eu devia ter avisado que não ia funcionar em mim.

Gabriel continua me encarando.

– Seria perigoso tentar em um mortal marcado para o Inferno, e eu acho que você está longe disso.

– Então... isso poderia matá-lo? – ela diz e seu sorriso desaparece.

– Sim.

– Então ele não vai fazer isso.

Eu olho para a Frannie, que agora está com olhos arregalados, um tanto chocada. Minhas intenções são puras, eu sei disso. Minha única intenção é salvá-la de um destino que ela não merece. Mas e o meu coração? Não tenho certeza. Se está puro, Frannie fez isso acontecer. O que eu preciso fazer? Como isso funciona?, eu me pergunto sabendo que tenho de tentar. Se não posso proteger a Frannie, sou inútil. Pior que inútil. Sou responsável por atraí-la ao Inferno.

Gabriel está olhando para a Frannie, talvez ponderando como ela reagiria se alguma coisa acontecesse comigo nas mãos dele. Fúria, vingança... todos os pecados.

– Gabriel, essa decisão é minha. Não dela – digo, chamando a atenção para mim.

Ele desvia os olhos dela e olha para mim, enquanto acena.

– Espere aí – Frannie diz com uma incredulidade ardente em todo o rosto, mas com medo nos olhos. – Você está falando sério que ele poderia morrer?

A preocupação passa rápido pelo semblante de Gabriel.

– Ele não pode mentir...

– É arriscado, porque ele ainda está acorrentado ao Inferno.

– O que você quer dizer?

– Ele é uma criatura do Inferno, não importa no que esteja se tornando. Sua força vital é gerada no Inferno, e ele sempre estará conectado a ele.

Sinto minhas entranhas ferverem enquanto minha repulsa pelo que sou começa a me inundar. Não consigo olhar para ela. Não posso lidar com essa mesma repulsa refletida em seus olhos.

Mas quando ela não responde, olho em sua direção. Ela me olha nos olhos e sua expressão torna-se fria.

– Acho que você não deveria fazer isso, Luc. Não faça por mim. Porque eu não amo você. Eu não o quero mais.

E mesmo que eu saiba que ela está mentindo, a dor esmagadora no meu peito me deixa incapacitado.

– Você não quer dizer isso.

– Quero, sim. Não quero alguém que me ama porque tem de me amar. Quero alguém que me ame por minha causa. – Sinto meu coração desfalecer no peito enquanto ela se volta para o Gabriel. – O que precisa acontecer para você me marcar?

– Você precisa se perdoar.

Por um breve instante, seu rosto contorce-se em dor, mas rapidamente ela passa a mão sobre o rosto e isso desaparece.

– Perdoar a mim mesma... por causa do Matt, você quer dizer.

– Sim – Gabriel replica com um sorriso triste.

Tudo em mim quer salvá-la – quero que o Gabriel a salve. Mas o que eu nunca disse a ela é que, uma vez marcada para o Céu, estou certo de que algumas coisas entre nós mudarão. Gabriel disse isso: não importa no que esteja me tornando, eu sou uma criatura do Inferno. A vida da Frannie e sua prioridade vão mudar assim que ela for marcada para o Céu. Ela não vai me querer ou precisar de mim. Mas ela estará segura.

– Faça isso, Frannie – eu digo e me viro. Porque, apesar da minha melhor intenção, a dor nas minhas palavras soa bem clara.

Ficamos em silêncio por um longo tempo e, quando me viro de volta, Frannie parece insegura. Perdida.

Finalmente, Gabriel fala:

– Por mais que eu odeie admitir isso, essa é a razão errada. Você *vai* se perdoar algum dia e, quando isso acontecer, será marcada para o Céu. Não é uma coisa a que você possa se obrigar, nem por ele. – Ele desabafa as últimas palavras e seu rosto se contorce em algo nada angelical.

Frannie olha para mim e uma lágrima rola pelo seu rosto. Ela se atira nos meus braços e quase me tira o fôlego.

– Luc, não faça isso. A gente vai pensar em outra coisa. – Eu posso sentir seu coração vibrar contra o meu peito.

Eu a puxo para mim, beijo-a e olho para o Gabriel.

– Vamos fazer.

– Pare! Não! – ela grita, me abraçando com muita força e enterrando o rosto no meu peito.

– Frannie – Gabriel diz de maneira doce e melodiosa –, Lúcifer está certo. Se vocês insistem em ficar juntos, nós precisamos tentar.

Frannie tira o rosto do meu peito e olha para ele. Gabriel está iluminado de novo – o que é um espetáculo. Mas parece funcionar, porque seu abraço começa a se soltar. Então sinto suas mãos no meu rosto e não resisto quando ela me puxa para um beijo.

Gabriel fica na minha frente.

– Tire a camisa.

Eu passo a camisa pela cabeça e Frannie a tira de mim, abraçando-a junto ao rosto. Ele leva a mão na minha testa e percebo que está molhada. Então fico mais quente que o Lago de Fogo.

Água benta.

É claro que essa maldita blindagem de luz envolve água benta. Esses tipos detestavelmente piedosos não conseguem fazer nada sem isso. Eu prendo a respiração – está sendo mais difícil que era antes –, e aperto os olhos por causa da dor. Sinto a pele da minha testa empolar e descascar onde Gabriel marca um círculo. Quando sua mão se move para o meu peito e deixa a marca da sua palma borbulhando sobre meu coração, ouço o gemido que escapa da minha garganta e isso é tudo que faço para não me afastar dele e cair. Faço caretas, porque sei que o Gabriel está gostando disso.

Deixe de ser um maldito bebezinho e engula logo isso. Isso é o que você quer.

Cerro os dentes e estou perfeitamente ciente dos soluços da Frannie, perfurando meu coração, enquanto segura apertada a minha mão. Gabriel diz algumas palavras em uma linguagem antiga, mas eu não as escuto. Não ouço nada além da Frannie. Ela é tudo o que importa.

E então ela está em meus braços, beijando a pele ferida sobre o meu peito. Eu abro os olhos e ela olha para cima, lágrimas escorrendo do seu rosto.

– Eu sinto muito – ela sussurra através das lágrimas.

Minha dor se perde em seu rosto. Eu passo meus braços ao redor dela e sorrio.

– Por que você diria uma coisa idiota dessas?

Eu a sinto exalar com força o último de seus soluços, enquanto ela toca minha testa empolada.

– Você está bem?

– Nunca estive melhor.

Pego minha camisa da mão dela e estremeço enquanto ela desliza os dedos sobre os vergões no meu peito. Deslizo minha mão sobre a dela, puxando-a para a porta.

– Nós temos mais uma parada.

Frannie

Vovô se senta do outro lado da mesinha de centro em nossa frente, em um sofá de apenas dois lugares, os cotovelos nos joelhos, seu cachimbo esquecido na mão. Ele parece um pouco pálido e, por um segundo, estou com medo de que causemos um ataque cardíaco nele. Ele olha para o Luc, sentado ao meu lado no sofá.

– Um demônio – ele repete pela sexta vez. Na primeira vez ele deu uma gargalhada e nos disse para parar de brincadeira. Ele não está rindo alto agora.

Luc encara o olhar do vovô sem vacilar.

– Eu era. Não tenho certeza do que sou agora.

– Humano – eu digo. – Você está se tornando humano.

Luc me dá um sorriso cauteloso.

– Como isso funciona? – A voz do vovô não é sonora. Soa estranhamente fraca.

– Frannie é... especial – Luc diz.

Agora a voz do vovô é sonora.

– Eu sei disso! Mas isso não explica nada. Por que você está aqui?

– Desculpe, senhor, mas isso explica tudo. Frannie tem um dom especial. Um poder que tem um valor inestimável para o Inferno. Eu vim para reivindicar sua alma para o Inferno, mas seu poder está me mudando.

Vovô pula do sofá.

– Afaste-se dela! Frannie, venha cá. – Ele avança sobre nós e agarra meu braço, me puxando para fora do sofá e dando a volta pela mesinha de centro. Ele me enfia embaixo de seu braço protetor.

– Vovô, por favor. Apenas escuta a gente.

– Estou ouvindo vocês em alto e bom som – ele diz, olhando para o Luc. – Volte para o maldito lugar de onde você veio. Você não vai ter a Frannie.

– Ele não me quer! – desabafo, e então coro e sorrio para o Luc. – Bem, não *dessa* maneira.

Luc sorri de volta, mas sua expressão se torna séria.

– Senhor, eu realmente preciso da sua ajuda.

Existe um veneno que eu nunca ouvi na voz do vovô.

– Você quer minha ajuda para arrastar minha neta para o Inferno?

– Não, quero sua ajuda para marcar a alma dela para o Céu.

Respiro fundo e contorço-me debaixo do braço do vovô.

– Você mentiu! Você disse que queria que o vovô ajudasse a esconder a gente.

– Você precisa descobrir uma maneira de se perdoar, Frannie. Acho que seu avô é a melhor pessoa para ajudá-la a fazer isso. Essa blindagem pode funcionar, mas se não funcionar, Gabriel é o único que pode mantê-la segura. Ele ama você, Frannie, e ele tem alguma influência com o Grandão lá em cima. Ele pode conseguir manter as coisas razoáveis para você.

– Eu quero a minha vida, maldição!

– Do que você está falando? – Vovô tem uma expressão de confusão e medo.

– A alma da Frannie não pode ser marcada para o Inferno se já estiver marcada para o Céu. Mas Frannie não pode ser marcada para o Céu a menos que ela perdoe a sim mesma pelo Ma...

– Pare! – grito. – Pare com isso! Não é o que eu quero.

– Mas é do que você precisa – Luc diz, olhando fundo nos meus olhos.

– Vá pro Inferno!

– Eu vou, mas não vou levar você comigo.

Eu sou uma enorme bola de frustração e raiva. Eu quero matá-lo por me apunhalar pelas costas.

– Saia daqui!

– Frannie? – Em minha ira, havia esquecido que o vovô estava ali. – Fale comigo.

Olho para ele e tudo se desmancha em um dilúvio de lágrimas. Eu o abraço com todas as minhas forças. Ele se senta no sofá de dois lugares e me leva junto, e eu deito minha cabeça no seu ombro e choro por um tempo que parece nunca terminar. Quando levanto a cabeça e olho em volta, Luc não está mais lá.

– O que ele quis dizer, Frannie? Sobre perdoar a si mesma?

As lágrimas surgem de novo e minha garganta sufoca. Eu não posso dizer. Não para o vovô. Porque, se ele me odiar, isso vai me matar. Mas quando olho em seus olhos e vejo toda a sua sabedoria...

– Eu matei o Matt, vovô.

Ele não diz nada, mas, quando as lágrimas começam a cair novamente, me puxa contra seu peito em um abraço de urso e me sinto segura como não me sentia há dez anos. Eu me afundo nele, exausta. Quando acordo, ele continua me abraçando. E então nós conversamos... e conto tudo a ele.

Ele não diz nada por um bom tempo e tenho certeza de que arruinei tudo. Agora que ele sabe a pessoa terrível que sou, as coisas nunca mais serão as mesmas. Então ele me olha firme nos olhos.

– Parece que você tem carregado toda essa carga pesada por muito tempo.

Ele me odeia. Eu sabia. Sinto o peito apertado, como se meu coração entrasse em colapso.

– Escute, Frannie. Eu não estava lá e não sei o que aconteceu, mas sei que esse coração – e ele acaricia as minhas costas – só tem coisas boas. Se o que você diz é verdade, foi um terrível acidente.

Eu balanço minha cabeça com força, como se pudesse jogar a culpa fora.

– Mas eu estava tão brava. Eu... odiava ele.

– Tenho certeza de que você não poderia odiar coisa alguma mesmo se estivesse tentando, Frannie. Você não tem isso dentro de si. Parece que o que aconteceu, apenas aconteceu. Não é culpa de ninguém.

Mas vovô estava errado. Foi minha culpa.

– Todo mundo carrega seus próprios erros consigo. Eu sei disso como ninguém. Depois da morte da sua avó... – As palavras engasgam e ele balança a cabeça. Ele aperta um pouco mais firme os meus ombros. – Faz parte da natureza humana se culpar quando coisas ruins acontecem, pensando no que poderíamos fazer para que as coisas saíssem diferentes.

Eu vejo a culpa em seu rosto e isso me mata.

– O que aconteceu com a vovó não foi sua culpa, vovô. – Foi minha. Eu deveria ter insistido mais em fazer com que a mamãe fosse até ela.

– Mas isso não significa que eu não vá me sentir desse jeito. – Ele tira o braço de sobre meus ombros e agarra a minha mão. – Você e Matt eram mais próximos que outros gêmeos. Eu não sei o que aconteceu naquela árvore, mas, não importa o que tenha sido, você iria sair dali muito mal. Mas vai chegar uma hora em que entenderá o que realmente aconteceu: um acidente.

Sinto o peso frio do terror que tenho carregado no meu peito pelos últimos dez anos começando a se desmanchar. Parte do que ele disse é verdade. Eu *não* queria matar o Matt. Então, talvez eu não seja um monstro.

Mas isso não me faz sentir menos culpada.

Eu me aconchego ao seu lado e fico sentada lá por mais algumas horas.

CAPÍTULO 20

FALANDO NO DIABO

Luc

Durante três dias eu me sentei em um galho de árvore ao lado da janela da Frannie até ela falar comigo novamente. Ela teve dias difíceis com as provas finais, mas ter amigos no alto escalão ajuda muito. Com alguma intervenção divina, terminou tudo bem.

Eu não estava planejando ir à formatura. Quero dizer, de quantos diplomas do ensino médio um sujeito realmente precisa? Mas então me ocorreu que talvez eu precise deste, caso esteja realmente me transformando em um mortal.

Estou me escondendo nas sombras do placar esperando pela Frannie quando tocam em meu ombro. Viro-me e encontro Gabriel apoiado na trave do gol, sorrindo para mim, e me dou conta de como estou cego sem meu sexto sentido, que já praticamente desapareceu.

Ele dá um tapinha na ridícula beca marrom que esvoaça em torno de mim.

– Bela roupa.

– Vá pro Inferno.

– Isso é improvável – ele diz, dando de ombros ao se afastar da trave.

Olho para a arquibancada quando a Frannie aparece com sua família.

– Por que você... – olho novamente para a Frannie.

– Desisti? – ele termina para mim. – Porque ela fez sua escolha.

– Como você sabe?

Ele dá um sorrisinho irônico para mim.

– Você está brincando, não? Olhe só para você.

E isso me pega de jeito. Estou no caminho de me tornar humano – e *ela* fez isso comigo. Pelo tanto que me queria. O que sobrou do meu poder reaparece, e sinto o crepitar da eletricidade correndo sob a minha pele.

– E eu suponho que você tenha saído ileso? Ainda tem suas asas?

Ele sorri.

– Dei um tempo a elas.

– Se ela... se tivesse ido pelo outro caminho, você teria desistido?

Ele olha rapidamente para a Frannie e depois de volta para mim, enquanto dá um sorriso de lado e arqueia a sobrancelha.

– Eu teria tido alguma chance?

O que vejo em seus olhos – o que ele está tentando esconder atrás dessa expressão divertida, talvez até de si mesmo – é que ele de boa vontade desistiria de suas asas por ela.

Ele se esconde atrás do placar.

– Só porque você não é mais uma ameaça para a alma dela, não pense que não vou ficar de olho. É só me dar algum motivo e arrebento você. – E então ele desaparece, vai embora, como se nunca tivesse estado lá.

Eu assisto do campo de futebol como a mãe da Frannie ajeita seu cabelo e coloca nela o capelo. Somente a Frannie poderia fazer esse capelo e essa beca ridículos parecerem tão atraentes. Fico imaginando o que ela está vestindo por baixo – e o que está por baixo disso. Com sorte terei chance de descobrir mais tarde. Eu já sei que não é o sutiã vermelho. Talvez algo preto... com rendas...

Ela vem para o campo com a Riley e a Taylor enquanto suas famílias seguem para a arquibancada, e eu rio alto por causa da cara que o pai dela faz quando ela me beija. E então vejo o vovô olhando para mim, com uma expressão severa. Mas, assim que eu me afasto, ele sorri e acena em minha direção.

Frannie olha para seu pai na arquibancada.

– Nós vamos conversar sobre isso.

– Eu acho que é tempo perdido – digo, esperando estar errado. Eu a puxo e lhe dou um beijo.

– Vocês me deixam enojada. Vão para um motel – Taylor zomba.

Riley segura a mão de Taylor e começa a puxá-la para o ginásio.

– Eles estão entrando em fila. Vamos.

Eu passo o braço em torno da Frannie, dando uma olhada para o seu pai e seguimos nosso caminho em direção ao oceano marrom de capelos e becas pela fila formada atrás do ginásio.

A música começa e, como ratos treinados, andamos em fila dupla. Eles nos disseram para manter dois passos de distância um do outro, mas Frannie coloca o braço ao meu redor e chega seu corpo ao meu enquanto entramos no campo de futebol em direção aos nossos assentos. Não consigo parar de sorrir.

Nós nos sentamos e olho em volta para todos os corpos suados assando debaixo do sol enquanto o diretor Grayson discursa monotonamente sobre novos começos e outras coisas sem sentido. Por uns trinta minutos eu me dou conta do por que sempre ter evitado essas cerimônias de formatura como evito uma praga de ratos.

Só quando me dou por convencido que depois de sete milênios vou morrer de tédio aqui, eles começam a chamar os nomes e a nossa fileira fica de pé. Eu caminho em toda a plataforma e o diretor Grayson me entrega o diploma com um sorriso e um aceno de cabeça. Eu espero pela Frannie no final dos degraus e, enquanto ela caminha na minha direção, sua beca esvoaça com o vento, delineando suas curvas, e não posso evitar imaginar o que vai acontecer mais tarde. Ela tinha combinado de dormir na Taylor esta noite. Eu me pergunto se ela toparia uma mudança de local. Ela chega ao final dos degraus e eu a suspendo do chão e a beijo.

Enquanto a coloco de volta ao chão, ela diz:

– Hum... bom. Isso vai ajudar a marcar alguma pontuação com meus pais.

Eu olho para a arquibancada e vejo seus pais lá, boquiabertos, o pai com uma câmera pendurada, esquecida na mão. E vovô está rindo.

– Então, o que vamos fazer?

– Estou pensando. Mas tenho certeza de que isso não inclui me molestar na frente deles.

A família da Frannie desce para o campo depois da cerimônia e seu pai continua abismado.

– Então... – a mãe dela diz. – Você vai à festa com a Taylor e a Riley? – Ela está tentando ser simpática, mas o sorriso é tão falso quanto um diamante produzido em laboratório.

Frannie revira os olhos.

– Sim, mãe.

O avô da Frannie se achega a mim e me dá um tapinha nas costas.

– Luc vai cuidar bem dela. Nós temos um acordo, não temos?

Eu sorrio, aliviado.

– Sim, senhor.

– Eu acho que a Frannie está em boas mãos – ele diz, piscando para mim.

A mãe da Frannie não consegue disfarçar o sorriso falso e olha para o vovô.

– Pai, por favor. Isso não é assunto do senhor.

– Não, você tem razão. É assunto da Frannie – ele diz e pisca para a Frannie.

Frannie diz:

– Eu disse a você. Estou indo para a festa com a Taylor e a Riley, mãe. Você sabe que programamos isso. E não se esqueça, Riley e eu vamos dormir na casa da Taylor esta noite.

Ela me olha desconfiada, e vejo o pai da Frannie pronto para protestar, justamente quando a Taylor e a Riley aparecem e agarram a Frannie.

– Ei, sra. Cavanaugh – Taylor diz. – Então, estou raptando a Frannie, tá?

Os olhos do pai da Frannie amolecem um pouco e sua mãe diz:

– Tudo bem. Mas quero que vocês, meninas, fiquem juntas. – Ela olha para mim e depois para a Frannie. – A noite toda.

Então a Taylor olha para o pai da Frannie. Seu rosto está enternecido e parece que ela vai chorar.

– Obrigada, sr. Cavanaugh. Papai está muito animado para começar no trabalho novo. Ele realmente está muito agradecido pela ajuda do senhor.

– De nada. Foi o que pude fazer. Estou feliz que ele esteja se sentindo melhor.

– O conselheiro está mesmo nos ajudando – ela diz. Depois hesita, então dá alguns passos e abraça o senhor Cavanaugh. Quando a surpresa passa, ele levanta a mão e dá uns tapinhas nas costas dela.

– Estou feliz que tenha podido ajudar – ele diz.

Taylor se afasta e, pela primeira vez, percebo suas bochechas coradas. Então o estilo tayloresco volta a brilhar em seus olhos. Ela passa os braços ao redor da Frannie e da Riley.

– Vamos, garotas. Nós temos uma festa para celebrar.

Frannie abraça sua família e eu estendo a mão para o avô da Frannie. Ele dá um aperto e então eu a estendo para o senhor Cavanaugh. Ele hesita, mas então pega a minha mão e dá um aperto bem forte enquanto a balança – como se fosse um aviso.

– Tenham uma boa noite – eu digo a todos eles com meu sorriso mais reconfortante e um aceno de cabeça. Eu me viro para seguir com Frannie, Taylor e Riley até o estacionamento.

E meu coração para.

Avaira.

Ela está de pé, de costas para a gente, seus cabelos negros, longos e lisos brilham sob o sol de junho ao longo de seu corpo. Eu puxo a Frannie para trás de mim e sinto meu poder reduzido crepitar na superfície do meu punho direito fechado. Avaira se vira devagar e ergo o pulso, então solto o ar que fiquei segurando enquanto meu coração volta ao ritmo normal.

Não é ela.

Estou paranoico, vendo o Belias e a Avaira em todo lugar. Porque tenho certeza de que eles continuam aqui – desesperados. Eles devem saber que o tempo está se esgotando.

Passo meu braço ao redor da Frannie, que parece assustada, e meu coração volta ao ritmo normal enquanto seguimos até o carro da Riley. Frannie aninha-se em mim. Ela olha atentamente por cima dos ombros para suas amigas, que estão ocupadas tirando capelos e becas uma da outra, e sussurra:

– O que foi aquilo?

Apenas balanço a cabeça.

Ela aperta os olhos, mas desfaz a expressão quando as amigas falam com ela.

– Então, vejo você lá mais tarde?

– Não quero perder isso por nada. De quanto tempo vocês precisam?

Ela, Riley e Taylor dão de ombros.

– A gente está indo se trocar na Taylor e depois vamos logo para os Gallagher. Acho que daqui a uma meia hora, certo?

Eu a beijo de novo.

– Vejo você lá – digo, sabendo que não vou perdê-la de vista.

Eu nunca a perco, mas ela não precisa saber disso. Não faz sentido deixá-la mais estressada do que já está. Eu faço qualquer coisa para que ela sinta que sua vida é normal – às vezes, pelo menos.

Frannie

Ele acha que eu não sei que ele está me seguindo o tempo todo. Ele sabe que quero ter a minha vida e está tentando tudo para que eu a tenha. Não quero desapontá-lo, então não digo nada, mas a verdade é que gosto de saber que ele está por perto. Quando não consigo dormir à noite, olho pela janela através da árvore para o brilho da lua sobre o capô do Shelby, e desejo estar lá fora com ele.

Dou uma olhada em volta do quintal dos Gallagher com os olhos embaçados depois de algumas cervejas e o vejo apoiado contra uma árvore com o olhar mais quente que o Inferno. Assim que começo a caminhar trôpega em direção a ele, a Riley e o Trevor saem de fininho do meio da mata. Eu mudo de direção, enquanto vou cambaleando até ela, e tiro com meus dedos alguns matos grudados em seu cabelo, enquanto o Trevor segue para as escadas para encontrar os seus amigos na varanda. Eu dou um sorriso.

– Ei, Ry. Vocês se divertiram bastante no barracão dos Gallagher.

Mesmo através da pouca luz da lua filtrada pelas árvores, posso dizer que seu rosto está em chamas. E reconheço aquele olhar, porque o tenho visto recentemente no espelho.

– Ele é incrível, Fee. As coisas que ele faz com o seu...

Ergo a mão.

– É muito informação, Ry. – Mas então não consigo tirar o sorriso que se abre nos meus lábios. É ótimo vê-la tão feliz. – Quando vocês vão contar para a Taylor?

– Trevor vai contar para ela amanhã, eu acho. Ele disse isso ontem, apesar de que... disse isso na semana passada também...

Eu sorrio de novo.

– Ela vai tirar o couro dele e você sabe disso. Eu acho que vocês dois devem contar.

Ela geme enquanto a Taylor surge de repente na nossa frente, gritando e quase me derrubando no chão. Taylor balança quase a ponto de cair e a Riley a segura e a mantém firme de pé.

– Venham se divertir comigo, perdedoras. – Taylor ri e passa os braços ao redor de cada uma.

– Ei, Trev! – grito. – Venha aqui!

Ele olha para mim atentamente, com calma e ao mesmo tempo nervoso quando começa a descer as escadas. Quando finalmente chega até nós, eu coloco minha mão sobre seu ombro.

– Então, Tay, a Riley e o Trevor têm uma coisa que querem contar para você – digo, deslizando de sob o braço da Taylor e apoiando o braço do Trevor nela.

Se a Taylor não precisasse de suporte, ela teria empurrado o braço do irmão para longe, mas, ao invés disso, ela se apoia nele.

– O quê?

Reparo que enquanto a Riley e o Trevor trocam um olhar, seus braços estão um sobre o outro, formando um círculo fechado.

Dou as costas para o círculo e olho ao redor novamente.

O Roadkill montou o show atrás da casa, e Delanie está cantando perfeitamente. É incrível como eles soam muito melhor com alguém que realmente sabe cantar. Reefer olha para mim e sorri. Eu aceno e sorrio de volta. Dou uma risada quando me lembro do que a Taylor o chama: o *nerd* do Guitar Hero. Ele é mesmo, e isso é legal.

E de repente sinto várias emoções. Deve ser a cerveja, porque meus olhos se enchem de lágrimas quando me dou conta de como vou sentir saudade de tudo isso. Mas espero não sentir saudades do Luc. Tenho medo de perguntar o que vai acontecer depois da formatura.

Caminho trôpega na direção dele e paro para olhar meus amigos quando ouço a Taylor gritar:

– Sua idiota estúpida! – Ela dá um empurrão na Riley, mas tudo o que consegue com isso é cair sentada na lama.

Eu me viro, sorrindo, e caminho até o Luc. Quando chego até ele, agarro seus ombros e me apoio para me manter de pé. Deito a cabeça em seu peito, ele me abraça pela cintura e me puxa para perto.

– Ei – eu digo com o rosto em sua camisa.

– Está se divertindo?

– Sim, mas você não está.

– Por que você acha isso?

– Sei lá. Você fica aqui parado.

– Curtindo a vista – ele diz me apertando um pouquinho mais.

– Fee! Você é uma escrota! – Taylor grita comigo.

Em resposta, levanto o dedo do meio pelas costas. Então eu me jogo no Luc e enfio minha mão nos seus cabelos, puxando seu rosto para o meu. Ele sorri e vem até mim, e, quando ele me beija, é sério que quero subir nele.

– Vem cá? – sussurro em seu ouvido, deslizando minha mão debaixo da sua blusa e percorrendo meu dedo ao longo da pele do cós das suas calças. Quero ficar sozinha com ele, agora.

– Aonde vamos? – Sinto seu corpo enrijecer enquanto passeio com meus dedos ao redor do botão dos seus jeans.

– Vamos dar uma voltinha. – Eu me viro e começo a rebocá-lo pelo cós das calças em direção ao carro.

Ele sorri.

– E seus amigos? Essa pode ser a sua última festa com eles.

– Que se danem os meus amigos.

Eu o reboco por uma fileira de carros ao lado da estrada até o Shelby estacionado perto da floresta. Quando chegamos, eu o empurro para o lado e me jogo sobre ele. O Roadkill deve estar em um intervalo, porque posso ouvir o Led Zeppelin choramingando *Starway to Heaven* pelas caixas de som, mas eu só me importo com o Luc.

– No que você está pensando? – ele pergunta, olhando para o meu rosto como se estivesse procurando alguma coisa perdida.

– Pensando em como achar nossa própria escada para o Céu. Seu banco traseiro parece confortável. Eu ainda não tive a chance experimentá-lo – digo, me afastando dele para abrir a porta.

Estou me sentido muito mal, mas o cheiro de ovo podre corta imediatamente a minha bebedeira. Começo a me virar, mas dois braços ardentes me agarram por trás. De reflexo, eu me agacho e arranco um dos braços da minha cintura. Eu perco o equilíbrio enquanto o viro pelo meu ombro e jogo no chão a pessoa que está me atacando. Eu vejo o seu rosto pouco antes de eu cair para trás na lama.

O olho bom de Belias me encara com ódio. O outro está coberto por um tapa-olho. Em seguida, sinto-me recolhida do chão e jogada dentro do carro do Luc.

Luc

Eu puxo a Frannie do chão e a jogo no carro enquanto Belias se levanta e avança sobre nós. Invoco o que ainda resta do meu poder, que o atinge no peito com uma explosão tão patética que teria me constrangido algumas semanas atrás. Agora, estou muito orgulhoso disso. Ele bate de volta no chão, demorando tempo suficiente para que nós possamos entrar no carro antes que ele se levante. Lembrando-me da última vez, crio um campo ao redor do carro – provavelmente não é o suficiente para mantê-lo longe, mas é tudo o que posso fazer – e ligo o motor.

Mas, quando olho no retrovisor, há uma luz branca brilhante e alguém está de pé ao lado de Belias. Gabriel? Deve ser. Mas ele parece diferente – menor, de alguma forma.

Eu respiro fundo e meu coração volta ao ritmo normal.

– Você está bem, Frannie?

– Sim – ela diz, e quando olho para ela, não parece estar assustada.

– Você tem certeza?

Ela, na verdade, sorri.

– Sim. – Então ela repousa a cabeça no banco traseiro e fecha os olhos.

– Frannie? – eu a cutuco.

Nada.

– Oh, pelos pecados de Satanás – murmuro comigo.

E agora? Eu não posso levá-la para casa desse jeito – bêbada e coberta de lama. Tem o meu apartamento... mas não é seguro. Preciso de suporte. Então só existe mesmo uma única opção. Espero que ele esteja em casa.

Quando o Gabriel abre a porta e olha para a Frannie desmaiada em meus braços, ele arregala os olhos e fica boquiaberto.

– Ela não...

– Ela está bem, não se apavore. Ela é fraca para bebida.

– Eu acho que não pega bem para você embebedá-la.

– Saia do caminho, espertinho. – Eu o empurro, entrando na sala.

– Cuidado com o branco... e tudo mais. – ele diz. – O que ela fez? Luta na lama?

Eu a deito no sofá.

– Quase isso. Você não pode simplesmente jogar um pouco de água benta nela para limpá-la?

Ele sorri ironicamente para mim.

– Algumas coisas *exigem* milagre. Essa, no entanto, requer somente muita água e sabão. Tire a roupa dela e jogue na máquina de lavar.

– Eu acho que o milagre é uma opção melhor. Estou descobrindo que esses hormônios adolescentes são um tipo de energia que não pode ser ignorada. – Olho para a Frannie e balanço a cabeça. – A verdade é que eles estão me pondo louco!

A boca do Gabriel curva-se em um sorriso longe de ser angelical e suas sobrancelhas arqueiam.

– Eu posso fazer isso. – Ele se debruça sobre Frannie e tira seus tênis enlameados. Eu o empurro para longe:

– Espere na cozinha.

Ele encolhe os ombros e vai na direção da cozinha, com o sorriso sacana ainda nos lábios. Depois que ele some, puxo a blusa de Frannie pela cabeça e ela geme.

Droga! Eu estava certo – renda preta. Que desperdício.

Assim que tiro seus jeans, eu a cubro com um cobertor e atiro toda a sua roupa no Gabe. Eu me largo em uma cadeira ao lado do sofá e fecho os olhos, deitando minha cabeça para trás. Quando ele volta, senta-se em uma cadeira na minha frente.

– Obrigado pela ajuda – digo olhando para Frannie. – Eu não podia levá-la para casa assim. Os pais dela já acham que sou o diabo, e agora, que eu não sou mais, espero provar a eles que estão errados. – Eu aceno na direção dela. – Essa situação não vai me ajudar.

– Ela deveria ir para casa hoje à noite? – ele pergunta.

– Não. Ela devia ficar na casa da Taylor.

– Nós podemos deixá-la dormir aqui, então.

Engulo meu orgulho.

– Além disso... obrigado pela ajuda lá na festa hoje à noite. Eu não sou mais o demônio que costumava ser. Não restou muito do meu poder.

– Do que você está falando?

– Você sabe, Belias... na festa.

– Não era eu, cara.

– Não importa o que você diga. Obrigado mesmo assim.

Ele balança a cabeça e sorri.

Olho para a Frannie dormindo, tão pequena, no sofá.

– Gabriel?

– Sim.

– A alma dela continua limpa, não é? Eu não poderia... você sabe... manchar a alma dela ou coisa parecida? Eu já não tenho certeza de mais nada.

Uma preocupação passa rapidamente pelo rosto dele, mas depois ele volta a ficar tranquilo e responde:

– Eles não têm nenhuma reivindicação sobre ela, se é isso que você quer saber. Mas eu não sei por quanto tempo isso vai durar, se ela continuar andando com você. Você é má influência.

–Tenho certeza de que sou. Então, devo esperar ser castigado em breve. Você sabe, a ira de Deus e coisa e tal?

Ele abre um sorriso.

– Infelizmente não, mas ajudaria se você desse o fora.

Eu sei que ele está certo. Sempre soube disso, mas...

– Acho que não tenho mais escolha a respeito disso. Não consigo ficar longe dela.

Gabe sorri, irônico.

– Sim. Eu percebi isso quando você me deixou queimá-lo vivo com água benta.

– Isso quer dizer que a blindagem não funcionou em mim?

– Difícil dizer. Se Belias e Avaira têm andando por aí há algumas semanas, como você mesmo disse, tenho certeza de que estão seguindo você.

Olho novamente para a Frannie, dormindo no sofá. Deve existir um jeito de protegê-la.

– Então, caso nós desaparecêssemos, se formos para algum lugar, ela estaria segura?

– Talvez. Só saberemos se vocês tentarem. Mas você sabe muito bem que prefiro a solução real.

– Marcar a alma dela para o Céu – digo, resignado. – Por que é tão importante que ela se perdoe?

O rosto dele, repentinamente, torna-se angelical.

– Perdão é a chave para tudo, Lúcifer.

– Vocês celestiais tornam tudo muito difícil. – Eu me mexo na cadeira, sentando-me mais ereto. – O que aconteceria se Belias... a matasse? – Uma sensação escura e pesada aperta o meu coração só em pensar que ele já esteve tão perto disso.

– Ela iria para o limbo com todos aqueles que não têm a alma marcada, e você sabe que o Miguel poderia fazê-la ir direto para o Céu. A essência da Frannie, sua alma, é a chave. Temos de concordar que ela não é menos valiosa no Céu que na Terra.

– Isso é muito mais do que imaginei. – Eu vi essa essência, e eu sei que ele está certo. Dançando com ela, misturando-a à minha... foi diferente de tudo o que já experimentei. – Não vou deixar nada de mal acontecer a ela.

– Eu sei. É com isso que estou contando. – A ameaça está clara em sua voz.

Olho para ela, dormindo no sofá.

– Eu não vou deixar que eles a peguem – insisto, sabendo que "eles" sou eu. Mas, ao menos por um momento, eu deslizo no sofá e me deito ao lado dela, abraçando-a e segurando-a como se minha vida dependesse disso – pois tenho certeza de que depende.

CAPÍTULO 21

FOGO E ENXOFRE

Frannie

– Você sabe que eu só estava provocando o Lúcifer sobre toda aquela coisa da Virgem dar à luz, não é?

Afasto minha cabeça da porta do carro e olho para o Gabe com olhos de ressaca.

– O quê?

– Você sabe... naquela noite em que você apareceu. Depois de ele ter contado sobre... o que ele é.

– Ah, sim.

– Então, eu não sou como a Virgem Maria?

– Não.

– Graças a Deus. Eu teria sido uma porcaria de mãe – digo, esfregando minha testa. – Além disso, espero não continuar sendo virgem por muito tempo. – Apoio minha testa novamente na janela do carro com uma pancada que envia ondas de choque para a minha cabeça, esmigalhando meu cérebro. – *Aiiiiiii* – dou um gemido.

Gabe ri.

– Bem feito.

– Cale a boca.

Paramos em frente à minha casa e mamãe sai para a varanda. Gabe abre a minha porta e me ajuda a me colocar de pé. Eu tento me manter firme sobre as pernas enquanto caminho, mas o Gabe tem de me arrastar junto dele. Quando chegamos às escadas, ele desiste e decide me carregar em seus braços.

– Vocês se divertiram, meninos? – mamãe pergunta.

O que quero saber é: quando garotas de dezessete anos podem chegar em casa de ressaca às nove horas da manhã arrastadas pelos braços de um sujeito - mesmo que esse sujeito seja um verdadeiro anjo de Deus, o que os meus pais jamais poderiam imaginar - e ouvir um "vocês se divertiram, meninos?". Isso é repulsivo. Claro, se eu estivesse aqui deitada nos braços do Luc as coisas seriam diferentes.

– Nós nos divertimos, Frannie? – O Gabe está tentando não cair na gargalhada e, se eu tivesse força, juro que daria um soco bem no meio da cara dele.

Em vez disso, murmuro em seus braços:

– Cale a boca.

Mamãe nos acompanha enquanto ele me carrega escada acima e me coloca na cama. Eu posso ouvir a risada de uma das minhas irmãs, mas não abro os olhos para ver qual delas está rindo.

Gabe senta-se na beirada da cama. Ele acaricia o meu rosto e, embora eu esteja me sentindo péssima, estremeço.

– Você vai ficar bem?

– Só se você me matar – eu imploro.

Ele se inclina e seus lábios deslizam pelo rosto até o meu ouvido, onde ele sussurra:

– Não posso fazer isso. – Ele ri e fico me perguntando se *eu* poderia matá-*lo*.

– Então dá o fora daqui – digo, virando-me para o lado e puxando a coberta até a cabeça.

Eu ouço a mamãe arrastando os pés do lado de fora do quarto e falando sobre sopa de galinha. Mas o Gabe continua aqui - eu posso senti-lo.

– O que você quer? – murmuro entre os lençóis.

– A mesma coisa que eu sempre quis. Quero marcar a sua alma. Você precisa se perdoar.

– Não.

– Por quê? Por que você precisa ficar remoendo isso?

Eu não vou começar a chorar.

– Porque sim. – Respiro fundo para conter as lágrimas. – Eu preciso.

– Precisa de quê?

Ele está fazendo a minha cabeça latejar.

– Podemos falar disso outra hora?

– Vamos fazer isso agora. O que você quer dizer com "eu preciso"?

Dou um gemido ao sentir uma dor cortante atravessar a minha cabeça. Eu afasto os lençóis da minha cabeça para poder respirar.

– Não posso fazer isso. Você sabe mesmo tudo o que penso. Você não pode simplesmente aceitar o que estou dizendo e me deixar em paz?

– Se você estivesse pensando nisso, eu poderia. É isso que estou tentando conseguir de você, ajudá-la a saber por que não consegue deixar isso acontecer.

– Porque eu não posso.

– Por quê?

– Oh, Deus! Vá embora.

A cama range enquanto ele se achega a mim e sinto seu hálito refrescante no meu ouvido.

– Não vou a lugar nenhum, Frannie. Estarei sempre aqui por você, não importa para quê. – Seus lábios deslizam sobre meu rosto e minha dor de cabeça desaparece, substituída por uma dor profunda em outro lugar. Um lugar em que eu não deveria sentir dor. Eu me viro e ponho minha mão entre seus cabelos. Seus lábios roçam nos meus - justamente quando mamãe entra no quarto carregando duas canecas fumegantes nas mãos.

– Oh, querida... – ela diz.

Os olhos sorridentes do Gabe encaram os meus por um longo segundo antes de ele se levantar e ficar de pé.

– Eu realmente tenho de ir.

– Oh, não vá! – mamãe diz com um sorriso desajeitado, segurando a caneca. – Tome um pouco de sopa.

Ele sorri para ela.

– Obrigado, sra. Cavanaugh, mas a Frannie está em boas mãos. – Ele se vira para mim. – Passo mais tarde para ver como você está – ele diz, seguindo em direção à porta.

– Tá. – Isso é tudo o que consigo fazer.

Ele sai e eu me viro para o lado da parede, ignorando mamãe e sua sopa, tentando imaginar o que aconteceu. E eu penso no Luc. Provavelmente ele virá hoje à noite, e vou tentar usar essa coisa de influência com meus pais, se eu conseguir pensar em um jeito de como fazer isso - talvez mude a impressão deles sobre o Luc.

Mas talvez eu precise primeiramente treinar a minha mente.

Eu penso no seu Shelby estacionado agora do outro lado da rua e sinto meu coração bater. Eu o amo. Sei disso agora. Então por que continuo querendo beijar o Gabe?

Luc

Eu sigo o Gabriel e a Frannie até a casa dela e fico sentado lá fora durante a maior parte do dia. Olho para a janela dela, imaginando o que dizer para causar boa impressão nos pais dela, ou ao menos convencê-los de que não sou mais o diabo encarnado. Mas, enquanto me sento aqui, olhando para a janela, sinto uma dor aguda nas minhas entranhas e ouço ruídos vindo de lá. Conforme o tempo passa, a dor aumenta e os ruídos ficam mais altos, impossíveis de ignorar.

Maldição, será que é meu estômago? Estou com fome? Enquanto suspendo o braço para esfregar o estômago, sinto um odor vindo de mim mesmo e dou um gemido. Enxofre não é nada perto desse cheiro. Isso é que é fedor de verdade. Provavelmente isso não vai causar boa impressão aos pais da Frannie. Ser humano está se tornando extremamente inconveniente – e um pouco grosseiro.

Antes de anoitecer, depois de já ter confirmado que o Gabriel está aqui, tomo meu rumo e sigo até o *drive-thru* do McDonald's no caminho de volta para o apartamento para tomar um banho. Até que os Big Macs não são assim tão ruins. Quem diria?

Nota-se que há mais desvantagens em se tornar um ser humano do que eu esperava. A lista de coisas de que vou precisar, apenas no departamento de higiene pessoal, é estarrecedora. Fico pensando em tudo de que preciso cuidar depois que minha mágica desaparecer por completo – altos investimentos financeiros e contas bancárias, várias alternativas de identidade tanto para mim quanto para a Frannie no caso de nós fugirmos, e talvez uma bolsa de estudos da Ucla – quando entro no apartamento, o cheiro pungente de enxofre me atinge como um bastão de beisebol no rosto. Eu contraio o rosto involuntariamente por causa do mau cheiro. Então, ok, talvez eu não cheire tão mal assim antes. Como eu podia achar o cheiro de enxofre agradável?

Olho dentro dos olhos úmidos de Beherit – meu chefe. Mesmo que eu não possa mais sentir a presença de um demônio ou uma divindade, eu deveria esperar por isso. Ele está aqui em toda a sua maldita glória infernal: fumegando, em couro, a pele negra salpicada de vermelho e carmesim; pequenos e retorcidos chifres que quase esbarram no teto e sua cauda enrolada ao redor da cintura como uma espécie de semideus. Apesar de ele nunca ter admitido de qual pecado foi gerado, o fato de ele sempre estar envolto em um manto vermelho curto e usando uma coroa de ouro torna tudo óbvio. Ele pertence ao Orgulho. Está de costas para mim, admirando a pintura de Doré perto da cozinha. Eu penso em voltar e fechar a porta – como um "eu nunca estive aqui" –, mas um ligeiro movimento da sua orelha pontuda me faz saber que é tarde demais para isso.

Dou um passo à frente e fecho a porta atrás de mim.

– Essa é uma visita social, Beherit, ou você está precisando de alguma coisa?

Ele se vira lentamente, seu casco raspa no piso e deixa uma marca negra sobre as margaridas. Não há humor em seu olhar flamejante e seus dentes brilham enquanto ele contorce o rosto em uma careta, atormentado.

Sua voz é baixa e soa como um assobio arranhado enquanto ele diz:

– O que eu precisava era que você fizesse o seu trabalho. Fazê-lo sem me apunhalar pelas costas. Você acha mesmo que está à altura de ocupar a minha posição? Bem, agora todos nós sabemos que não, não é? Você tem demonstrado uma espetacular incompetência, principalmente para o Rei Lúcifer.

O hálito do cachorro e de carne podre permeia o cheiro de enxofre. Senti esse cheiro antes de ouvi-lo rosnar. Cérbero. Perfeito.

– Esse condomínio não permite animais, Beherit. Sinto muito, mas você terá de levar o seu cachorro... – Eu olho em direção à porta do banheiro enquanto três cães imensos, um com três cabeças, e todas com olhos vermelhos brilhantes que demarcam todas as criaturas do Inferno, vêm se esgueirando para fora – Ah... desculpe, cachorros, mas terão de sair.

– Que vergonha. Eu pensei que você gostaria da companhia. Você está aqui por tanto tempo que imaginei que pudesse estar sentindo um pouco de saudades de casa.

– Não. Realmente estou indo muito bem, obrigado.

Em uma nuvem de fumaça vermelha, ele atravessa a sala e começo a sufocar enquanto seu punho ardente se prende ao redor da minha garganta, quase me levantando do chão. E, pela primeira vez, me dou conta de que verdadeiramente sou humano, porque tento encher meus pulmões de ar enquanto ele me mantém aqui, suspenso e sem oxigênio.

– Você está longe de estar bem! – Ele se enfurece e me atira pela sala. Eu bato com força na parede, primeiro com o rosto, e caio no chão diante das patas dos cães, lutando para recuperar o fôlego. O fato de me tornar humano é realmente uma grande desvantagem neste momento, e o sangue escorrendo na minha testa direto nos meus olhos, definitivamente, não vai ajudar em nada em relação aos cães.

Eu me sento, esfregando o antebraço na testa, ignorando a dor na minha cabeça e o rosnado dos cães.

– Precisava mesmo fazer isso?

Os olhos vermelhos de Beherit estão em chamas e seu rosto se abre em um sorriso hediondo.

– Sangue? Oh, isso está ficando melhor a cada minuto – ele diz, caminhando na minha direção. Arranha meu peito com suas garras, cortando minha camisa e minha carne como se fosse manteiga quente. Enquanto o sangue jorra da ferida no meu peito, ele suspende a cabeça, fareja o ar e contorce o rosto. – Eu sabia que tinha algo errado com o seu cheiro. Cheguei a pensar que estivesse resfriado. – Seus olhos sangrentos encaram os cães. – Isso vai me poupar ter de arrastá-lo para o Poço do Abismo. Muito mais fácil do que com Belias e Avaira. – Ele balança a cabeça devagar com os lábios de couro crispados. – Três dos meus melhores... – Então ele pisca os olhos. – Porém, é isso o que acontece com os traidores. O Rei Lúcifer verá o erro em seu julgamento quando *eu* marcar a alma da garota. Você e Belias nunca foram dignos.

Belias e Avaira, jogados no Poço do Abismo. Eu deveria estar em êxtase, mas em vez disso meu estômago é revirado. Não há segunda chance no Inferno.

Ele suspira e sua careta se transforma em um sorriso.

– Dizem que se você quer um trabalho benfeito, você mesmo precisa fazê-lo. Mas eu não entendo, Lúcifer. Essa deveria ter sido fácil. Ela é uma coisa minúscula e indefesa.

O rosto da Frannie, tão adorável, surge na frente dos meus olhos. Minúscula, sim – mas longe de ser indefesa.

Ele olha para os cães.

– Cérbero, Barghest, Gwyllgi, vou deixá-los trabalhando. Eu tenho o meu dever a cumprir. – Ele olha para mim – Ou melhor, o *seu*. E então se transforma na *minha* forma humana.

Não!

Eu engulo o medo junto com o nó na garganta.

– A verdade é que não acho que vamos conseguir lidar bem com essa coisa de gêmeos, Beherit. Até porque estamos tentando ser discretos. Gêmeos chamam muita atenção – eu digo, me levantando do chão.

Observo enquanto meu rosto rosna para mim.

– Não se preocupe. Não haverá dois de nós por muito tempo – ele diz e meu rosto sorri para mim. Ele estala os dedos e os cães me cercam enquanto ele sai pela porta.

O que eu não daria por um pacote de biscoitos para cachorro agora.

Frannie

O impacto da luz que atinge meu cérebro me faz acordar. Eu rolo para o lado e vomito dentro da lixeira que fica ao lado da minha cama enquanto a imagem do Luc, deitado no chão e coberto de sangue, flutua atrás das minhas pálpebras.

NÃO!

Depois disso, só me dou conta da minha mãe ao lado da cama, em pânico.

– Frannie, você está passando mal? O que foi?

Diante do meu estupor, "não" é tudo o que digo... várias e várias vezes. É como se todas as células do meu cérebro entrassem em curto-circuito. Não consigo fazer nada - nem pensar.

Ela começa a me erguer para eu me sentar.

– Venha, querida. Vamos ao médico.

Eu encontro a minha voz.

– Não! Eu preciso do Luc. – Meu coração está batendo descontroladamente rápido e estou bem perto de sofrer uma hiperventilação enquanto começo a ver estrelas dançando na frente dos meus olhos. – Eu preciso encontrá-lo.

E então soa a buzina de um carro. Levanto-me da cama e corro até a janela. Luc está estacionado com o Shelby. Ele sorri para mim e põe o braço para fora da janela e acena me chamando para descer.

– Oh, Deus! – Sinto meu sangue começar a fluir novamente. Ele não está morto. – Eu tenho de ir, mãe – digo, visto às pressas minhas calças jeans sob a camiseta larga e saio correndo para a porta com as pernas trêmulas.

– Frannie! O que está acontecendo? – ela pergunta enquanto me segue escada abaixo.

– Nada. Só me dê um minuto. – Saio pela porta e a bato ao passar. Eu corro para o seu carro e pulo para dentro dele.

– Estou feliz em ver você também – ele diz com um brilho perverso nos olhos.

Eu o afasto e olho para ele. Ele está vivo - por enquanto.

– Alguma coisa vai acontecer. Eu vi você...

– O quê, Frannie? O que você viu? - Ele não parece assustado ou preocupado. Se ele aparentava alguma coisa, parecia ansioso - faminto.

– Havia sangue... você estava...

– Morto? – ele conclui com um sorriso.

Eu apenas aceno.

– Eu pareço morto, Frannie?

– Agora não. Mas vai acontecer.

– O quê? O que vai acontecer?

– Eu não sei... talvez o Belias...

Ele me interrompe, sacudindo a cabeça.

– Eu tenho cuidado do Belias. Não precisa mais se preocupar com ele.

– O que você quer dizer? Ele foi embora?

– Sim.

– Então, alguma outra coisa, e... eu sei que você está em perigo.

– Eu vou ficar bem, não se preocupe.

Mas eu estou preocupada. Ele se aproxima de mim e, quando me puxa para um beijo, começo a me acalmar. Minha respiração se torna mais lenta e meu coração desacelera quase ao ritmo normal.

Eu olho para ele.

– Foi mesmo muito assustador, Luc. Prometa que você vai tomar cuidado.

– Eu nasci cuidadoso. Nada vai acontecer.

Eu gostaria de poder acreditar nele. Olho para cima e minha mãe está nos observando da janela. Tenho certeza de que ela acha que estou perdida, o que não vai ajudar em nada. Especialmente depois do lance com o Gabe mais cedo. Eu suspiro.

– Então... você está pronto?

– Para o quê?

– Você sabe. Toda aquela coisa de impressionar meus pais...

– Ah, sim. Sobre isso...

– Vamos, Luc. Eu achei que você se sairia bem nisso. Eu quero muito que você possa vir aqui nesse verão. – Mais do que isso. Eu o quero bem perto.

– Acho que não estou pronto ainda. Eu gostaria de ficar sozinho com você – ele diz, e seus olhos estão em chamas, me deixando excitada.

– Em que você está pensando?

– Diante de tantas coisas ultrajantes que eu fiz para você, como eu me sentiria se você tivesse me abandonado?

Eu engulo com dificuldade e respiro fundo enquanto ele me puxa para perto.

– De onde veio tudo isso de repente? Você foi o primeiro a dizer que podíamos... você sabe. – Mas a questão é que também estou começando a pensar a respeito de algumas dessas "coisas ultrajantes".

– Eu mudei de ideia. Quero você – ele diz, com seus lábios quentes no meu pescoço.

Viro minha cabeça para trás facilitando para ele.

– Então toda essa coisa de luxúria é... o quê? Não é grande coisa, né?

– Não. Não é grande coisa – ele repete enquanto enfia a mão por baixo da minha camiseta. – A gente podia pular para o banco de trás...

– Meu Deus, Luc! Minha mãe está olhando pela janela agora mesmo – digo, afastando-o e puxando minha camiseta. – Por que está agindo desse jeito?

Ele sorri perversamente.

– Você está me deixando maluco.

– Tá certo, então vamos para o seu apartamento.

– É que lá está meio bagunçado agora. Alguém deixou alguns cachorros entrarem e eles reviraram o lixo. Despedaçaram tudo.

– O quê? Quem faria isso?

– Um velho amigo. Nada com que se preocupar – ele diz com um sorriso perverso e selvagem e, por um segundo, tenho certeza de sentir cheiro de ovo podre. – Vamos a outro lugar. Eu quero ficar com você onde possa deixar você maluca. – Ele me beija profundamente, então desliza sobre o banco e liga a ignição. Ele descansa a mão sobre a minha coxa enquanto arranca com o carro da entrada da garagem.

Nós encostamos na esquina da rua Frist com a Amistad, perto do parque que fica no final do meu bairro. Mal o carro para, ele já está em cima de mim novamente. Olho em volta e vejo que o parque está quase vazio. O parquinho está despencando e as poucas mães que há estão ali apenas empurrando seus carrinhos para atravessar a rua de baixo, embaladas pelo crepúsculo cor-de-rosa.

Eu me inclino para beijar ardentemente o Luc enquanto seu toque quente na minha pele me faz ficar toda arrepiada. Depois de um longo beijo, eu o afasto ofegante, meu coração disparado e ouvindo sua voz doce sussurrando em meu ouvido:

– Eu quero muito você.

Estremeço enquanto ele enfia as mãos por baixo da minha camiseta e abre o fecho do meu sutiã. Minha mão desliza sobre seu peito por baixo da sua camisa.

– Você nunca vai se esquecer disso. Eu prometo – ele diz, e sinto as pontas de seus dedos trilharem minha barriga em direção ao botão dos meus jeans.

E é quando percebo que ele está pegando fogo. Mais quente do que nunca. Prendo a respiração.

– Espere aí – digo, agarrando a mão dele pouco antes de ele alcançar seu alvo. – Eu não sei de onde isso está vindo. Você está me dizendo há várias semanas que não podemos avançar o sinal. Eu preciso pensar. – Mas é muito difícil pensar quando ele está me oferecendo aquilo que eu mais quero.

Por um instante juro que vejo a fúria em seu rosto, pouco antes de ele se tornar perfeitamente calmo.

– Pensar no quê? Estou cansado de esperar, Frannie. Eu quero tanto você que não consigo mais esperar. Prometo que será maravilhoso para você. As coisas que farei com você... – O resto se perde enquanto sua língua ardente desliza para dentro do meu ouvido.

Não consigo me concentrar, pensando nas coisas que quero que ele faça comigo, mas o que ele disse antes ainda ecoa na minha cabeça. *Não podemos fazer isso até eu saber que é seguro para você.* Eu respiro fundo e tento conectar os meus últimos neurônios ao que vou dizer.

– O que mudou, Luc?

– Eu. É seguro, eu sei que é. Sou humano agora. Eles não podem nos pegar.

Eu quero tanto acreditar nele, mas meus neurônios estão lutando para que eu preste atenção neles. Empurro sua mão para longe do botão dos meus jeans.

– Isso não está fazendo nenhum sentido. Você disse que estávamos correndo mais perigo agora porque você não consegue mais ver as coisas se aproximando.

E de repente sinto cheiro de ovo podre de novo. *Oh, Deus, enxofre. Belias?*

Os olhos do Luc brilham uma luz vermelha que ilumina o carro escuro.

– Vamos, gracinha. Você está me matando – ele diz.

Eu sinto como se a gravidade tivesse sido duplicada e todo o oxigênio tivesse sido sugado do planeta. Luc jamais me chamaria de gracinha.

Puta merda! *Belias. Pense!*

Ouço a voz do Gabe na minha cabeça: *"Se você precisar de alguma coisa, você sabe aonde vir"*. E apesar de saber que é um péssimo sinal eu ter tantas vozes na minha cabeça que não são minhas, até que estou lidando bem com isso, por enquanto.

– Eu sei aonde podemos ir – digo, fechando o meu sutiã e tentando não entrar em pânico. – Nós estamos cuidando da casa de um amigo, logo depois da esquina. A casa está vazia. Nós estaremos sozinhos lá. – Minha voz treme e meu coração está tentando cometer suicídio, atirando-se implacavelmente contra as minhas costelas.

– Agora estamos nos entendendo. Para onde? – ele pergunta, ligando o Shelby.

– Pegue a esquerda ali.

Eu o levo para uma volta na vizinhança, passando pela casa da Taylor e pela minha casa de novo, fingindo estar perdida, antes de eu decidir o que fazer. Então, enquanto passamos pela casa com imensos vasos com cactus e balanço na varanda, eu digo:

– Aqui – apontando para a casa do Gabe.

– Finalmente. Eu já estava começando a pensar que isso era uma provocação.

Esse cara está mesmo me irritando.

– Encoste na entrada da garagem.

Ele encosta e fico me perguntando se fiz a coisa certa. Será que estou pondo o Gabe em perigo? Ele saberá que não é o verdadeiro Luc? E a pergunta principal, aquela que está me devorando viva - se esse é o Belias, onde *está* o Luc? A visão do seu corpo coberto de sangue jogado no chão me incomoda e engulo o meu terror junto com a bile que está subindo pela garganta.

Enquanto saio do carro, meu pânico se torna desespero. A casa está escura. E se o Gabe não estiver aqui?

O falso Luc está ao lado do carro, me segurando, e começamos a seguir para a porta da frente. É só então que me dou conta de que não tenho a chave, e não posso bater, supondo que a casa está vazia...

– Eu acho que a porta da frente está destrancada – digo, esperando estar certa.

Quando chegamos até a porta, vejo que estou mais que certa. A porta está quase entreaberta, expondo a escuridão do lado de dentro.

– Oh, me lembre de nunca ter você cuidando da minha casa – o falso Luc bufa.

– Sim... bem... – Minha mente está agitada. Talvez o Gabe tenha alguma coisa em ouro ou prata que eu possa usar.

Ele me empurra pela porta e a fecha quando passamos. Está tudo escuro e ele está em cima de mim - com as mãos por toda parte. Enquanto olho ao redor desesperada, não preciso ver para me lembrar de que tudo é branco. Sem ouro, sem prata. Sem nada.

– Vamos achar uma cama – o falso Luc diz no meu ouvido.

– Hum... talvez lá em cima – falo alto o suficiente para que, se houver alguém aqui, eu possa ser ouvida.

Ele me puxa em direção às escadas, iluminadas apenas por um estreito viés de luz prateada da luz que está atravessando a sala pela janela e que deixa um pequeno rastro. Mas, quando chegamos ao corrimão, o falso Luc fica paralisado e olha em volta desconfiado.

– De quem é mesmo esta casa?

– De um amigo.

Ele me olha com uma careta e, enquanto o observo na pálida luz do luar, ele se transforma em alguma coisa. Logo em seguida, está em cima de mim, o calor esquenta meu couro cabeludo justamente no local onde ele segurou um punhado do meu cabelo. O cheiro de cabelo chamuscado e de ovo podre é insuportável, fazendo meus olhos lacrimejarem.

Em um reflexo, eu me agacho e suspendo minha perna até meu peito, mas ele está me erguendo pelos meus cabelos, então perco o equilíbrio e não consigo impulso para chutá-lo. Ainda assim, o estalo de seus ossos debaixo do meu pé é inconfundível.

Eu acho que a criatura está rindo – não é essa a reação que estou esperando –, excetuando o fato de a risada soar estrangulada e seca, quase como uma tosse.

– *Ahhhh*... fogo! – ele geme. – Eu gosto disso. – Então me arrasta escada abaixo. – Muito esperto, mortal. Mas sabe, nós, demônios, temos sexto sentido. – Ele se vira e diz alto: – Você está atrasado, Gabriel.

Eu me recomponho e dou nele outro golpe, desta vez no braço que está me segurando. Mas eu mal o atinjo. Ele me olha perversamente, me sacudindo pelos cabelos.

– Isso foi encantador, mas agora está me aborrecendo. Pare.

Assim como meu coração afunda, a voz melodiosa do Gabe vem de todos os lugares ao mesmo tempo – como um sistema de som sofisticado.

– Você vai querer deixá-la ir, Beherit.

E então ele está lá, no topo da escada, exceto por eu não conseguir vê-lo. Tudo o que vejo é uma forma vaga proveniente de uma intensa luz branca que está sendo emanada. Seu brilho ilumina toda a sala, incluindo o monstro que me mantém cativa. Olho para a sua cara medonha e me ouço gemer assim que todo o sangue do meu corpo gela instantaneamente.

Não é o Belias. Esse é maior e mais desagradável de olhar, se isso é possível, e cheira muito pior - como se respirar já não fosse difícil por estar arfando, em pânico.

– Gabriel, você sempre teve um senso de humor maravilhosamente divertido. Por que eu deixaria de levar meu prêmio?

– Porque ela não é seu prêmio. Você não tem nenhum direito sobre ela. A alma dela está limpa.

– Hum... sim, Lúcifer não me deu muito trabalho, não é? Ele achou essa tarefa... desafiadora. – Ele franze o cenho para mim e dá outra risada. – Apaixonado. *Amor!* – Ele solta um riso agudo como um latido. – Que coisa antiquada!

– Sim, foi uma transformação completa, a vida alterando os fatos. Você já ouviu falar que o amor vence tudo?

– Bem, no final, o amor não deu em nada, não é? Ele está morto e eu estou segurando o prêmio.

– Estar morto é muito relativo, você não acha?

Meu coração bate mais forte ao som da voz do Luc. Mas, quando me viro em direção à cozinha, como pendendo de uma corda, meu coração afunda. Luc está coberto de sangue, sua camisa, em frangalhos, e diversos cortes profundos no peito, nos ombros e no lado direito do rosto.

– Ai, meu Deus – suspiro.

– O seu Deus não pode salvar nenhum dos dois – o monstro pigarreia e ri. Ele me suspende pelos cabelos até a altura de seus olhos e sinto minha cabeça sendo arrancada do meu corpo. – Você pertence ao outro time agora.

– Tem certeza de que não quer reconsiderar isso, Beherit? – Luc diz, saindo da cozinha e entrando na sala.

Beherit ri, um berro estrondoso que abala toda a casa.

– Você está me ameaçando? Você, um mortal semimorto sem nenhum moral? – ele rosna, me colocando de pé no chão, onde continuo oscilando feito uma marionete. – Vou cuidar de você assim que terminar com o seu bichinho de estimação. – Ele me sacode pelos cabelos.

– Ah, eu tenho algum moral. Engraçado você falar de bichos de estimação... – O sorriso de Luc faz meu coração pular e sinto meu braço estendido na direção dele. Luc olha para mim e na porta atrás dele vejo cinco pares de enormes olhos vermelhos brilhantes olhando para mim na escuridão da cozinha.

Luc dá um passo para o lado no mesmo instante em que estala os dedos e três enormes cães negros, um com três cabeças, explodem da porta da cozinha, os dentes arreganhados, e eles estarão perto de mim em um piscar de olhos.

Só que eles não caem sobre *mim*, caem sobre *ele* - sobre a coisa que está me segurando. E Luc está lá também. Ele pega a minha mão e grita alguma coisa para mim. Com a barulheira dos cães e toda a confusão, eu não entendo de imediato. Ele está dizendo:

– Use, Frannie!

– Meu poder de influência? O que eu faço? Eu não tenho ideia do que é isso ou de como funciona.

Então, de repente, eu falo.

– Solte! – Isso vem para fora em um grito estridente e nada acontece. Eu tento de novo. – Você não me quer! Solte! – Eu digo em voz alta.

Sinto seu aperto afrouxar dos meus cabelos enquanto ele bate nos cães com a outra mão. Luc está puxando meu braço. Os cães estão por toda parte, furiosos e rosnando.

– Você não me quer! – grito. Eu me desvencilho do Beherit, deixando para trás um punhado de cabelos chamuscados e o Luc me puxa pela sala. Um dos cães me segue e eu me agacho, pronta para dar um chute, mas o Luc me puxa para trás um pouco antes do meu pé tocar o peito do cão.

– Você não vai querer ver o Barghest irritado. Principalmente depois de ele ter salvado as nossas cabeças.

– Barghest?

– Um velho amigo meu. Eu fui o que se pode chamar de patrulheiro canino por um longo tempo, vigiando os portões do Inferno. Barghest e eu estivemos muito próximos por quase mil anos, embora ele tenha demorado a me reconhecer em toda a minha humanidade – e ele aponta para a ferida ensanguentada no peito.

Barghest vira a cabeça para o lado enquanto choraminga, então ele vira e se senta de costas para nós, rosnando contra o fundo das escadas. Eu não aguento ver o cão rasgar Beherit, então eu me viro para o Luc e tento achar um lugar onde possa tocá-lo.

– Por que eles não me atacaram também? – pergunto, aninhada ao seu lado.

– Eu pedi a ele que não fizesse isso. – Luc sorri de novo. – E meu talismã, seu sutiã vermelho, veio a calhar para eles reconhecerem o seu cheiro. Agora é trabalho do Barghest proteger você.

Eu deixo o Luc e me viro para olhar o cão sentando na minha frente, seus ombros são da mesma altura que os meus.

– Proteger do quê?

O semblante do Luc escurece por um momento.

– Do Inferno – ele diz – e de tudo o que há nele.

Começo a me aninhar de volta ao seu lado quando sinto alguma coisa esfregando meus cabelos desgrenhados. Luc de repente me puxa para trás e se inclina para a frente. *Ahhh.*

– Luc? O que foi?

Ele suspira e olha para o Beherit, seu rosto contorcido em dor e seus olhos vermelhos brilham. Então vejo o brilho do cabo de uma adaga saindo do seu ombro. Quando o Luc se afasta, eu entendo. Ouro. A fraqueza do Luc.

Coração disparado saindo pelo peito, adrenalina em alta, eu me viro para o Beherit e vejo o Gabe subindo as escadas, envolvendo-o em uma luz branca. É como olhar para uma nuvem durante uma tempestade elétrica. Centelhas de raios piscam na luz branca. Os pelos do meu corpo se arrepiam e o cheiro de ozônio é espesso no ar. E quando relâmpagos são disparados das palmas das mãos do Gabe e atingem Beherit, eu grito.

O rosto de Beherit se contorce em agonia e seus gemidos ecoam por toda a casa enquanto os cães continuam a atacar. Mas seus olhos estão em mim e no Luc, e, debaixo de tanta dor, há um sorriso triunfante.

Enquanto olho fixamente para ele, congelada pelo medo e pela raiva, outra adaga de ouro se materializa na mão do Beherit. Isso me deixa apavorada.

– Pare! – eu grito. – Deixe o Luc em paz. Ele não importa mais para você. – Dou um passo à frente, interpondo-me entre ele e o Luc. – Eu vou com você se o deixar em paz.

Enquanto Beherit ruge vitorioso, Luc agarra a minha mão, ainda agachado. Ele balança a cabeça, seus olhos arregalados e salientes, enquanto dá um gemido agonizante.

Uma fumaça preta evapora da ferida ensanguentada provocada pela faca em seu ombro esquerdo.

– Não! Use seu poder de influência.

Não consigo pensar. Engulo um soluço e me viro para o Beherit.

– Pare! – grito de novo, e Barghest rosna enquanto me afasto do Luc e dou outro passo. – Deixe o Luc em paz! Eu vou com você. Só deixe ele em paz. Por favor!

Meu coração está acelerado enquanto me movo lentamente em direção às escadas. Minha camisa rasga no lugar que o Barghest tenta me segurar, mas continuo andando. Ignoro a luz branca brilhante do alerta do Gabe enquanto sigo para perto do Beherit.

Beherit levanta a cabeça e ruge novamente. No mesmo instante em que sinto garras perfurarem a carne do meu ombro, eu me abaixo e dou um golpe na outra mão dele, que ainda está segurando a adaga de ouro. Pego a adaga, dou uma volta, ainda agachada, e salto para cima, empurrando-a com força seu peito.

– Vá pro Inferno! – grito.

Mas isso é abafado pelo seu grito, alto e demorado, um som que quase arrebenta meus ouvidos. Enquanto caio no chão, fecho os olhos e prendo a respiração, sem saber qual será a sensação quando ele me matar.

Enquanto Beherit grita mortalmente a distância, um intenso calor me queima. Mas, em vez de agonia, sinto a serenidade apossar-se de mim. Talvez a morte, mesmo que pelas mãos do diabo, não seja tão ruim assim.

Mas então percebo que o calor está atrás de mim e abro os olhos para encontrar Barghest entre mim e Beherit, rasgando o braço de Beherit. Quando me viro, o Luc está lá, e não apenas seus olhos - todo o seu corpo está brilhando em uma luz vermelha. Foi o calor *dele* que senti através de mim, enquanto ele me envolvia em um campo de proteção.

As luzes em torno do Gabe brilham novamente, quase me cegando. Beherit grita e, através do brilho, vejo um líquido negro e espesso escorrendo do local onde a adaga perfurou o seu peito e uma fumaça oleosa envolve seu corpo em uma nuvem. O que parece ser um estrondo violento me joga para trás e, quando as luzes do Gabe se desvanecem, tudo o que resta no lugar onde Beherit estava é um rastro de fumaça negra e o cheiro de carne queimada e enxofre. Ele e os cães desapareceram.

À medida que o Gabe desce as escadas correndo, seu brilho vai desaparecendo e agora posso ver a expressão no seu rosto. Angústia.

– Gabe? – Ele passa correndo por mim e sinto o pavor apertando meu coração assim que ouço um barulho atrás de mim.

Eu me viro para ver a imagem que não me saiu da cabeça desde que acordei: Luc caído no chão, o cadáver branco sobre uma poça de sangue carmesim.

CAPÍTULO 22

REDENÇÃO

Frannie

O hospital está muito frio e iluminado e tem um cheiro que detesto. Mas não posso sair, mesmo que eles já tenham nos dito que Luc não vai aguentar. Não posso deixá-lo aqui.

O único que está me ajudando a passar por isso é o Gabe. Seus braços estão ao meu redor formando um casulo, e ele não se separou de mim, nem mesmo quando costuraram meu ombro.

– Eu não entendo – digo chorando. – Ele era humano, então por que é que interessava ao Beherit levar todas as coisas do Inferno com ele? Isso não tinha mais a ver com o Luc.

Existe dor nos olhos do Gabe e simpatia em seu rosto.

– Você o mudou fisicamente, mas sua força vital está ligada ao Inferno. Ele foi isso por sete mil anos. Uma separação total não é possível. E, no fim, ele acabou cedendo a esse lado dele. Ele invocou esse poder infernal para salvá-la.

Eu penso no Luc - seu calor, e como ele brilhava enquanto usava o que restava do seu poder para me envolver no campo de proteção - e meu coração se contrai e enrijece. Ele deveria ter se salvado, não a mim.

As pessoas caminham pela sala de espera do hospital como se fosse um dia qualquer. Como se o mundo não fosse acabar. Como isso é possível? O mundo deveria estar desabando ao nosso redor.

Sinto picadas da anestesia no meu ombro, sinto o puxão do curativo e das suturas, mas eu queria que fosse pior. Eu queria que o Beherit tivesse me *matado*. Quem sabe o Luc e eu não estaríamos juntos. Enfio o rosto entre as mãos e sinto os braços do Gabe ao meu redor, me puxando para perto de seu ombro.

– Isso não pode estar acontecendo. É tudo minha culpa.

– Eu sinto muito, Frannie.

– Isso não é justo. Ele era bom, eu sei. Ele não pertencia ao Inferno.

– Ele não foi marcado para o Inferno. Não existem garantias de que ele tenha ido para lá.

– Mas você disse que Beherit o levou de volta ao Inferno.

– Não, Frannie. Eu não sei.

Prendo a respiração.

– Você acha que ele poderia estar no Céu?

Gabe alisa meu cabelo.

– É possível. Sua alma de mortal estava limpa.

Luc

Está silencioso e branco... vazio. Um vazio, assim como minha mente. Estou ciente de um corpo – o meu, eu acho, mas não posso ver ou sentir. Não posso enxergar nada. Estou em paz e me deixo fluir. Mas então estou sendo puxado pelo tempo e pelo espaço em uma corrida vertiginosa.

Rei Lúcifer.

Quando paro e a vertigem diminui, abro os olhos na certeza de que vou me encontrar no Pandemonium. Mas, ao em vez disso, estou no final de um longo corredor branco que desaparece na distância. Na minha frente há uma porta de madeira tipo *saloon*, balançando com uma placa em que se pode ler "Limbo".

Limbo, local para onde as almas não marcadas vão após a morte para serem classificadas.

Então, acho que isso quer dizer que estou morto.

A repentina consciência de que não vou ver a Frannie novamente – tocá-la, beijá-la – é como um golpe que me derruba. Eu me esforço para encher meus pulmões de ar, mas então eu me lembro de que não preciso mais respirar. Estou morto.

Mas a Frannie não. Ela está a salvo.

É o tipo de coisa que ajuda a me confortar. Frannie está segura. Sem mim no caminho, ela vai deixar o Gabriel marcá-la e ficará bem. Ele a protegerá. Isso é bom. O único jeito para eu poder deixá-la. Ela estará melhor agora.

Eu reúno forças e empurro as bandas da porta, entrando em um quarto sem fim. O teto é baixo, com luminárias fluorescentes que emitem um zumbido, mas as paredes estendem-se até o infinito. Na minha frente há uma antiga mesa de madeira, com várias revistas espalhadas sobre a superfície arranhada e um aviso escrito à mão colado na frente. O texto está escrito de modo desleixado, com um destaque em preto em que se lê "Pegue um número e sente-se". Próximo do aviso existe um aparelho de plástico vermelho que emite senhas. Eu caminho até ele e olho adiante da mesa. Tudo o que consigo ver, estendendo-se até o infinito, é que existe uma fileira de cadeiras de plástico, a maioria delas ocupada pelas incontáveis almas que esperam ouvir seu destino. Outras circulam sem rumo, gemendo e chorando por estarem mortas. Todas são em tons de cinza ou bege, algumas salpicadas de preto, avermelhadas ou em tons de marrom. Essas são as almas que não foram marcadas antes de morrer porque não estavam nem de um lado nem do outro.

Eu olho para mim mesmo pela primeira vez, esperando estar em um tom negro, mas em vez disso eu me encontro branco e brilhante, com redemoinhos de azul-safira e um rosa crepuscular. *Branco?* Eu me olho espantado por pouco mais que alguns minutos, então volto a mim e pego um número no emissor de senhas. O bilhete é impresso e eu olho para ver um imenso UM estampado no papel verde em um folha dourada. Olho para o pequeno monitor sobre a mesa. O número requisitado pela máquina agora é 64.893.394.563.172.289.516. Olho de volta para o meu número.

Um.

– Número um, por favor, dirija-se ao escritório número um.

Ouço a voz andrógina e monótona claramente em minha cabeça, mas o que está no monitor não muda. E enquanto fico me perguntando onde supostamente vou achar o escritório número um, uma porta de madeira materializa-se na minha frente com um imenso número UM gravado nela. Eu giro a maçaneta e empurro a porta, que se abre devagar.

Reúno forças, entro pela porta, e me encontro em uma imensa sala iluminada com uma grande mesa de mogno e uma cadeira de espaldar alto no centro. A sala tem um aspecto nada convidativo. O aroma reconfortante é de lenha queimando no coração de uma lareira nos fundos da sala. Sofás beges de couro e cadeiras estão espalhados entre numerosas estantes de livros. Entre os títulos espalhados em uma mesinha de centro perto de mim vejo o *Purgatório*, de Dante, e não consigo conter um sorriso. Miguel está fazendo sua lição de casa.

Ele está de costas para mim enquanto paira no chão ao lado da lareira, com vestes brancas soprando gentilmente com a brisa inexistente.

Muito teatral.

Ele se vira lentamente e sorri, mas não há calor nesse sorriso. Ele cofia seu cavanhaque e me analisa. Seu cabelo preto e sua pele contrastam com seus pálidos olhos azuis, fazendo-os brilhar e dando-lhes um aspecto ameaçador – intimidação, sem dúvida. Miguel é famoso por fazer isso.

– Bem-vindo, Lúcifer. Aparentemente o Todo-Poderoso colocou você em um atalho. Eu teria feito você esperar. – Ele aponta para uma confortável cadeira de couro à sua frente. – Sente-se.

– Não, obrigado. Prefiro ficar de pé. – Estou circulando por aí faz muito tempo para baixar a guarda para um arcanjo. Especialmente esse. Depois de uma eternidade julgando as almas, adquiriu complexo de Deus.

O conceito "inocente até que seja provado o contrário" é aplicado no Céu e no Inferno também, e o limbo está sob o controle do Céu. Do *Miguel*, para ser mais específico. Você acha que eles trabalham em seu próprio favor, mas Miguel acredita em um rigoroso controle de qualidade, então geralmente o número sai com vantagem para o Inferno.

Dou mais um passo à frente.

– O que está acontecendo? Por que não estou no Inferno?

– Se você está ansioso para queimar no Inferno por toda a eternidade, que assim seja. Eu me enganei achando que você gostaria de discutir alternativas. – Ele faz um aceno de mão indiferente e acomoda-se atrás da sua mesa.

Engulo meu orgulho junto com um nó na garganta.

– Espere. – Sigo até a mesa e me sento na cadeira. – Que alternativas?

Seu olhar se suaviza e sua expressão torna-se divertida.

– Parece que existe alguém no reino mortal que quer você de volta. Em completo desespero, na verdade. É quase comovente. Acontece que essa *pessoa* tem um poder de influenciar, que aparentemente se estende ao reino celestial, porque o Gabriel está tendo dificuldade em dizer não.

Minha cabeça gira. *Isso é possível?* Será que a Frannie tem poder suficiente para me levar de volta à vida? Eu nunca ouvi falar em coisa parecida. Mas também nunca ouvi falar em um demônio se transformar em ser humano...

– Pela sua cara, vejo que essa pode ser uma alternativa aceitável.

Eu me afasto das reflexões para encontrar um sorriso e uma lágrima rolando no meu rosto. Limpo o rosto e olho firme para o Miguel.

– Isso é possível?

– Sim. Mas há condições. Não é uma passagem livre.

Meu coração pesa. *Uma cilada*. Sempre há uma cilada.

– Que condições?

– O que sabemos é que a Frannie mudou você. Seu poder de influência é muito poderoso. – O que ele não diz, mas que está claro nos seus olhos, é que poderoso significa perigoso. Um mortal com um poder de influência sobre outros mortais é uma coisa. Mas um mortal com poder de influência sobre os reinos infernal e celestial é completamente diferente. Ele está com medo dela.

E, como se lesse meus pensamentos, porque tenho certeza de que ele fez isso, seu temperamento incendeia.

– Ela quer você agora e ela conseguiu transformá-lo em um mortal. – Ele quase cospe as últimas palavras como se tivesse um gosto péssimo. – O que nenhum de nós sabe é o que acontecerá quando ela não o quiser mais. Humanos, afinal, podem ser muito volúveis. – Um sorriso de autossatisfação surge em seu rosto quando ele percebe como eu analiso isso.

Eu sei que foi o poder de influência da Frannie – seu amor – que me mudou, mas nunca parei para considerar o que poderia acontecer caso seus sentimentos mudassem. Se ela deixar de me querer, vou continuar sendo humano? Vou morrer? Vou me transformar novamente num demônio?

– Que condições? – pergunto novamente com um peso no coração. Não adianta querer disfarçar quando ele está na minha cabeça.

– Convencê-la a se perdoar para que o Gabriel possa marcar a alma dela para o Céu.

Parece bastante simples e isso é o que eu tenho desejado para ela todo esse tempo, mas eu deixo de notar o seu modo de olhar quando ele diz isso. Alguma coisa oscilando entre a ganância e a cobiça.

– O que vai acontecer com ela se for marcada?

– Não é problema seu – ele diz com um aceno de mão indiferente.

Eu me levanto da cadeira.

– Para o Inferno que não é! – Com as mãos na sua mesa, eu me inclino em sua direção. – Ela quer ter uma vida. Se ela for marcada para o Inferno, ela não terá uma. Ela será uma marionete do Rei Lúcifer. Diga se não é isso que acontecerá se ela for marcada para o Céu.

– Não sei dizer o que vai acontecer. Não é da minha alçada.

Minha voz treme enquanto luto para conter minha raiva.

– Eu não acredito em você.

Ele me encara e balança a cabeça.

– Seu miserável, garoto patético. Agindo como se você tivesse algum direito aqui. Você *vai* fazer isso ou queimar no Inferno.

Eu olho para mim mesmo. *Branco*. Não consigo entender como é possível, mas estou puro. Nada de preto. Nada de cinza. Branco.

– Qual pecado me mandaria para o Inferno?

Ele sorri se divertindo, mas existe uma frustração escondida atrás dessa fachada.

– Você está brincando.

Não consigo ler seus pensamentos, mas consigo ler seus olhos. Ele está blefando. Mantenho minha voz suave – tranquila – enquanto o chamo de mentiroso.

– Você não tem de me mandar de volta para a Frannie, mas pode me mandar para o abismo.

Seus olhos se inflamam por um segundo antes de ele socar a mesa com seus punhos. Nos meus ouvidos soa tão indistinto quanto um trovão, mas na minha cabeça eu ouço em meio ao ruído claramente as palavras.

– Talvez não, mas posso fazer você desejar que sim!

Pode o Céu ser como o Inferno? Se existe alguém capaz de fazer isso, certamente seria o Miguel. Mas é melhor que seja *eu* vivendo no Inferno – não a Frannie. Antes de olhar nos olhos de Miguel, achei que a Frannie ser marcada para o Céu seria uma boa opção. Eles geralmente não exploram os seus – e com o Gabriel tomando conta dela...

Agora não tenho certeza. Talvez a única maneira da Frannie ter uma vida própria seja não ser marcada. Gabriel não a trairia... ou será que sim?

– Ótimo. Então vou para o Abismo.

O susto o deixa de olhos arregalados. Aparentemente essa não era a resposta que ele esperava. Em sua confiança equivocada, ele se esqueceu de espionar meus pensamentos.

– Acho que você não me entendeu. Você vai fazer o que eu disse. Estou dando a você uma segunda chance. Você deveria ficar agradecido.

– Não acredito em segundas chances. – Eu me viro e saio pela porta. Enquanto bato a porta, Miguel rosna algo que fica engasgado e tudo fica quieto e branco. Estou à deriva novamente. Se essa não existência é o Céu, talvez eu tenha feito a escolha errada. Não tenho certeza se posso ficar simplesmente à deriva por toda a eternidade.

Mas então imagino os olhos de safira da Frannie e não estou mais à deriva, estou subindo. Ouço a risada da Frannie, o cheiro de cravo e groselha da sua alma, sinto o seu toque tão presente como se ela estivesse aqui comigo. E então a minha essência é agitada e se mistura com a dela.

Isto é o Céu.

Frannie

Em meu sonho, Luc e eu estamos dançando sob as estrelas - girando e sorrindo como se fôssemos uma só pessoa, dividindo o mesmo corpo. Eu o sinto por toda parte, dentro e fora de mim. Seu toque parece o Céu e eu me ouço gemer. Eu quero estar perto dele para sempre - morrer aqui em seus braços.

– Frannie? – A voz do Gabe é suave no meu ouvido. Enquanto abro os olhos e eles se adaptam a luminosidade, passam-se alguns segundos até eu me orientar. Ainda estamos na sala de espera do hospital e estou embalada no peito do Gabe. – Ei, Frannie, acorde – ele diz, acariciando meu cabelo queimado e embaraçado.

É a picada no meu ombro e o cheiro do cabelo chamuscado que confirma que isso não foi apenas um sonho muito ruim.

– Frannie? – ele diz novamente.

– Sim, estou acordada. Não podemos ir para casa? Por favor? – Peço com o rosto em seu peito, quando sinto lágrimas arderem em meus olhos.

– Ei – o Gabe diz, e sinto seu dedo debaixo do meu queixo, erguendo o meu rosto para ele. Quando o encaro, ele está sorrindo e a dor desapareceu dos seus brilhantes olhos azuis.

– O quê? – pergunto. – O que aconteceu? – Olho para cima e vejo um médico sorridente com uma máscara em volta do pescoço.

– Seu amigo saiu da cirurgia – o médico diz. – Eu realmente não sei explicar, foi praticamente um milagre. Eles o ressuscitaram na ambulância, mas ele estava muito mal quando chegou aqui. Nós o perdemos por um longo tempo na mesa de cirurgia, mas conseguimos trazê-lo de volta. Ele realmente não deveria ter sobrevivido...

– Então... O que você está dizendo? - O desespero na minha voz está claro.

– Tudo indica que ele vai ficar bem. Nós vamos saber daqui a algumas horas. Apenas continue rezando.

Meu coração explode em milhões de pedaços e eu começo a hiperventilar. Lágrimas descem no meu rosto enquanto me esforço para respirar, e enterro meu rosto entre as mãos.

– Oh, meu Deus. Luc.

CAPÍTULO 23

POR UM TRIZ

Frannie

Eles finalmente me deixaram entrar esta manhã para ver o Luc, mas não consigo encará-lo. Porque, depois de tudo, eu sei o que precisa ser feito e passei os últimos dois dias em agonia por causa disso. Olho catatônica pela janela, a névoa do lado de fora fazendo tudo parecer velado e fantasmagórico. Eu sei que deveria dizer alguma coisa, mas não confio na minha voz. Respiro fundo e tento me concentrar no que preciso fazer.

Encosto a testa contra o vidro.

– O médico não disse se achou alguma coisa... não havia nada estranho quando ele estava mexendo aí dentro de você?

– Não.

– Então, isso significa que você é humano agora?

– Acho que sim.

Não consigo respirar. Preciso sair daqui. Eu me movo em direção à porta sem me virar.

– Acho melhor eu ir.

– Frannie, fale comigo. – O desespero na sua voz me detém.

Suspendo a mão até o meu rosto, tentando apagar as evidências provocadas pelas minhas lágrimas. Eu me viro devagar para olhá-lo e sua expressão quase me mata. Como posso fazer isso? Não sou forte o suficiente. Olho para o chão.

Ele estende a mão para mim e não posso ignorar. Eu caminho até a cama e me sento na beirada. Meu coração dispara com o seu toque, mas continuo sem olhar para ele.

– Diga no que você está pensando – ele pede, e sinto meus olhos se encherem de lágrimas outra vez.

– Estou pensando que não deveríamos ficar juntos. Eu faço mal a você.

Ele dá um imenso suspiro. Quando fala, nem sequer tenta disfarçar o sorriso em sua voz.

– Você? Você faz *mal* a *mim*?

Não acredito que ele esteja achando graça – zombando de toda esta situação. Sinto a raiva arder dentro de mim e isso pode ser ouvido na minha voz. Olho para ele.

– Quase matei você. Você era imortal e eu tirei isso de você. Você teria vivido para sempre se não fosse por minha causa.

– Viver para sempre não é tão bom quanto as pessoas dizem. O que já vivi de uma eternidade, vivi em abundância.

– Você só fica dizendo isso. – Eu viro minha cabeça, tentando arejar meus pensamentos e me recompor.

Luc toca o meu rosto e me vira para ele.

– Frannie, olhe para mim. – Meus olhos relutam em encará-lo. – Por esse sentimento – ele bate a mão sobre o próprio peito – eu desistiria de tudo. Eu diria que a minha imortalidade foi um pequeno preço que paguei, mas não sinto como se tivesse pagado coisa alguma. Eu me sinto como se tivesse *recebido* a coisa mais valiosa que alguém poderia querer. – Uma lágrima cai dos meus cílios e ele a enxuga. – Você me ama. O que mais posso pedir?

Sinto lágrimas quentes no rosto enquanto me inclino para beijá-lo.

– Não se preocupe comigo nem com nada. – E do nada, literalmente, o Gabe está sentado na cadeira embaixo da janela, olhando-nos de maneira angelical.

Luc olha para ele por cima do meu ombro.

– Você precisa parar de fazer isso. Sua mãe nunca disse que é falta de educação entrar sem bater?

Então eu me dou conta do que precisa acontecer. Dou um pulo, sentindo-me muito mais leve, e caminho até o Gabe. Eu agarro sua mão e o puxo para fora da cadeira.

– Precisamos conversar.

Eu o arrasto para fora da porta enquanto o Luc olha um tanto preocupado. Encontramos um banco no corredor. Eu me sento com meus cotovelos sobre os joelhos, descansando a testa sobre as mãos.

O ruído do hospital em geral é contínuo e intenso, e eu me concentro nisso para diminuir o zumbido da minha cabeça confusa. Passo os dedos pelos cabelos e olho fixamente para o piso entre meus pés.

– Você quer me marcar para o Céu?

– Sim – o Gabe diz.

– E eles vão parar de vir atrás de mim se você fizer isso.

– Provavelmente.

– Mas eu tenho de me perdoar.

– Sim.

Suspendo a cabeça das mãos, surpresa com a sensação de luminosidade.

– Vou propor um acordo – digo, e sinto como se estivesse tirando um peso de ferro do meu coração.

O Gabe se inclina para trás e sorri para mim enquanto eu volto para o quarto do Luc. Deslizo para a beirada da sua cama e seus olhos estão espremidos enquanto ele entrelaça os dedos nos meus.

– O que é que tá rolando? – Ele não consegue esconder o ciúme na sua voz.

– Nada – digo.

Ele solta a minha mão e seus olhos procuram pelos meus.

Percorro sua bochecha com um dedo, delineando o curativo no rosto e ele estremece. Solta um suspiro e chega perto do meu rosto.

– Você sabe, quando disse para usar o seu poder de influência no Beherit, eu queria que você se salvasse, não a mim.

Pressiono minha bochecha contra sua mão.

– Eu não podia pensar. Eu só... sabia o que eu queria.

Ele me puxa para um beijo mas, assim que nossos lábios se tocam, alguém bate na porta. Ele me segura ao redor do pescoço quando tento me afastar e terminamos nosso beijo. Então ele sorri e grita:

– Entre!

A porta se abre. O Gabe sorri, todo orgulhoso por ter batido.

– Atenção! – ele diz, e com um movimento de seu pulso, um objeto de prata brilhante cruza o quarto.

Luc o agarra no ar antes que atinja seu rosto.

– Obrigado – diz ao Gabe.

Gabe se apoia no batente da porta.

– Eu não sou seu garoto de recados. Da próxima vez que precisar de alguma coisa, vai ter de conseguir sozinho.

Olho para o objeto na mão do Luc. É um crucifixo - maior que o anterior e com uma ponta afiada.

– Isso é para você... para hoje à noite. – Ele dá um sorriso pálido. – Mas eu tive um pequeno contratempo antes de dá-lo a você. – Ele segura o crucifixo.

Gabe circula pelo quarto.

– Você vai para casa amanhã.

Eu me afasto do Luc e olho para o Gabe.

– Como você sabe?

Ele lança um olhar irônico e se esparrama na cadeira embaixo da janela.

– Gabriel... – A expressão frustrada do Luc muda para raiva e finalmente parece estar bastante confuso.

– Como...? – ele pergunta.

– A decisão já foi tomada. Não foi do Miguel. – Ele olha para mim e seus olhos brilham. – Ela queria isso e você merecia. – Então ele volta a olhar para o Luc, sua expressão é séria. – Além disso, precisamos da sua ajuda.

Luc acena para ele.

– Obrigado.

O Gabe dá um sorrisinho desajeitado.

– Não foi minha decisão também. Você o impressionou. – Seus olhos se desviam para o teto.

Eu olho do Luc para o Gabe e estou confusa.

– Do que vocês estão falando?

Luc sorri para mim.

– Você causou um terremoto celestial.

Essa resposta foi inútil.

Gabe desliza para fora da cadeira e caminha para o lado da cama, colocando a mão no meu ombro.

– Digamos que havia alguma discórdia a respeito de categorias, mas conseguimos acertá-la agora. – Ele se vira para o Luc. – Como você está se sentindo?

Luc dá um sorriso vencedor e aperta a minha mão.

– Invencível.

– Bem, lembre-se de que você não é o mesmo, então, se quiser tomar conta da Frannie, saiba que descuido não é a melhor estratégia.

Luc revira os olhos.

Gabe sorri, me cegando.

– Sim, imaginei que diria isso, então preciso que você me ajude. Ele está recém-saído do treinamento, foi ontem, aliás, mas não há ninguém melhor para o trabalho.

– Ei, Frannie. – A voz é melodiosa como a do Gabe, só que diferente. É de alguma forma mais leve. Eu me viro e do outro lado da sala há um garoto, por volta dos dezessete anos, de estatura média, com os cabelos loiros encaracolados, olhos azuis, e o rosto de... bem... de um anjo. Ele está se apoiando contra a parede, as mãos nos bolsos dos jeans, sorrindo para mim.

Perco o fôlego e minhas pernas, de repente, ficam bambas.

– Matt? – Eu mal posso falar. Ele se parece exatamente com a imagem da minha cabeça, a maneira como eu o imagino se estivesse vivo.

Ele sorri e o brilho queima meus olhos.

– Em carne e osso, mais ou menos.

Eu me viro para o Gabe.

– Eu não... – mas não consigo completar o pensamento.

Matt ri - e isso soa como sinos de vento.

– Eu sou seu anjo da guarda. – Ele ri de novo. – Você nunca pensou nisso quando grudei chiclete no seu cabelo e roubei sua bicicleta?

Minhas pernas trêmulas começam a se mover, me levando para o outro lado da sala. Sinto as lágrimas começarem a cair pelo meu rosto, mas não há nada que eu possa fazer sobre isso. Não posso sequer entender todas as emoções que eu sinto. Mas, quando eu o alcanço, é a culpa que encontra voz. Não posso olhá-lo nos olhos.

– Oh, meu Deus... Matt, eu sinto muito...

Ele passa um braço ao meu redor e me puxa até o seu ombro.

– Não há nada para se desculpar, Frannie. Você precisa esquecer isso.

– Eu não consigo. – Volto-me para o Gabe, cujos olhos me atravessam. Eu quase posso senti-lo remexendo na minha cabeça, procurando as respostas.

– Você precisa, ou não existe razão para eu estar aqui. – Ele se vira para o Luc.

Todo o meu interior é como gelatina e minha cabeça parece cheia de algodão. Não consigo raciocinar. Mas então um pensamento espreita através do nevoeiro.

– Mamãe e papai. Oh, meu Deus! Eles vão morrer quando virem você! - Perco a respiração quando me dou conta do que acabo de dizer. – Quero dizer...

Matt me puxa para o seu ombro novamente.

– Não, Frannie. Eles não podem saber. Ninguém pode.

– Por quê?

– É como as coisas devem ser. É estritamente proibido para nós aparecermos para quem nos conhecia. Principalmente para alguém da família.

Afasto a cabeça de seu ombro.

– Eu conhecia você.

Ele olha para o Gabe.

– Uma exceção foi feita para atenuar as circunstâncias – ele diz em um tom de voz baixo e sério.

Eu olho e o Gabe está sacudindo a cabeça.

Sorrio, mas logo estou chorando de novo.

– Então eu matei você, mas sou a única que posso ter você de volta? Como isso pode ser justo?

– Não faço ideia de como fazer você perceber que não foi sua culpa.

– Mas *foi* minha culpa – soluço em sua camisa, deixando ranho em cima dela. – Eu estava lá, lembra? Um único puxão na sua perna e empurrei você para fora da árvore.

– Você sabe que não posso mentir agora, certo? Não foi sua culpa. Você precisa acreditar nisso.

Começo a me sentir zonza enquanto minha garganta fecha. Eu me afasto dele e apoio minhas mãos sobre os joelhos, tentando puxar um pouco de ar para dentro dos meus pulmões em colapso.

– Chame uma enfermeira! – Luc diz e eu o ouço lutando com o suporte de soro.

Mas então sinto aroma de neve no verão e os braços do Gabe me envolverem.

– Respire, Frannie – ele diz com seu hálito frio em meu ouvido.

Estremeço e me espremo nele.

– Devagar e com calma – ele sussurra.

E ele está certo. Se eu respirar devagar, consigo tomar um pouco de ar. As estrelas dançando na frente dos meus olhos começam a desaparecer.

Eu me recomponho e o Gabe me solta. Olho para o Matt, limpando o meu nariz na manga. Não posso acreditar nisso. Eu o queria tanto de volta, e ele está aqui. Eu mergulho no seu peito de novo e lhe dou um abraço, determinada a nunca mais deixá-lo.

– Oh, meu Deus.

Ele sorri.

– Tudo vai ficar bem, Frannie. De verdade.

Seu sorriso é contagiante. Dou uma fungada e um sorriso aparece entre as minhas lágrimas.

– Por que você parece ter dezessete anos, ou como eu achei que estaria aos dezessete anos? Como você não continua com a aparência de sete anos?

Seu sorriso se alarga.

– Camuflagem. Haverá momentos em que precisarei ser visível, e com sete anos de idade seguindo você por aí ia parecer meio estranho, não acha?

– Acho que sim.

Luc pigarreia alto. Um sorriso patético estica-se no meu rosto enquanto puxo o Matt até a sua cama.

– Matt, este é o Luc. Luc, este é o Matt.

Luc franze o cenho e arregala os olhos.

– Foi você... na festa de formatura, com o Belias.

Ele olha para o Luc sem sorrir.

– Aquele foi o meu teste.

– Presumo que você passou.

Matt olha para ele.

– É claro. – Ele se vira para mim. – Então, não vou estar por perto o tempo todo – ele espreme os olhos e olha rapidamente para o Luc – Porque tem coisas que vocês fazem que eu realmente não quero ver. Mas, se você precisar de mim, estarei lá.

Luc estende a mão para o Matt.

– Estamos felizes com a ajuda.

Ele apenas olha para a mão do Luc, e sua expressão beira à repulsa.

De repente, a alegria que senti desaparece. Estou entre eles tentando entender o que realmente aconteceu, enquanto o Luc abaixa a mão.

– Não tente bancar o herói, Lúcifer – o Gabe diz para quebrar o silêncio. Ele olha fixamente para o Luc de maneira severa. – Se precisar de ajuda, peça.

Luc olha para ele.

– Sim, mamãe.

Ele sorri.

– Falando em mães, você tem algumas visitas.

É nessa hora que batem na porta. Matt desaparece enquanto a porta se abre e é muito bom, porque mamãe e papai estão parados lá, com uma sacola do McDonald's.

– Uma dádiva de Deus – o Luc murmura, e em seguida faz uma careta. – Comida de hospital é intragável.

Consegui escapar do retiro da igreja que minha família frequenta porque continuo me recuperando do "ataque do cachorro".

Em vez disso, dou uma olhada no meu armário, decidindo o que vou precisar em L.A. e olho para o Luc, que está ao lado da cômoda. Ele saiu do hospital faz uma semana e quase todos os curativos já foram retirados. Está com uma cicatriz vermelho-sangue no rosto, logo abaixo do canto do olho esquerdo, até o meio da bochecha. Sombrio e perigoso, ele é agora marcado e sexy. Hum... *yammi.*

– Você vai levar isso? – ele pergunta com a sobrancelha arqueada e com a alça do meu sutiã preto enrolada no dedo.

– Provavelmente. Eu preciso de alguma coisa para provocar aqueles caras da Ucla.

Ele fica sério enquanto o coloca de volta na minha gaveta.

– Claro, se você vier comigo, não vou ter tempo para nenhum desses frangotes. – Tento parecer natural enquanto dou uma volta e me enrosco nele, mas estou muito tensa.

Sua expressão se suaviza enquanto ele amarra meu cabelo em um nó para trás.

– Onde mais eu estaria?

Eu dou um suspiro nervoso.

– Então, você vem para L. A.?

– Gostaria de ver você tentar me impedir – ele diz com um sorriso perverso.

Olho em volta para as paredes forradas e me dou conta pela primeira vez de como vou sentir saudades de casa. Mas o que percebo neste exato instante é que qualquer lugar com o Luc é como estar em casa.

– O que você vai fazer quando a gente chegar lá?

– Talvez eu curse uma ou duas aulas... arrume um emprego. – Ele dá de ombros. – Sei lá.

– Com sete mil anos de experiência profissional, você deve conseguir arranjar alguma coisa.

Ele sorri.

– Eu não acho que existem muitas vagas abertas para condenação de almas para o Inferno.

Eu sorrio de volta.

– É L. A. Você pode se surpreender.

Ele ri, mas logo fica sério e me abraça mais apertado.

– Eu não tenho certeza se essa é a melhor ideia. Ainda não acabou, você sabe. Se o Rei Lúcifer deixá-lo viver, Beherit enviará outro, ou voltará ele mesmo, já que agora é pessoal. – Ele esfrega o queixo com o polegar. – Você pode tê-lo matado de verdade. Pela reação dele, pareceu que o ouro era sua fraqueza. Aquele punhal em seu coração de enxofre... não sei dizer.

Não tenho certeza de como me sinto em relação a isso. Eu me afasto do Luc, tentando deixar de lado a repentina onda de culpa.

– Então, se isso for verdade, de acordo com você, agora estou marcada para o Inferno, com certeza.

Ele pisca os olhos e torna-se pálido instantaneamente.

– Do que você está falando?

– Se eu o matei, eu sou exatamente como o Tom. Você disse sem circunstâncias atenuantes. É ir direto para o Inferno. Sem chances de escapar, sem chances de misericórdia, sem escape.

Uma nuvem de incerteza encobre seus olhos.

– Foi legítima defesa. E matar um demônio é diferente – ele diz, como se precisasse provar que o que está dizendo é verdadeiro.

– Agora você está fazendo exceções? Você é tão hipócrita.

Seu rosto se enrijece em uma carranca. Como se fosse possível fazê-lo por pura força de vontade, ele diz:

– Você *não* está marcada para o Inferno.

Quando não digo nada, ele se vira em direção à janela, e seu rosto é sombrio e taciturno. Ele fica olhando para fora e diz:

– A culpa disso é minha. Eu nunca deveria ter vindo para cá.

– Eles deviam ter mandando outro, alguém como o Belias.

Ele balança a cabeça devagar e se vira para me olhar nos olhos.

– Ele nunca teria encontrado você.

Mas o Luc encontrou. Estamos ligados desde o começo. Eu me jogo nele e ele me abraça.

– Eu só quero que você fique segura – ele sussurra entre meus cabelos. – O Gabriel e o Matt podem fazer isso melhor do que eu.

– Eu me sinto segura aqui – digo, ainda envolvida em seus braços.

– Não podemos fazer isso por conta própria, Frannie. Vamos precisar da ajuda do Gabriel e do Matt. Principalmente se você insistir em ir para L. A.

Eu me afasto e olho para ele.

– Ok, se ir para L. A. não é uma boa ideia, o que você sugere?

– A gente podia apenas dar o fora. Encontrar um lugar para se esconder. – Aquele brilho perverso está novamente em seus olhos e um leve sorriso aparece nos lábios. – Talvez comprar uma ilha deserta em um paraíso tropical... só nós dois, pouca roupa...

Eu rio pela maneira que isso soa.

– Eu poderia viver assim, mas você é o primeiro a dizer que eles podem encontrar a gente em qualquer lugar.

Ele parece esperançoso.

– Isso foi antes. Você reparou? Beherit não sabia que eu estava no Gabriel naquela noite. Ele não deveria ter se surpreendido comigo, e além disso eu tinha os cães, então minha blindagem me escondeu dele. Com alguma ajuda do Matt, isso pode mesmo dar certo. – Ele pensa por uns segundos, então sorri. – E eu acho que L. A. é um lugar tão bom para despistá-los como qualquer outro.

Espero que ele esteja certo, mas agora tudo o que quero fazer é me perder nele. Pressiono meu corpo contra o dele e enterro meu rosto em seu peito.

– Eu amo você.

– Eu sei. É a única coisa que me salvou. Você é minha redenção. – Ele se inclina e me beija.

Eu miro seus olhos perfeitos e deslizo o dedo delicadamente abaixo da cicatriz em seu rosto. Ele fecha os olhos, estremece e suspira. Eu me aperto contra seu corpo, sabendo o que quero.

– Faça aquilo de novo.

Ele sorri e abre os olhos, mas vincos surgem em sua testa.

– Eu acho que não posso.

Fico na ponta dos pés, passo os braços ao redor do seu pescoço e o puxo para um beijo.

– Tente – sussurro em seus lábios, querendo me sentir mais próxima dele de novo.

Ele fecha os olhos, respira fundo, se inclina para mim e me dá um beijo intenso. Depois de um minuto, ele se afasta.

– Não posso. Minha essência é humana agora, uma alma. Não posso deixar o meu corpo enquanto estou vivo. – Mas ele não parece desapontado. Está sorrindo.

Meu pulso se acelera e sinto uma corrente elétrica me atravessar, despertando cada célula.

– Então... isso significa que a gente pode...

Seus olhos são profundos, como poços negros enquanto me encaram e eu juro que consigo ver *sua* alma. Então Luc pisca e concorda. Ele se inclina para me beijar e, enquanto nos afundamos nos lençóis, eu sei que isso não pode estar errado.

Luc

Eu não sabia que era possível sentir algo assim. Eu a beijo e sinto meu novo coração de carne e sangue querendo sair do meu peito, me enchendo com uma felicidade indescritível.

Nós podemos ficar juntos – realmente juntos.

Ela começa a abrir os botões dos meus jeans e desejo ter a habilidade de em um passe de mágica arrancar sua roupa.

Mas isso era na minha antiga *vida*. Não... não era uma *vida*. Apenas uma existência. Eu passo meus braços ao redor da Frannie e a puxo para perto. Isto é vida.

Eu a empurro de volta para olhá-la, e é claro que nunca vi algo tão bonito. Ela fecha os olhos enquanto eu acaricio com o dedo sua sobrancelha, descendo pelo nariz, mas, assim que meu dedo toca seus lábios, ela abre os olhos de repente e sua expressão se contorce em dor.

– NÃO! – ela engasga, colocando-se de pé.

Sinto seu terror como se fosse meu. Seu rosto empalidece enquanto se curva para vomitar na lixeira ao lado da cama. Ela se senta e abraça dos joelhos contra o peito.

– Eu... – seu sussurro é quase inaudível.

Eu me levanto e me sento ao lado dela.

– O que foi? O que você viu?

– Ele está vindo – ela diz com a voz estrangulada. Então ela pula da cama, puxando sua camisa.

– Quem? – pergunto, tentando me controlar. Eu fico de pé e abotoo meus jeans. – Quem está vindo, Frannie?

O quarto começa a girar e então Gabriel está lá, e toda a sua pretensão humana desapareceu. Ele paira sobre o chão em seu esvoaçante manto branco e eu vejo o terror da Frannie refletido nos olhos dele.

Matt aparece ao lado dele.

– Ele está vindo.

E então, como uma bola de demolição, uma força invisível atinge a Frannie, suspendendo-a do chão e jogando-a contra a parede. Matt corre para ela, mas é tarde demais. Ela desmaia no chão.

– Frannie! – Atravesso o quarto em um segundo e, quando eu a puxo para os meus braços, vejo o vapor começar a subir da sua pele. Ela está queimando a mil graus. – Frannie! – eu digo de novo, sacudindo-a. Então ela abre os olhos e eu compreendo.

Eles estão brilhando uma luz vermelha.

– Lúcifer – ela diz em uma voz que parece ser a dela, mas não é. – Quem conseguiu o prêmio agora?

– Não! – Ouço minha voz como se estivesse a uma grande distância, enquanto a raiva me parte ao meio.

– Beherit! – A voz do Gabriel vibra através de mim. – Você não pode fazer isso. Você não tem nenhum direito.

– Oh, mas eu posso... *eu sou*, na verdade. – Frannie dá um sorriso sinistro. – Eu tenho ordens especiais do próprio Rei Lúcifer. Qualquer coisa vale.

Seguro a Frannie e, enquanto olho em seus olhos vermelhos brilhantes, sei que o jogo terminou. Se o Rei Lúcifer a quer tanto, ele está disposto a jogar todas as regras ao vento, eu não sei se o Todo-Poderoso poderia salvá-la.

Não posso desistir.

Vejo o crucifixo balançando no cordão em seu pescoço. Ouro. Eu o arranco do seu pescoço e o suspendo acima dela.

Mas o Matt agarra o meu pulso. Ele olha para mim e puxa o crucifixo para fora do meu alcance. Eu posso usar isso para expulsar o Beherit, mas a que preço?

Ela começa a se debater para se livrar de mim e eu a deixo. Mas então, por instinto, alcanço sua mão, segurando bem apertado. Frannie ainda está lá e uma parte desesperada de mim precisa permanecer conectada a ela. Ela se coloca de pé, parecendo mais alta, e se vira para me olhar dentro dos olhos.

– Que deprimente, Lúcifer. Mas vocês dois passaram da fase de mãos dadas, não? – Ela agarra meu rosto e me dá um beijo. Mas não é a Frannie, é o Beherit, e sinto nojo da sua essência que começa a passar para os meus lábios.

Enquanto eu me afasto, ela arfa ruidosamente e seu rosto se comprime enquanto tenta dizer um estrangulado "não" de suas profundezas. Gabriel a tira dos meus braços para os seus. Ele a embala com um braço e desenha um círculo na sua testa com o dedo indicador da outra mão enquanto sussurra alguma coisa que não compreendo.

Os olhos se abrem de estalo, continuam com o brilho vermelho, e seu rosto contorce-se em uma careta.

– Boa sorte com isso, Gabriel.

Estou me achando um idiota, sinto ciúme do Gabriel, que pode realmente fazer alguma coisa além de ficar parado, e tenho de lutar contra a vontade de arrancá-la de seus braços.

– Este é um lutador – ela diz com uma voz tensa que nitidamente *não é* dela.

– Lute contra ele, Frannie – peço, segurando a sua mão.

Seu rosto se contorce com força.

– Eu quero que você saia. – Sua voz é um pouco mais alta que um sussurro, mas é dela. Seu corpo estremece nos braços de Gabriel. Ele a deita na cama e eu a puxo para os meus braços, enviando a ela todo o meu vigor.

– É isso aí, Frannie – Gabriel diz. – Você tem o poder. Use.

A enxurrada de esperança me esmaga. *Influência*. Frannie tem o poder da influência. Se ela lutar, se ela desejar isso o suficiente...

– Você não quer estar aqui. – Sua voz é forte e, quando ela abre os olhos, existe apenas um brilho ao redor da íris. – Você não... me quer – ela rosna.

Ela continua se contorcendo devido à luta interior pelo controle, então, de repente, aquilo para, como se um deles desistisse de lutar. Eu olho em seus olhos, quase em pânico, perto da loucura.

– Frannie?

Ela revira os olhos por um momento e um gemido começa a sair de dentro dela, crescendo intensamente. Seu rosto fica vermelho e seus olhos quase saltam. Há um lapso de energia vermelha e ela o afasta.

Respirando após o pânico, eu a aperto em meu peito.

– Frannie? Você está me ouvindo? – Ela finalmente olha para mim com seus olhos azuis limpos, ainda assustados, mas lúcidos.

– Ele se foi – ela diz com um sorriso cansado.

Eu respiro diversas vezes, profundamente, até que meu coração volta ao ritmo normal, e então me abaixo e lhe dou um beijo.

Frannie

Eu aperto a mão do Luc quando ele se senta ao meu lado, enquanto me deito na cama.

– Você foi bem. Seu poder de influência está ficando mais forte – ele diz.

Ainda estou tremendo e meus dentes rangem.

– Por que só consigo me lembrar de parte do que aconteceu?

– Você só se lembra das partes em que estava no controle.

– Parece que alguém passou com um ônibus em cima de mim. Por que não senti isso com você?

– Bem, eu não peguei você e a joguei contra a parede, para começar – o Luc diz. Ele e o Gabe trocam um olhar e o Luc lhe dá um sorriso vingativo. – Mas acho que é diferente quando você convida um demônio para possuí-la.

Matt senta-se na cadeira e fica encarando o Luc.

Gabe olha para mim com um sorriso triste. Dou de ombros, sem saber o que dizer, mas então sinto um arrepio me atravessar novamente e sinto náuseas. De repente as lágrimas começam a jorrar e sou impotente para contê-las.

– Eu não vou ter uma vida, não é mesmo? – indago entre soluços.

Luc me abraça com força, mas não responde.

Gabe está de pé na porta e apenas olha para mim.

– Ninguém sabe como será o futuro, Frannie. Tudo o que acontece muda todas as outras coisas. Mas a questão é que você é preciosa para ambos os lados. A chance de você permanecer não marcada é muito pequena. Uma vez marcada por um dos lados, você pode ser manipulada. Não estou, obviamente, dizendo que esse é o objetivo, mas se eu estivesse sendo pressionado para um dos lados, eu preferia não ir para o Inferno.

Meu coração está tão pesado. Eu sei que isso precisa acontecer, o que eu preciso fazer, mas...

– Como eu vou me perdoar pela pior coisa que eu já fiz? A pior coisa que *alguém* já fez?

– Comece por lembrar o que realmente aconteceu. – Matt desliza até os pés da cama e se senta ali. O Luc se afasta de mim e segue até a porta com o Gabe, dando algum espaço para mim e para o Matt. – Eu caí porque estava tentando escalar muito rápido. Foi minha culpa.

Minha garganta se aperta enquanto me lembro disso.

– Não. Eu agarrei seu tornozelo. Eu estava furiosa e empurrei você para fora da árvore.

– Pare. Você vem se martirizando há muito tempo. Não foi sua culpa. Você precisa superar isso. – Ele me envolve em seus braços e aquela sensação parece uma eternidade.

– Eu só queria você de volta – digo finalmente.

Ele sorri.

– Você me tem.

Meu coração está tão pesado.

– Não de verdade. Você continua morto.

– Você tem razão. Eu não tenho a vida que teria se não tivesse caído da árvore, mas isso não torna menos importante o fato de eu estar aqui do jeito que estou. E não faça parecer que minha morte foi sua culpa.

Ele me olha por um longo tempo e eu não sei o que dizer. Finalmente ele quebra o silêncio:

– Gabriel diz que você precisa se perdoar ou não pode protegê-la. – Um sorriso aparece no canto de seus lábios. – Você precisa fazer isso, Frannie. Não posso estragar meu primeiro trabalho por causa de uma cliente que não coopera. Não seria um bom presságio para o resto da eternidade.

– Não posso.

Seu sorriso desaparece quando ele me interrompe:

– Ele diz que você precisa descobrir por que não conseguiu deixar essa culpa.

– Porque... – luto contra as lágrimas enquanto pego o diário debaixo do colchão.

Eu penso em toda a conversa com o Matt que está nesse caderno. Todas as coisas que eu disse a ele para que pudesse ter um pedaço de mim, da minha vida.

– ... eu precisava mantê-lo vivo no meu coração. Eu precisava, para não esquecer. Eu precisava me odiar para mantê-lo vivo no meu coração. Eu precisava manter a lembrança. Eu precisava odiar a mim mesma porque a dor me fazia lembrar. Isso manteve uma parte de você vivo.

De repente percebo que vou vomitar. Tem alguma coisa dentro de mim que precisa sair.

– Como faço isso? Deixo sair?

– Tudo bem se você se sentir triste com isso, mas precisa deixar essa culpa. Precisa vir de dentro. Você precisa se lembrar do que realmente aconteceu.

Deito minha cabeça sobre os joelhos e fecho os olhos, esperando a náusea passar, mas só fica mais forte enquanto eu me recordo das cenas. Matt escalando, seu pé escorregando. Eu aperto os olhos e dou um gemido enquanto ele cai. Na minha mente, vejo minha mão segurando-o, mas tudo o que consigo segurar é seu tênis, e ele solta da minha mão. Eu ouço meu grito quando ele cai no chão.

Meus olhos se abrem e eu me curvo sobre a lata de lixo. Os braços de Matt estão ao meu redor e ele me puxa para o seu ombro, onde me aninho e tremo.

Finalmente, suspendo a cabeça e olho para ele, lágrimas rolam pelo meu rosto.

– Por que você tinha de cair?

Ele dá de ombros.

Eu não estou surpresa pela raiva que sinto, mas estou surpresa quando me dou conta de que estou com raiva dele. Eu o afasto.

– Você devia ter ido mais devagar, ter sido mais cuidadoso.

Ele acena.

– Mas não havia nada que você pudesse fazer. Foi um acidente.

Eu largo o rosto sobre as mãos e suspiro, expurgando minha raiva. Quando minha agitação passa, pego o diário sobre a cama e o pressiono contra a testa, então entrego a ele.

– Eu fiz isso para você... ou mais para mim mesma, acho. Durante muito tempo, você foi a única pessoa com quem pude realmente conversar.

Matt pega a minha mão.

– Eu tenho respondido. Você nunca me escutou? Eu disse a você para ficar longe dele – ele diz, lançando um olhar para o Luc.

Meu coração pesa.

– Por que você odeia tanto o Luc?

– *Por quê?* Você está de brincadeira, não é? Ele quase matou você, Frannie. Ele é um *deles*.

– Ele é um dos *meus* – corrijo, com minha voz alterada.

Luc e Gabe param de sussurrar e olham para a gente. Luc dá um passo à frente, preocupado.

– Ele tem direito a ter uma opinião, e tem boas razões para pensar desse jeito. Eu quase *matei* você... mais de uma vez.

– Não. O que seria de *mim*, que quase matei *você* – eu lembro a ele.

Matt olha para o Luc, sua expressão é azeda.

– Eu odeio pensar que você está perto dela e se você machucá-la, da forma que for, eu mesmo vou matar você.

Luc concorda com a cabeça, encarando o olhar de Matt.

– Anotado.

Luc se vira e olha firme para o Gabe, e eu sei que ele está pensando a mesma coisa que eu. Gabe disse que o Matt é o melhor anjo para esse trabalho, mas começo a me questionar.

Matt relaxa a postura e encosta a testa na minha. Sua voz é baixa e diz só para mim:

– Frannie, estou tendo muitas dificuldades com isso. Você tem certeza? Sobre o Luc, quero dizer? Eu não consigo confiar em um demônio, não importa o que o Gabriel diga.

– Tenho certeza, Matt. Ele me ama. Você não pode simplesmente ler a mente dele? Então você vai ver.

– Desculpe, mas eu não estou em um posto suficientemente alto para poder fazer isso. Domínio ou algo superior.

– Por favor, dê uma chance a ele.

Seus olhos endurecem novamente enquanto ele mira o Luc, mas então Matt me puxa para um abraço e eu ouço um sorriso em sua voz.

– Você não vai usar essa porcaria de poder de influência em mim, vai?

Eu sorrio com o rosto sobre o seu ombro.

– Isso só depende de você.

Luc

Observo a Frannie com o Matt enquanto estou de pé na porta com o Gabriel e eu sei que é isso. *Falar comigo lá fora*, eu acho, e ele acena para mim e atravessa a porta junto de mim até o corredor.

– Ela está pronta – digo.

– Sim.

– Diga que você vai tomar conta dela. O olhar que vi no Miguel... causava-me arrepios!

Gabriel se apoia na parede.

– Nós damos cobertura a ela, o que é muito agradável. – Ele dá um sorrisinho.

– Você poderia ser sério por uns dois minutos?

Ele faz uma cara zangada.

– Está bem. Sem estresse. O Todo-Poderoso sabe que ela é especial. E lembre-se, a vida de Moisés não foi um saco. Ela está bem. Ela não está indo para lugar nenhum.

– Mas ela também não está ficando comigo. Eu só preciso saber se ela vai ficar bem depois que eu deixá-la.

Ele me encara e contrai a mandíbula enquanto pensa nisso.

– Eu não estou fingindo que nada vai mudar, mas o que acontecer a partir daqui é com a Frannie. Você não é mais um demônio. Você é humano, com uma alma limpa e uma consciência nova. Se a Frannie ainda quiser você – ele parece quase engasgar com as palavras –, então não existe razão para vocês não ficarem juntos.

E essa é a chave: se ela ainda me quiser. Frannie pertencerá ao Céu. *Ao Gabriel.* Ela ainda vai me querer depois disso? A vida dela vai superar a minha – o mala sem alça que costumava ser um demônio. Não demorará muito para ela não precisar de mim ou deixar de me querer. Abro a porta e olho para ela. Está tão cansada, mas ainda assim parece em paz e sei que esta é a hora.

Gabriel atravessa a porta e eu o sigo, parando ao entrar. Mas então a Frannie estende a mão para mim e eu passo para o lado dela, precisando sentir o seu toque.

– Você está pronta? – pergunto, e ela acena afirmativamente. – Bom – digo para mim mesmo. – Isso é bom – repito um pouco alto para ela. Então eu a beijo rápido e fico de pé.

Eu me viro para o Gabriel.

– Ok – murmuro, dando a ele o sinal.

Ele sorri meio afetado.

– Ok, o quê?

– Marque-a. Ela está pronta.

– Isso já foi feito antes de voltarmos para o quarto. O que você acha? Acha que nós fazemos uma cerimônia cheia de *Pompa e Circunstância*?

Olho para ele.

–Você é um tremendo idiota. Eu pensei que talvez fosse dar a ela um sinal, só isso.

– Se ela está pronta, por que precisaria de um sinal?

– Parem de falar de mim como seu eu não estivesse aqui – ela diz, olhando para nós.

– Eu deveria ter dado um aviso, Frannie? – Gabriel provoca.

Frannie dá um sorriso.

– Não, mas talvez o Luc quisesse receber um.

Fico olhando para ela.

– Do que você está falando?

Os olhos da Frannie estão mais brilhantes do que nunca.

– Sobre ele marcar você!

Olho para o Gabriel, atordoado.

–Vocês estão brincando.

Ele sorri e dá de ombros.

– Foi uma das condições da Frannie. Além disso, você impressionou bastante a divindade, apesar de o Miguel ter sido o que ficou menos emocionado.

Tento digerir o que o Gabriel estava dizendo.

– Eu, marcado... para o Céu... – digo, tentando acreditar.

–Você podia ao menos fingir que está feliz com isso? Se não está, talvez eu precise tomar sua marca de volta.

Sinto um sorriso se abrir no meu rosto enquanto a Frannie alcança a minha mão. Eu a seguro e caio sentando na cadeira da escrivaninha ao lado da cama.

– Puta merda.

Matt dá um sorriso duvidoso.

– Você pode dizer isso de novo. Um demônio marcado para o Céu. – Ele sacode a cabeça.

– Então, o que vai acontecer? – Frannie pergunta. – Eu quero dizer, com a minha vida... faculdade e todo o resto... – Seu olhar muda por um instante de mim para o Gabe – ... vocês sabem...

Gabriel se senta ao lado dela na cama e segura a sua mão, visivelmente nervoso com o que vai dizer. Mas seus olhos dizem o que ele não consegue. Eu vejo, claro como o dia, mesmo que ela não veja. Ele abriria mão das suas asas por ela. Tudo o que ela teria de fazer seria pedir.

Gabriel deixa de olhá-la e abaixa os olhos, mas a sua mão segura a dela com mais força.

– O que vai acontecer daqui por diante é com você.